向南方

张中民 著

中国文史出版社

1

房间在一楼。

醒来已是上午九点多钟，姚远努力睁开眼睛，却没有看到窗外想象中的青天白日和明媚阳光，而是一片模糊不清的昏暗，就像眼上戴了副墨镜似的，这让他的心里不觉感到有些阴霾和沉重。姚远知道，这个夹在一楼阴暗处的房间，虽然不缺门窗，但是永远是不会有阳光的，阳光被前后左右间距很小的居民高楼遮来挡去，无论怎么努力都挤不进来，所以使三楼以下的房间，全都变成了地下室里的暗无天日。

这个房间有多少天没有见到阳光了？姚远歪着脑袋，扳起指头也没有计算出来，他只知道自己住进来时就是这个样子，暗无天日，阴暗潮湿，有点像想象中的监狱，不，甚至连监狱都不如，哪有照不进阳光的监狱？那简直就是人间的地狱！怎么不是呢？他记得清清楚楚，从自己住进来后，差不多就是在蹲监狱或者说地狱了。经过一夜昏睡，此时姚远觉得自己的脑袋昏昏沉沉的，里面像是一洼混浊的水，现在他没有认真考虑监狱与阳光的问题，而是仍然陷入一片困顿之中。姚远躺在不到一米宽的木板床上，闭起眼睛镇定一下，本想再多眯上一会儿的，但是手机上的时间像不停奔跑的马蹄一样，“嘚嘚嘚”地提醒着他，不要再睡觉了我的老伙计，赶快出去找工作吧！

姚远一骨碌从床上爬起来，趿拉着拖鞋去卫生间里放水、洗漱，往头发上喷啫喱水，梳头、穿衣、擦皮鞋、收拾挎包，完成这一连串动作，大概用了不到五分钟时间，然后整理着没有完全收拾利索的外束腰衣服下摆，扭身跨出了身后的出租房。姚远的出租房在巷子的最深处，走廊里晾满了租房者万国旗一样各式各样的衣服，这些不见阳光的衣服，像浑身长满了吸管的动物，在这里吸足了阴暗潮湿的水分和空气，使人走过时，总有一股浓重的霉味冲进鼻孔，几乎要让刚刚走出出租房的姚远打一个大大的喷嚏了。他强忍着这种刺激鼻孔的霉味快步穿过走廊，人便踏在了天井中的地面。出租房无人管理，想是房东早已搬进了新买的商品房里，只在月末或月初来收一次房租，所以平时是见不到房东的影子。也因此，久无人管理的破损水泥地面上，是几个张着黑洞洞嘴巴的老鼠洞，洞边堆着老鼠掏出的一堆堆泥土，经雨水一冲，又变成了泥，不知道再被哪个过路者不小心踩过后，留下一串长长的泥脚印，渐去渐远。

出院门向左，是一条宽不过两米的幽深小巷。小巷两边，尽是五层六层高的楼房，挤挤扛扛地挨在一起，把个巷子挤成了一条“凹”形如山谷似的小窄缝。这些楼房里住满了外地来的打工者。那些住在一楼的出租房，房门相向而开，大多都是毫不避讳地敞着门。从门口望进去，白天也开着电灯的房间里，于一片昏暗中能看得清几样简单的摆设，小彩电、旧条桌、两把小矮凳子，一张木板床，一个撑在角落里的布柜子，里边塞着换洗的衣物，就是这些外出打工者的全部家当。头顶是从两边楼房里伸出来的阳台和窗户，由于挤得过紧，它们已经勾肩搭背地连在一起，形成了一条狭长的走廊和过道，因此这些挤靠在一起的楼房，又被人们调侃成富有想象力的“亲嘴楼”或者“握手楼”。抬头看不见天，只感到一片沉闷的昏暗。一一走过这些出租房时，姚远压抑的心情还没有得到完全释放，直到走出狭长的熟仁里小巷，他才憋着一口长气，终于把自己完全收拾停当。当姚远意气风发地出现在街口时，一个英俊潇洒的身影，便完全呈现在了来来往往的行人面前。

这是南都市天河区员村的正中心，从这里出员村到市中心去，途中要经过一些居民楼一楼改成的便利店、理发店、小饭馆、水果店、家电维修部、公用电话间、书报摊，还有一个专给外出打工者办起来的员村幼儿园。由于居住在员村的外来打工者太多，缺乏管理的街道上污水横流，再经来往的过路者踏来踩去，整条街道已经变成了一条烂脏的“水泥路”。姚远扭着瘦削的身子，跳舞似的躲避着脚下的泥泞，踩着湿漉漉的路面，一一从这些门店前小心而匆忙地走过。虽然他走得匆匆忙忙的，但还是给员村街道两边留下了一个挺拔的身影。不少抱着孩子的年轻妇女，站在员村街道上的一楼门面房门口，散漫的目光，慵懒的身子，总是显得那么无聊和清闲。姚远知道，她们多半是些从老家跑出来的，一边躲避计划生育，一边守护着巴掌大的小门店，在那里虚度时光。在她们看来，挣钱多少无所谓，只要留守在这里，完成男人外出挣钱时交给的任务，就是立了大功。所以没事的时候，这些人就会或站或坐地守着一间几平方米的小门店，目光散漫地盯着那些过往的行人，权当一边看风景，一边打发无聊的时光。姚远并不理会她们的目光，而是只管迈开步子，双脚不停地交叉着快速向前走去。

离员村菜市场不远处的路边，有家专卖酥焦芝麻烧饼的小店，姚远走到那里，习惯性地掏出一块钱，从店主手中接过一个烧饼作早餐，顺便再来杯豆浆，边吃边用吸管喝着，大步流星地向村外走去。

正是梅雨季节，到处都是湿漉漉的，仿佛顺手抓一把空气，就能从里面攥出水来。抬头望去，连天空也变得灰蒙蒙的，似乎还飘着一丝牛毛般的细雨，弄得人的心情也像此时的天空那样，变得阴暗潮湿而又无比沉重起来。姚远眼下顾不得这些，他从布满泥泞的员村街道上出去，再从搭着遮蔽风雨和阳光的蓝色大顶棚的员村菜市场里穿过去，前边不到五十米处，就是怡景花园公交站点。再从这里坐540路公交车，到天河体育中心下车，穿过天河城地下隧道，前面二百米处就是南都市南方人才市场。

姚远现在就是去那里寻找工作的。

一连几个晚上都没有休息好，此刻，姚远感到自己的头昏昏沉沉的，既木且大，像是被人刚刚敲了一记闷棍。坐在公交车上，他无心去看街边湿漉漉的风景，把重得如斗一般大的脑袋歪向一边，整个人便躺在座位上昏昏沉地打起盹来。

从怡景花园到天河体育中心，差不多需要二十多分钟的路程，姚远不想放过这短暂而又宝贵的二十多分钟，想趁此机会多少补点觉，于是他就像一匹困乏的马，在座位上耷拉着脑袋，歪歪斜斜地睡了过去。不知道什么时候，装在裤袋里的手机突然响了起来，刺耳的警笛声引起一车人注意。大家纷纷把疑惑的目光齐刷刷地投射在他的身上，不知道这个怀揣警笛的家伙意欲何为，原来这是他设置成的手机短信提示音。姚远头也没抬，从裤子口袋里摸出手机，举到眼前，眯起惺忪的双眼去看屏幕，随着手指的揿动，手机屏幕上出现了一行字："你好姚先生，在吗？"靠，原来是那个推销安利的女孩发来的短信。

半个多月了，这个推销安利的女孩，一直像条哈巴狗似的纠缠着姚远拉业务，不是今天说北京来了个营养专家，就是明天说从国外请来一个事业有成的激励大师，好不容易到南都来一趟，是非常难得一见的大人物。听君一席话，胜读十年书。机会难得，机不可失，时不再来！她每次都把大师吹成了一尊高高在上的大神。说来说去，其目的还是想让姚远去听课。对这个安利女孩发出的邀请，姚远推了多次都没有推掉，所以只好听之任之。在他看来，这个女孩就像一块狗皮膏药似的，一旦被她粘上，便再也难以甩掉。所以，隔三岔五，女孩的邀请短信就像突兀而至的陌生人那样，跳出来骚扰一下，不轻不重的，挠着姚远的某根神经，让人像吃了苍蝇一般难受。

唉，她怎么能这样呢？看来死缠烂打的已经赖上自己了。姚远不觉在心里叹了口气，嘴角一牵，脸上露出一丝不屑的表情。自我解嘲说，我自己现在连份工作都找不到，吃饭都成了问题，哪有心思去听那些人在讲台上胡诌？姚远在内地时，曾经被一些熟人拉去听过几次类似的洗脑课，在一个封闭的房间、会议室或其他公共场所，看着那些自命不凡、不可一世而又被人封为"大师"的讲课者，站在前边的讲台前，像中学化学老师那样，拿起旁边的瓶瓶罐罐，一边做着表演性的实验，一边滔滔不绝地做着讲解。讲完了，开始在一块挂起来的白板上，又接着理论联系实际地给大家灌输金字塔式的生财之道。其实，别看他们在台上表演似的讲得如何口吐白沫，滔滔不绝，口干舌燥，但是结果真正响应者却寥寥无几。大家心里都明白，这不过是一场自欺欺人的表演，真正效果怎样，估计连演讲者自己都感到怀疑……如此把戏，又岂能骗得了别人？想到这里，姚远不禁有些厌烦，他看了并没有回复，而是手指轻轻一按，就把这条骚扰短信给删除得干干净净，而后把手机“啪”地一合，半躺下身子继续睡自己的觉。谁知刚眯上眼睛，这时公交车上的电子自动报站器又响了起来，随着事先录制好的粤语和普通话两种提示音响起，天河体育中心到站了，自己也该下车了。

今天是周六，正是南方人才市场春季人才招聘会一周一次的首个招聘日。姚远抱着一线希望来这里想碰碰运气。

尽管天上飘着细雨，天河北路上的行人还是很多，一股一股地涌在人行道上，像是在赶赴一场永无休止的节日大会。随着前行的人流，穿过天河城地下隧道，踏上滚动式电梯来到地面，西行一百米就是南方人才市场。当姚远匆匆忙忙地赶过去时，已经有不少人围在那里，一个个伸长脖子，在看那些张贴在公告墙上的招聘信息。姚远摆着脑袋，抬起目光向两边看了看，发现还有不少人正在旁边的大楼里进进出出。于是，他把瘦削的身子挤进去，从上到下，又从左至右，像个一目十行的快速阅读者那样，粗粗扫视一遍张贴在墙壁上的招聘信息，直到确信没有发现适合自己的职位，只好在心里叹了口气，随着人流往苏宁电器城里走。

南方人才市场设在苏宁电器城的六楼和七楼。根据有关部门的统一安排，那里是南都市及各区各招聘单位设在这里的公共接待处。姚远踏上滚动式电梯，一层一层地上去时，大厅里已经挤满了人。看着那么多一脸稚气、戴着眼镜、背着挎包的男女大学生围在那里，姚远轻轻摇了摇头，深知自己已经没有年龄方面的优势，只好混在人群中逡巡着信息寻找机会。房地产营销、服装厂业务、化妆品公司销售、文化公司业务……一家家招聘单位的展台，像马路市场的集市那样展示着排列过去，或海报，或宣传单，或易拉宝展架，都在那里展示着自己企业的实力和择人标准。姚远一个一个挤进去看了看，又一次次失望地退出来，不是没有适合自己的职位，就是因受年龄限制，不符合招聘单位的用人要求，要么就是自己所学的专业不对路。好不容易找了几家自认为比较适合的营销岗位，当他欠着身子，试着在展台对面的接待椅子上坐下来，要一本正经地了解招聘单位的情况和用人标准时，几个招聘单位的接待员，却用疑惑的目光打量着他。他们起初还以为姚远是用人单位来选人的，可是仔细一看，却又不是，这才知道姚远也是来应聘的打工仔，神情不由变得异样起来。

在几个营销类企业的招聘处，隔着面前的展台条桌，姚远操着一口带有北方方言口音的生硬普通话，经过和负责接待招聘的几个年轻人一番交谈后，姚远弄明白了他们的招聘目的和招聘要求，看看面前的海报和宣传资料，低头略加思考一下，便毅然接过对方送过来的招聘表和水笔，很慎重地把自己的年龄、学历、专业、就职经历等基本情况一一填了上去。填完后，接待人员告诉姚远，让他在家等候电话通知。听着他们近似安慰的客套，姚远知道，自己的一线希望正在变得越来越渺茫起来。可他并不甘心，又在大厅里前前后后转了一圈，看看再无适合自己的应聘职位，这才意犹未尽地带着几分惆怅和不舍，走出了人才招聘大厅。

双休日的第一天，苏宁电器城里人来人往，到处都是逛商场和选购商品的顾客。看来这里生意不错。从六楼人才市场的招聘大厅里下来，看着琳琅满目的商品，姚远没有急于离开，而是在电器城里转了一圈，看能不能在这里选台电脑。姚远一直想买部笔记本电脑。他现在用的一款笔记本电脑是五六年前买的旧款，256 的内存配置显然太低了，早已不适合再用。可是手里资金一直不够宽余，所以迟迟不敢下手。这次出来，如果不是离婚，又没有任何退路，他是说什么也不会把这台“老爷车”带在身边的。现在这台漆面斑驳的旧电脑，像匹累垮的老马那样，了无生气地躺在出租房的床底下，平时拿出来，除了能勉强上网聊会儿天，打个字什么的，几乎没有什么用处。开机关机慢得要死，连个简单的电脑游戏都玩不了，网速更是慢得像蜗牛在爬。姚远心里清楚，如果不是为了能上网解闷，打发一下无聊的时光，当初自己也不会从邻居那里拉根网线过来，每个月出四十块钱的上网费。由于没钱买网卡，他只好就这么采取“借光”的办法来解决上网问题。好在自己一个人，出租房里没有什么事情做时，打开电脑，就可以在网上随便找个人聊聊天解解闷儿，不然自己真就寂寞死了。

妈的，都是离婚给闹的，不然老子也不会落到今天这一步！

往事不堪回首。

一想到离婚，姚远的心里就像刀割似的，立马变得锐疼起来。

2

老婆和姚远提出离婚是有原因的。

姚远在梅海市棉纺厂政工部上班，是属于那种坐办公室的清闲者。早在十多年前，他是在梅海市读的中专。读中专时，他曾经和班里一个叫余静的女同学谈过恋爱，可是由于两人毕业后各分东西，再也没有见面的机会，所以那份初恋就胎死腹中，最后不了了之。不过什么时候一想起自己的初恋，他的心里就会感到酸溜溜地难受。也就是这个时候，中专毕业的姚远，很快到梅海市棉纺厂工作。棉纺厂是国营企业，两千多号人，固定资产好几千万，那时候产品销路好，效益也不错，是市里数得着的几家效益好的大型企业之一。不过姚远是作为中专毕业的学生，到那里上班时，算是分配进去的知识分子，因此并没有下车间干活，而是被分到政工部，当了一名坐办公室的工作人员。

厂部办公室属于机关部门，不是谁都能轻易进得去的，因此，凡是在里边上班的，都有一种说不出的优越感，那不但是身份和地位的象征，同时也是向人炫耀的资本。姚远在厂部办公楼里上班，工作环境不错，工作也不怎么累，每天掐着点上下班，坐在办公室里，看看报纸喝喝茶，再和同事们聊聊天，一天的时光就这么过去了。不像那些车间里的一线工人，天天三班倒，经常拖着疲惫不堪的身子，累得像摊稀泥似的在那里挣扎着。

办公室的工作相应要清闲得多。一杯茶水一根烟，一张报纸看半天。在那家讲究资历工龄的国营企业里，姚远平平静静地干了十几年，职务没有升上去，脾气倒是长了不少，好在工资不少拿，一个月一千多块钱，加上在同厂一线工作的老婆也有几百块钱工资，两人的钱加起来，每个月差不多有两千多元，只要对生活没有太高的欲望和要求，家里如果不办什么大事，这笔钱差不多已经够他们平时的花销。年过七十的老母亲，得了高血压和心脏病，一直跟着乡下的姐姐生活，时不时地犯次病，不过并无大碍，有姐姐在床前无微不至地照顾，姚远也就放心多了，每个月给姐姐寄回去二百块，算是尽了自己的那份孝心。乖巧伶俐的女儿已经十岁，正读小学五年级，马上就该上初中了，可是偏偏在这个时候，姚远的老婆和他提出了离婚，这不是让人感到很沮丧的事情吗？

无风不起浪。原因起自三年前的夏天。

本来像姚远这种在企业上班的人，没有大的欲望和需求，每天准时准点，按部就班地上下班，早已习惯了安于现状的工作，自然也就习惯了老婆孩子热炕头的生活，尽管对一切都很平庸的老婆不是太令人满意，但还没有闹到要和老婆同床异梦的地步，更没有在外面找个小情人养着的打算。不过就像大多数男人一样，只要一看到漂亮的美女，姚远还是会两眼放光，就像猎人看到猎物似的，死死地盯住女孩的脸蛋和胸脯不放，一直望到漂亮的女孩走远了，这才意犹未尽地咽了口唾沫，心里不由恨恨地想，妈的，老子什么时候能有场桃花运，结交上这样的女孩就好了，也算不枉活一生。

果不其然，就在这样的畅想中，后来在一次朋友的聚会上，姚远还真的认识了一个漂亮女孩。那女孩大眼睛，细高挑身材，一笑脸上露出两个喝酒窝，满脸清纯，怀着一颗好奇的心。此时，该女孩大专毕业，二十露头，涉世不深，刚在市内一家文化公司找到一份办公文员的工作，没什么社会经验，天天脸上挂着一丝微笑，整个人活泼得就像脚底下装了弹簧似的，走起路来蹦蹦跳跳的像个小孩子。起初姚远对她并不是太在意，但听说姚远是干政工出身，那女孩马上来了兴致，两眼放光地盯住他，第一次见面就大大方方地和姚远握手，热情得像是见到了久别重逢的老朋友一样。

姚远后来才弄明白，女孩之所以这么热情，是有意想让自己给她传授一些工作经验。碍于朋友面子，在女孩的主动要求下，当时姚远哼哼哈哈地答应下来。本是一句酒桌上的随口答言，没想到那女孩居然认起真来。没过几天，她就主动打电话找姚远，要他当面给自己传经送宝。有心推辞，但想到初次相约，而且又是一个漂亮可人的女孩子，不去显得不够礼貌，姚远想了想，最后还是同意了。

那天下午下班后，两个人是在梅海宾馆旁边的上岛咖啡见的面。

那天，女孩穿了件粉色衣裙，用手帕扎了条马尾，背着一个花花绿绿的挎包，挎包上还拴了只毛茸茸的小白兔，看上去清清爽爽的，像个正在读书的中学生。两人见了面，坐在二楼的卡座上，先是每人要了杯卡布其诺，接着又在女孩的一再邀请和坚持下，姚远喝了杯意大利现磨的咖啡，吃了生煎牛排，后来好像还喝了些啤酒。就像他乡遇故知似的，他们聊工作、聊爱好，也聊生活方面的情趣，两个人谈得很是融洽，现场气氛热烈。大概聊得高兴，后来两人又意犹未尽地把地点从大厅移到了小包间。环境变了，姚远的神志也开始变得迷幻起来，望着面前的女孩，他不由忘乎所以地把手搭在她的肩膀上。

放心，妹子，我不会伤害你的。姚远目光迷离地盯住女孩的脸蛋，安慰性地说了一句。

姚大哥是好人，怎么会忍心伤害我呢？女孩扭过头，甜甜地冲他一笑，顺手把姚远的手从肩膀上摘下来，站起身到门口叫过服务生，要来一壶菊花茶，倒上一杯让他醒醒酒。

妹子，你尽管放心好了，我、我可不是你想象中的什么坏人，姚远见她没有反对，更没有厌恶的意思，于是硬着舌头把手又伸了过来，不过这次他没有把手往女孩的肩膀上搭，而是抓住她柔软无骨的小手，一边轻轻地揉搓，一边似醉非醉地感慨起来，哎呀妹子，你知道嘛，自从见到你的第一眼，我、我就喜欢上你了……

是吗，这怎么可能呢？女孩抽出手，提起茶壶又在面前的杯子里续上水，冲姚远莞尔笑了笑，显出一副受宠若惊的样子，姚大哥是什么样的人，怎么会喜欢上我这个黄毛丫头？你不会是在说胡话吧！来，姚大哥，喝杯水醒醒酒。

我、我不喝，我就想这么看着你。姚远醉眼迷蒙地看着她，目光里满是说不出的柔情。

好了好了，你快别这样说了，女孩打断他，翻起眼皮看了看，有些明白了他的意思，把脸别到一边，不由假装生气起来，我有什么好看的，要看你还是回去看嫂子吧！

你、你、你嫂子？姚远悚然一惊，当即撇下目光，有点扫兴起来，她有什么好看的。还不是黄脸婆一个！

姚大哥，你可不能这样说啊！我听说嫂子是个贤惠人，人又长得漂亮，你怎么能在背后这样编排人家？如果让她知道了，心里不定有多不高兴呢！

她不高兴又能怎样？还能把我吃了不成！姚远鼻子里哼出一句，我才不怕她呢！

两口子在一起过日子，平起平坐的，又怎能说什么谁怕谁的？

唉，你们这些小年轻，知道什么呀！

姚大哥，你可不能这样评价我，我今年都二十二了，你怎么还说我是小年轻？

只要没有男朋友，只要不嫁人，只要年龄不超过二十五，你们就永远都是小年轻……

看姚大哥这话说得，好像你七老八十似的，女孩“咯咯”地笑起来，边笑开玩笑似的逗他，你才多大？不就是二三十岁嘛，也就比我大不了几岁，干吗在我面前卖起老来？

不是我卖老，是我真的羡慕你们年轻啊！姚远仍然迷醉地看着她，不由大发感慨，同时还扳着指头给她批讲道，如果我是你们现在这个年龄，那可就真的幸福死了。上网聊天、逛街，傍个男朋友，穿得再酷一点，想怎么潇洒就怎么潇洒，不用别人管，天天自由自在的，随心所欲，那才叫个爽！

得了吧，姚大哥，我可不像你说的那样，没有男朋友，怎么会有你说的潇洒？女孩端起茶杯递过去，接着刚才的话，启齿一笑，年轻有什么好，什么也不懂，简直像个涩柿子，哪像你，有经验，有工作能力，说话办事都透出一种成熟的魅力，这样一说，你简直都快成我们的老师傅了。

嗳，我怎么听着你说这话有点不顺呢？姚远接过女孩递过来的菊花茶，乜着眼睛，一仰脖子，“咕咚咕咚”灌了下去，喝完了，这才从茶几上的抽纸盒里抽出一张纸，擦擦嘴巴，定了下眼神纠止起来，其实你这不是夸我，还是在说我老，是不是？你们这些女孩子，总是会拣好听的话来糊弄人……

好了姚大哥，时间不早了，我们还是赶快回去吧！女孩知道他在说胡话，于是不再和他理论，而是掏出手机低头看了看屏幕上的时间，重又放进包里，接着不等姚远回话，站起来收拾一下东西，就准备向外走。可是看到姚远摇晃着身子，歪歪扭扭地站起来，马上又给人一副摇摇欲坠的样子，就知道他不胜酒力，明显是喝得高了，女孩站在那里犹豫一下，只好过来扶着他走出包房。

回家的路上，是女孩打出租车送的姚远。快到姚远住的棉纺厂家属院门口时，该下车了，可是看着姚远坐在后排座位上仍然耷拉着脑袋，一副醉醺醺昏睡不醒的样子，女孩有些不放心，有心叫朋友们过来帮忙，可是看到天这么晚了，又不好意思麻烦别人，只好从出租车上跳下来，然后把姚远扶下车，想让他站在那里清醒一下再回去的。谁知一下出租车，姚远的身子就像根面条似的瘫软下去。看样子根本走不动路。这可怎么办？女孩站在那里抬头看了看四周，这时旁边家属院里的灯光差不多全都熄灭了，街灯也像疲倦似的暗了下去，大街上行人稀少，整个小区变得一片静谧。毕竟是夜里十一点钟，谁在这个时候还不休息呢？没办法，这时女孩只好低下头去叫他。可她怎么也没有想到，就在这个时候，姚远突然直起身子，贴着女孩的耳朵，悄悄说道，妹子，做我的情人吧，我不会亏待你的！

女孩当即愣住，一时没有反应过来，姚远的胆子愈发大了起来，趁势一把将她搂进怀里亲吻起来。原来姚远并没有醉，他刚才的样子完全是装出来的。

那天晚上，姚远没有回家，而是直接打车去了女孩的出租房。

从那以后，姚远隔三岔五就要借故和女孩在一起，时间一久，女孩开始缠着姚远离婚，要他和自己生活在一起，做长久夫妻。起初女孩说这话时，姚远并不在意，可是说的次数多了，姚远心里便开始琢磨起来，两个人既然到了这种地步，他不是没有考虑过和老婆离婚的事情，可是一想到孩子，他的心马上软了下来。女儿是一个多好的孩子，聪明、乖巧、伶俐、听话，回去一口一个“爸”，叫得他的心尖子疼，自己怎么能忍心和孩子分开？他下不去和老婆离婚的心。可是女孩却不依不饶，只要姚远一去到她那里，撩拨得他欲火难禁之时，女孩就会拿出撒手锏逼迫他离婚。有许多次，她甚至还拿出各种手段和方法来逼迫姚远。姚远也不知道自己哪点吸引女孩，不过只要和她在一起，自己浑身就会充满了活力，就会唤起他心里久违的激情，他就觉得自己有点离不开她，所以在女孩的一再催促下，姚远的确动了心。此后的日子里，他虽然和妻子提出过离婚，但是每次都被妻子无情地堵了回去，并且口口声声地质问他，说吧，姚远，为什么要和我离婚？姚远常常被问得哑口无言的。既然自己找不出离婚的理由，那就只有叹着气，让时间慢慢地继续耗下去。

此后的日子里，姚远仍然每天上班下班，没事的时候去找那个女孩。两个人一块儿吃饭，一起看电影，一起去酒吧，一起压马路，一直在寻找年轻人的浪漫。但是每次去，只要一听女孩说到要自己离婚的事情，姚远的头都大了，不是急忙拿话题岔开，就是一个劲儿地找理由搪塞，嘴里总是充满歉意地解释说，现在还不是时候，再等等，你再等等，等过一段时间再说。可是女孩却不答应。她已经为姚远做了两次人流，就在做第二次人流时，医生明确地告诫她，像你这身体，年纪轻轻的，如果再做人流手术，今后有可能就不会生育了，所以你得当心。医生的话虽这么说，但是和姚远在一起做起爱来，女孩就什么都不管不顾了，一个劲儿地在床上叫，像匹放纵的野马。可是姚远却不行，他心里惦记着医生的话，万一再弄出来“麻烦”怎么办？所以后来每次和她做起来，总是提不起精神，弄得谨小慎微的，像在从事着一份危险的工作。看他小心翼翼的样子，常常惹得女孩不高兴起来，所以每次都搞得不欢而散。

在女孩那里没有享受到人生快乐，姚远显得很沮丧，他甚至还把这种小心翼翼的心理带到了家里。妻子的身体得不到满足，就骂他在外边掏空了身体，吃野食，故意应付自己。为此和他大吵大闹，骂他是神经病，骂他是神经质，骂他是没有用的废物……面对妻子的抱怨和责骂，姚远无言以对，只有躲在床头处，勾下头，像匹受到伤害的小动物。

就这样，时间又过去了半年多，看看姚远对离婚还是无动于衷，对自己的许诺遥遥无期，女孩终于沉不住气了，她郑重地告诉姚远，如果半年之内你再不离婚，就别怪我无情无义，我可要另找人了！偏偏这个时候，厂里要对每个部门进行业务考核，考核的结果是，准备提拔几个人，这样一来，姚远更不敢轻举妄动。他是政工部老人，如果不出意外，自己极有可能提升为政工部主任。事关前程问题，姚远不敢造次，更不敢掉以轻心，上班下班，按时按点回家，开始老老实实地做起了模范丈夫，自然去找女孩的机会也就明显少了许多。

然而让姚远怎么也没有想到的是，就在厂里考核他的过程中，女孩已经和他明修栈道，暗度陈仓，在外边悄悄找了个新男朋友，不再理会自己。得知女孩背着自己找了新男友，而且还把自己存放在她那里的一笔私房钱，和一辆价值两千多元的电动车据为己有，姚远的心情坏到了极点，找她索要几次，可是每次女孩都口口声声地说，那是自己应得的青春损失费，理所应当，根本没有归还的道理。非但如此，她还倒打一耙说，我和你睡了几年，没找你要赔偿就够便宜了，你怎么还有脸来要这些？把自己说得灰头土脸的，这让姚远很生气，心里像压了座大山似的，胸口被堵得难受，情绪变得极不稳定，整个人也变得焦躁起来。心里的气无处撒，不是回到家里发无名火，就是看什么都不顺眼。

姚远的反常之举引起妻子的注意。妻子是敏感的，当她后来心细如发地发现了丈夫和那个女孩的事情后，怎么也不能容忍丈夫在外边养女人的事实，当即和他大吵大闹起来，嘴里口口声声地骂道：好啊，姚远，看来你在办公室里坐时间长，坐出本事来啦，居然敢背着我在外面养女人！不要脸的货，真是有钱没地方花了是不是？不知道天高地厚了是不是？好，既然你这样对待我，就别怪我不客气！女人骂着，上前抡起巴掌“噼噼啪啪”地抽在姚远的脸上，一看妻子居然敢动手打自己，姚远也不示弱，立刻奋起还击，就这样，两个人很快扭打起来。吃亏的当然是女人，看打不过姚远，妻子气不过，跑到姚远的办公室，当着丈夫那些同事的面，痛斥姚远的不是。这还不说，她还找到丈夫的领导又哭又闹的，把自己弄得像个窦娥似的，歪倒在那里，鼻涕一把泪一把地哭诉着丈夫的种种丑行和不忠，弄得姚远站在领导面前，低垂着脑袋搓着手，样子显得很狼狈。

按说事情到了这一步就该到此为止了，可是不，恼羞成怒的老婆，非但不依不饶，而且这时居然变本加厉地向姚远提出了离婚。她拿出一副不与苟同的样子，一字一句愤愤不平地指着姚远骂道，你过去和我说离婚时，我还不知道怎么回事，现在我总算明白了，原来你心里早就没有我和女儿了，你既然是个道德败坏的花花肠子，我也不想和你这个背叛自己、对婚姻不忠的男人在一起生活，我感到恶心，因此，我要和你离婚！

好，我答应你！事情闹到这一步，看着妻子毫不退让的样子，姚远只好咬着牙同意。

和老婆离婚后，姚远再去找那个女孩时，女孩已经和新交的男友住在了一起。姚远不甘心，当他再去找她时，女孩显然已经把他当成了十恶不赦的仇人。

起初姚远找她谈判，希望能达成和解，谁知另有新欢的女孩哪里还看得上他？谈判失败。于是姚远又和她理论，可是他哪里知道，女孩此时已经变成了铁石心肠，非但不再理他，而且为了避免姚远继续纠缠自己，女孩竟然还让男朋友找人教训了姚远一顿。

她怎么会这样呢？看来女人的心一旦狠起来，简直比蛇蝎都毒！

至今姚远都忘不了女孩对待自己的态度，简直让他的心寒透了。

那天下午下班后，当女孩的男朋友领着几个人，在一条胡同里截住姚远，要对他进行一番武力教训时，女孩非但不上前制止，反而冷起脸，抱着膀子站在旁边，一副袖手旁观的样子，眼睁睁看着一帮人把他放倒在地，接着上去就是一阵拳打脚踢。躺在地上的姚远很快就被打得口鼻流血，遍体鳞伤，只好痛苦地把身子蜷缩成一只虾米，可是那帮人并没有住手，而是继续在他的身上练着拳脚，直到姚远躺在那里不再动弹，女孩也没有上前劝阻，而是上前一步，指着躺在地上的姚远，恶狠狠地骂道，姓姚的，你给姑奶奶放聪明点，以后如果你再找我的麻烦，我可不会像今天这样对待你！临走前，女孩还不解气地骂道，滚，滚得远远的，最好以后别叫我再看见你！

姚远当然没有被女孩的话吓倒，他在心里咬牙切齿地骂道，婊子，真他妈的婊子，等老子伤好之后，看我怎么收拾你！

挨了顿打，又遭到羞辱，姚远心里实在咽不下这口气。躺在家里的床上休息了几天，待身体好转后，他瞄准时机，于一个月黑风高之夜，趁女孩和她男朋友在大街上吃完夜市回家，看着他们两人手拉着手亲密无间的样子，姚远尾随其后，当他们一路哼着小曲，毫无防备地走在一条偏僻的街道上，拐进一个胡同时，便从背后悄悄靠过去，手一挥，一砖头就把女孩的男朋友放倒在地。刚才还沉浸在一片甜蜜之中的女孩，突然被眼前发生的情景吓呆了，“妈呀——”在她惊恐得失声变调的尖叫声中，姚远身子一扭，像条影子似的，仓皇闪进了黑漆漆的胡同里……

和妻子离了婚，自己在单位又背了个生活作风有问题和道德败坏的黑锅，看来升迁是没有指望了，再继续待下去还有什么意思？何况在那个女孩提供线索的情况下，派出所的两个民警已经来调查过姚远，是否对女孩的男朋友实施了报复？面对两个民警的调查和讯问，姚远当然没有承认。而是坐在那里抽着烟，吊着腿，摆出一副无辜的样子，让两个民警问不出个所以然来。不过派出所来调查的人前脚刚走，这消息像长了翅膀似的，很快传遍了整个棉纺厂，大家纷纷拿异样的眼光看着姚远，他俨然已经成了别人心目中的“坏人”，不由私下议论纷纷起来。

看着一个规规矩矩的人，他怎么会做出这种事情？真让人想不明白。

真是知人知面不知心，他怎么会这样啊……

随着市场行情的变化，正赶上企业效益不好，厂里要对各个部门实行优化组合，这时有消息透露出来说，因为姚远的生活作风问题，他已经被列为优化对象，得到这个消息，姚远像遭了电击一样待在那里。他没有想到会有这么严重的后果，与其等着被单位优化掉，还不如早早辞职而去，到别处发展，省得等到单位宣布那一天时尴尬。就这样，姚远一咬牙，毅然辞职南下到了南都。

3

这是姚远第二次来南都。

姚远第一次到南都时，就尝到了找不到工作的苦头。举目无亲。人生地不熟不说，满世界都是嘴里嘣豆子似的广东话，明明是一句很普通平常的话，到了南都人的嘴里就变得像外语一样难懂，虽然广东话说出来像鸟叫似的好听，可是姚远一句也听不懂。好在和老乡们住在一个地方，大家在一起时，尽量用家乡话来交流，这才解决了语言上的障碍问题。那段日子里，由于初到南都，看什么都觉得新奇，都与内地不同，所以姚远一边找工作，一边到处跑着看这座城市的风景，看这座城市的标志性建筑，看人们在这座城市的生活，看那些过去只有在书里或影视剧里看到的内容，看得多了，他便无端地生出对这座城市的热爱，便有了在这里扎下根去长干的想法。好在有老乡们照顾，又有在内地大企业政工部门工作多年的经验，两个月后，经人介绍，姚远到一家公司做起了行政助理。月工资一千五百元。钱虽然少了点，可是比起那些普通的外来打工者已经很不错了。

姚远是个随遇而安、干事比较认真的人，因此很珍惜这份来之不易的工作，干起活来特别卖力。早来晚走，兢兢业业，深得领导赏识，在那家公司干了不到两个月，就在老总准备重用他的时候，前妻突然给他打来电话，逼债似的催要女儿抚养费。接到前妻电话，姚远心里涌出一丝不满。按说女儿的抚养费并不多，全年也就一千多块钱，可现在手里不是没钱嘛！

英雄气短。为了征得老婆理解，姚远这才在电话里和她谈判说，自己刚到南都，还没有站住脚跟，不妨让她再等一等，等自己缓过这一阵儿挣到钱后再说。可是前妻哪里容他这样？根本不听他的解释，拿出立等可取寸步不让的架势，非要逼着他现在就得打钱，否则就要和他没完。看前妻如此绝情，姚远不由高起声音，和她在电话里争论起来。

离婚时，咱们两个已经把财产分割得清清楚楚，我什么也没得到，就被扫地出门了，现在你竟然不顾我的死活，就这样寸步不让地找我要女儿抚养费，你这么威逼，是不是显得太不够厚道？

你别给我说那些没用的话，我可不管这些，前妻在电话里冷冷地说，拿不到女儿抚养费，咱就法庭上见！语气里全无半丝怜悯。

法庭上见怎么了？再说法庭也不是你们自家开的，难道你想怎样就怎样？

哼，你别忘了姚远，女儿还在我手上，你如果三天之内不给打钱，我就先把她掐死！

好好好，算你狠。我算服你了！听着前妻在电话里咬牙切齿的口气，姚远知道她是只发了疯的母老虎，不讲情理，没有一点人情味，便不想再和她继续磨下去，于是不耐烦地冲她吼道，好了，你别给我发飙撒泼好不好？不就一千多块钱嘛，我马上给你打！挂上电话，姚远一生气，索性到银行里给她账户里打过去一千五百块钱，随她怎么去折腾。

总算把一场内战给平息下去，刚刚打发住前妻，姚远正准备松一口气，在单位里好好干一番的，这时远在内地乡下的姐姐给他打来了电话，这使姚远刚刚放松的神经马上又紧绷起来。

姚远，你回来一趟吧！姐姐在电话里忧心忡忡地对弟弟说，咱妈的病又犯了……

什么？又犯病了，不等姐姐把话说完，姚远就在电话里着急起来，姐，咱妈现在情况怎样？

这次犯得挺严重的，所以我想让你回来一趟……

好的姐，你别担心，我马上回去！听姐姐说话的口气不对，姚远心里有种不祥的预感，当下便果断地做出决定安慰姐姐。

母亲病重，这是比什么都重要的事情，姚远心里想，万一母亲有个三长两短怎么办？他不敢往下想，于是急忙向公司告了假，匆匆忙忙就往内地老家赶。

元旦过后，已是腊月天气。下了场小雨，满世界冷得就像在冰箱里似的，天气开始变得生硬起来。坐在南都开往梅海市的火车上，望着窗外灰蒙蒙的天空，姚远心里就像此时车窗外边的天气一样，降到了零度以下。

母亲年过七十，现在她的身体如一段枯木，正一寸一寸地枯萎下去，尤其是几年前患上高血压和心脏病后，身体明显垮了，经常头痛头晕，一直靠吃药解决问题。姚远在城里工作，不可能天天回去陪她，这样一来，照顾母亲的任务全都落在姐姐身上。年龄大，加上病情折磨，母亲的身体时好时坏的并不稳定。身体好时，姚远还能把她接到城里住上几天，尽尽自己做儿子的孝心。可是自从和妻子闹离婚后，她就没再享受过姚远的照顾了，母子见面的机会自然也就少了许多。姚远心里清楚，这次如果不是母亲病情有变，姐姐说什么也不会给自己轻易打这个电话。

姚远的姐姐是个刚强的女人，从小到大，为了这个家，她没少付出，尤其是弟弟考上中专，到城里参加工作后，她更是毫无怨言地把母亲接到自己家里，从此照顾母亲的重担就落在她的头上。姐姐知道弟弟这几年在城里的日子过得不容易，先是离了婚，孩子和房子又给了女方，自己光身走人，现在成了一个无家可归无依无靠的单身汉。作为姐姐，她常常想，作为有过错方，弟弟却没得到多少财产，这是她怎么也无法理解的，辛辛苦苦奋斗那么多年，离婚时难道连一份财产都得不到吗？还有孩子，既然得不到财产，总该把孩子判给弟弟吧，可是孩子也没有给弟弟，对此她怎么也理解不了。姚远离婚，当时她并不知道，当她得知弟弟离婚的消息时，两个人已经把什么都分割好了，她有心想出面为弟弟争取些利益，可是却被姚远阻止了。唉，既然弟弟对此都没有提出什么意见，自己这做姐姐的还有什么可说的？因此她只有在心里叹着气说，弟弟的脑子有毛病，不然他怎么会这样做呢？真是让人不理解！所以后来无论到什么时候想起此事，她都觉得是一个遗憾。

离婚后，又丢了工作，这在外人看来，是一件很不光彩的事情，因此姚远并没有在这个叫梅海的城市里过多停留，就毅然决定只身南下到南都闯荡。对弟弟做出的这一决定，起初姐姐并不同意，她不想看着弟弟都三十多岁的人了，还像一二十岁的年轻人那样，什么都不管不顾，抬起屁股就向外边跑，过那种漂泊不定的生活。因此她在电话里劝弟弟说，姚远，你知道自己多大了吗？三十多的人了，你以为自己还是个一二十岁的年轻人，满世界跑？要知道，你早已过了外出闯荡的最佳年龄，再这么折腾下去，什么时候才是个头啊？看弟弟不说话，她又继续耐心开导说，与其跑到外边吃苦受累，还不如待在内地，凑些钱做个生意，也比一个人在外闯荡好。姚远此时万念俱灰，一点都不想在梅海市继续待下去了，只想跑得远远的，离开熟悉的环境和熟悉的人，独自逃到没人知道的地方躲藏起来。因此他并没有被姐姐说动，而是一意孤行。临去南都之前，他特意赶到乡下姐姐家，留下五百块钱，拜托姐姐照顾好母亲，自己就把行装简单收拾一下，这才只身南下。

到南都后，由于一直忙于工作上的事情，姚远很少往姐姐家里打电话，起初倒是姐姐给他打过几次，姐姐牵挂弟弟，知道他一个人在外不容易，所以语气里尽是关心，并一再提醒他，如果在外边待不下去就回来，不要在那里硬撑着吃苦受罪。后来当她得知弟弟在南都已经安定下来，也就放了心，于是每次打电话，她都要三番五次叮嘱弟弟，一个人出门在外，挣钱多少是次要的，关键要学会照顾自己，千万不能把身体给累坏。有个关心自己和知冷知热的姐姐，这让只身南都的姚远心里时常感到热乎乎的。

妈啊，你的身体究竟怎样了？好好的，你怎么会无缘无故地又犯病了呢？姚远心里发出疑问。他一直认为，有姐姐陪在身边无微不至地照顾，母亲的身体不会有什么问题的，所以就很少给姐姐打电话。这样一来，两下的联系就少了，相互之间的消息也自然就少了许多。已经两个多月都没有母亲的消息了，本以为生活像坐火车一样，就这么平平稳稳地走下去的，可他怎么也没有想到，姐姐现在突然给自己打来紧急电话，说明母亲病情严重，不然相距几千里，姐姐是不会轻易给自己联系的。想到这里，姚远的心像被绳子提着似的，吊在嗓子眼儿，一直在火车的晃动中忐忑不安地摆动着。车到湖南郴州，天空中飘起了雪花，寒气顺着车窗没有关严的缝隙钻进来，直往人的脸上扑，让人有种寒风刺骨的感觉。再向北走，等火车到达湖北武汉时，那雪已经下得纷纷扬扬的，就像天空中飘满了撕碎的棉絮。进入河南境内，则又成了冰天雪地的世界，到处都是冷而硬的冰雪，寒风吹着口哨，刀子似的直往人的脸上和脖子里割。

火车站就在自己以前工作生活的城市南郊，由于惦记母亲，姚远归心似箭，下了火车，他连女儿都没顾上去看一眼，就急急跳上一辆开往县城的班车，直接去了乡下的姐姐家。

4

母亲躺在天河镇医院的病床上，伸直的身子僵得像段枯木似的，缩在一床薄薄的棉被里，寒风像头急欲闯进来的野兽，一次又一次疯狂地扑打着窗玻璃，发出“啪啪”的响声。乡镇卫生院条件差，在气温接近零度的病房里，一瓶经医生调好的药水，瓶口朝下地挂在床头旁的输液架上，通过一根细细的塑料管，正静静地注射进母亲干瘦的手臂静脉里，此时房间里没有其他人，旁边坐着两眼熬得通红的姐姐。

一看见弟弟冒着严寒，风尘仆仆地赶回来，姐姐赶紧把他让到一边，几句寒暄过后，在弟弟的催促下，这才紧锁着眉头告诉姚远，母亲的高血压又犯了，头天晚上吃饭时还好好的，没想到她从厨房里洗碗出来，一头栽下去就再没有站起来，等被发现把她搀扶起来时，人已经不能说话了。一看病情严重，她就急忙套上架子车，把母亲送进镇医院来了。在镇医院急救室里，经过半个多小时的紧急抢救，直到医生给母亲打上针挂上药，安顿好这些之后，她这才想起给姚远打电话，要他回来看看犯病的母亲。

咳，怎么会这样？听着姐姐的叙述，姚远叹着气看了看旁边的母亲。经过一天一夜的紧急抢救，母亲此时已经清醒过来，但是仍然不能说话，躺在那里，两只眼睛像散落的珠子，怎么也串不到一块儿了。此时正失神地望着站在床头的姚远，她翕动着干瘪的嘴巴却说不出话来，样子有点像在做口型练习。

妈——看母亲的表情，姚远知道她想说什么，于是急忙走过去俯下身子，握住母亲干枯的手，本想给她说些安慰话的，可是喉咙里像被东西堵住似的，什么也说不出来。过了许久，这才张开嘴巴，终于吐出一句想了很久才说出的话，安慰道，妈，你不用着急，医生一定会给你看好的。等你身体好了，我把你接到城里去住。

说过这话，姚远马上后悔起来。现在房子和女儿都归了妻子，自己在城里哪还有家？这样说，等于是在提醒母亲，自己不是已经离婚了吗？既然离婚了，让母亲去城里住在什么地方？这不是犯了常识性的错误，故意让母亲为自己担心吗？他为自己刚才考虑不周就脱口而出的失误后悔不迭，与其说刚才的话是安慰，还不如说是在提醒和撒谎，让母亲听了心里只会更加难受。

母亲定定地望着儿子那副为了赶路、一天一夜都没有休息而显得疲惫不堪的样子，两只失神的眼里，像涨潮似的蓄起混浊的东西，蓄满了，便蚯蚓似的从深陷的眼窝里爬出来，流过眼角，流过斑白的两鬓，钻进了枕头……

妈，你别难过，姚远从南都赶回来看你了……姐姐说着，赶快掏出一张餐巾纸给母亲擦拭一下眼泪，然后抽着鼻子背过脸去。

看到这里，姚远的喉头更紧了，他揉了下为赶火车连夜熬得通红的眼睛，从口袋里掏出一沓钱，转身塞给姐姐，嘱咐道，姐，我手里不多，就这两千块钱，你先拿着给咱妈看病吧，不够，我再想其他办法。

别、别，你别，姚远，我已经给医院交过住院费了，眼下还不咋用钱，这些钱你先拿着，等到需要时你再给我。姐姐把钱推过来告诉他，医生说，咱妈这是高血压引起的偏瘫后遗症，很可能是治不好了，即使治好……恐怕也难再站起来……

听着姐姐不时抽动着鼻子，低声介绍着母亲的病情，又看着母亲直挺挺躺在那里的样子，姚远没再说话。坐在那里，望着母亲躺在病床上的身体，两只眼睛就那么一节一节地空洞下去。

马上要过春节了，在医院待了一个多星期，又是吃药又是打针，经过一连几天的紧急治疗，母亲的病情得到了控制，并且慢慢稳定下来。根据村里一些有经验人的说法，患上这种病，只能控制，不能根除，但是只要病情能够稳定下来，就已经没有什么危险，自然也就没有必要在医院里继续住下去，唯一的办法是，回家静养治疗，让其平稳地度过晚年。在这种情况下，姐弟俩一商量，只好办了出院手续，把母亲重又送回到姐姐家里进行照顾。

自从办完离婚手续后，房子和女儿都归了前妻，城里已经没有自己的立锥之地。家没了，自然无法回去，所以整个春节，姚远都是在姐姐家里度过的。

姐姐的家很普通，一个独家小院，坐落在村子的一角，尽管有些贫寒，但是显得很温馨。在这样的家庭里，姚远每天除了帮姐姐干些家务，就是守在母亲床头，嘘寒问暖关心备至。正赶上春节放假，外甥和外甥女儿两个孩子也从学校回来了。有他们两个年轻人在家，平时寂静的院子里显出了几分活跃气息，但是由于外婆有病，两个懂事的孩子并没有表现出过分的欢愉，他们心里惦记着自己的功课，所以只要一有时间，兄妹两个不等父母催促，就安安静静地自觉待在自己的房间里读书学习。看着两个孩子坐在那里刻苦用功的样子，全家人的心里都感到很欣慰。

姐姐说，他们兄妹两个学习刻苦，都是学校班级里成绩数得着的优秀学生，这一点像姚远，无论家里发生什么事情，他们在对待学习上，总是能够很好地控制住自己。

除夕夜那天晚上，吃完过年的团圆饺子，当一切都安顿下来后，姐姐姐夫和姚远开始围在煤火炉前守岁。姐姐的两个孩子不想听大人们谈话，于是便坐在电视机前，饶有兴趣地看起了春晚。尽管春晚的直播现场气氛热烈，热闹异常，但是为了不打扰大人之间的说话，兄妹俩把电视的音量调得很低，规规矩矩地坐在那里认真看着，看到精彩处，他们也会小声交谈着自己的看法，而后继续安静地看下去。

真是懂事的孩子啊！

看着两个孩子在那里看电视的背影，姚远不禁在心里感叹。

姐姐手里剥着一捧花生，抬头看了看躺在旁边床上的母亲，然后开始小声问起姚远在南都的情况。为了不让姐姐担心自己，姚远尽量避重就轻地把情况往好里说，他说自己在南都过得很好，有稳定的工作，有固定的收入，一切都在朝着好的方向发展。他并且还谈了自己今后的打算和计划，让姐姐尽可放心。可是后来当姐姐问起他的终身大事时，姚远就支支吾吾地回答不上来了，嘴里只是推说，自己刚到南都不久，一切还没有稳定下来，眼下还顾不上考虑这些，等到以后再说。听到这里，姐姐不放心地劝他，尽管年龄不算太大，但也不能掉以轻心，你毕竟是三十多岁的人了，要尽快成个家才是，不然就这么一直单身下去，漂泊在外不是长法。看弟弟低着头不说话，后来她又提醒姚远说能不能和前妻复婚的事，听了姐姐的话，姚远急忙摇着头回答，姐，你别说了，不可能，这辈子我就是打光棍，也不会再和她复婚，我已经受够了她的折磨，所以无论什么时候，我都铁了心不会和她复婚，虽说女儿跟了她，自己也不想再和她继续去过那种同床异梦的生活。看弟弟一副痛苦决绝的样子，姐姐知道劝他不动，只好叹着气让他好自为之。

窗外白雪茫茫，寒风呼啸，屋内冷若冰霜，如同冰窖，即便生了煤火炉子，房间里仍然冷得跺脚。无事可干的时候，姚远就猫似的守在母亲床前，一边陪着躺在床上的老人，一边瞄着眼看姐姐家里那台老得掉牙的旧彩电。那一阵儿，好像电视里什么也不干，天天都在播着南方雪灾的新闻，这里断电，那里停水，线杆被压倒，通信电缆被砸断，道路上冰雪封堵，车辆无法通行，春运受阻，南都火车站滞留了大批不能返乡回家的农民工，镜头所到之处，全是一副乱糟糟的场面和情景，好像整个世界都变了，全都是雪灾惹的祸。

姐姐家的那台旧彩电有些年头了，原是几年前一个亲戚家买了新彩电后打下来的，外观尚好，只是显像管出了问题，已经没了彩，所以无论看哪个频道播放的内容，看上去都是黑白的。也就是说，无论下不下雪，电视里播不播放南方雪灾的镜头，不论什么时候打开看，屏幕上都是一大片雪花在飞。看着这样的新闻，姚远心里像被寒流击中了似的更凉了。看来南方在下雪，这是很罕见的自然现象，本来很少下雪的江南地区，如今也成了冰天雪地的世界。

往年可不是这样啊，今年怎么会这样呢？这鬼天气真是让人琢磨不透。姚远不由在心里说，也不知道南都的天气怎样，不过从中央电视台的天气预报来看，南都虽然没有下雪，但是温度也高不到哪里去。于是他打电话给老乡和几个朋友打探情况，得知南都尽管没有下雪，但是三天两头下冷雨，温度低得要命，许多人为此患上了感冒，以往从来用不上的棉衣，这时成了抢手货。裹在厚厚的棉衣里，他们鼻音浓重地操着南北不同的口音，向姚远打听内地的天气情况。

哎呀呀，今年这鬼天气，怎么会这样？听说内地的温度更低，于是他们就打着喷嚏，一边咳嗽一边叮嘱姚远，你在老家一定要注意防寒保暖，千万不要把瘦削的身体给冻坏了。挂上电话，姚远心里揪得紧紧的，就像被寒风吹得冻住似的。

今年冬天的天气确实有些反常，尽管漫长的春节已经过去了半个多月，可是电视上还在不厌其烦地报道南方雪灾的新闻。好像唯恐观众不知道似的，电视上在报道这些新闻时，不断切换画面，一会儿是冰雪堆积的情景，一会儿是抗击雪灾的镜头。主持人坐在演播室里，表情庄重地报道说，由于我国南方遭遇五十年以来的罕见雪灾，湖南、湖北、江西等省多处道路被堵，车辆无法通行，导致全国大面积铁路受阻停运等等，说得形势非常严峻。姚远惦记着公司里的事情，在姐姐家急得眼里喷火，嘴唇起泡。好容易等到冰雪消融，铁路通行，可是由于刚过完春节，外出南下的民工太多，一时又买不到去南都的火车票。姚远只好叹着气，又在老家困兽似的盘踞了几天，看天气变得逐渐好转起来，又看母亲的病情随着天气变暖已经完全稳定下来，姚远这才辞别母亲和姐姐，准备南下。

临去南都那天，就在他乘坐班车来到梅海市趁去火车站买车票的当口，姚远忽然想到自己已经好长时间没有见到女儿，心里十分惦记，便想去看看她。现在刚刚过完春节，趁女儿还没有开学，如果再不去看她一眼，估计今后就更没有时间了，于是他当即决定去看一眼女儿瑶瑶。

在火车站售票窗口买完车票，看时间尚早，姚远便坐上一辆开往市内的公交车，向自己原来居住的棉纺厂家属院赶。

瑶瑶的小脸蛋红扑扑的，不知道是天冷给冻的，还是过春节时因为高兴才变得这样。但是见到爸爸的那一刻，穿着一身簇新衣服的瑶瑶，倒显得有些陌生起来。打过电话，从小区家属楼里把她领出来后，瑶瑶就一直怯生生地看着站在面前的爸爸，就像自己遇见的是一个陌生人那样，目光里充满了说不出的复杂表情。

好在女儿还算听话，说让去哪里她就跟着去哪里。姚远带着她，先坐公交到市里最大的梅城商场转了一圈，给她买了一身漂亮的衣服和一个个头比较大的芭比娃娃，出来又领她去了商场旁边的肯德基。坐在干净整洁的肯德基店里，姚远给女儿买了份套餐和一大堆食品，有炸翅、薯条、汉堡、可乐等等。趁女儿吃东西的时候，姚远问起她学习上的事情。得到女儿满意的回答后，他又凑过去，开始向她打听家里情况。起初瑶瑶不肯说，只顾坐在那里低着头吃鸡翅。看爸爸问得紧了，她这才嚼着嘴巴里的东西，用吸管抽着喝了口可乐，抬起头望着爸爸，断断续续地向姚远透露起家里的近况。

爸爸，你知道吗？你们刚离婚那阵儿，妈妈经常在家里发脾气，动不动就吵我，有时还动手打我，我都恨死她了！女儿噘着小嘴，像个小大人似的发表着自己的见解和看法，过年前那段时间，妈妈领回家一个叔叔，我一点都不喜欢那个叔叔，那个叔叔长得像个老头不说，还老爱到我们家蹭饭吃。

居然有这种事？姚远吃惊地低下头，张大嘴巴，瞪大眼睛盯着女儿，不相信地继续追问。

可不嘛！女儿吧嗒着小嘴，吃完鸡翅，这时又开始噙着纸杯里的塑料吸管，"吱吱"喝起了可乐。喝了几口，她又噘起嘴接着说，有一阵子，那个叔叔还老住在我们家，真是烦死人了。

他还住在我们家？咳，还真是的。你妈她怎么会这样？听着女儿的叙述，姚远突然把眼睛瞪得像鸡蛋那么大，但他并没有在女儿面前发作，而是习惯性地从口袋里掏出一支烟，刚要点火抽，就被走过来的一个服务生给礼貌地制止了。不能抽烟，姚远坐在那里显得有些索然无味起来，而此时，他心里的那根筋开始"别别"地疼起来。这才多长时间，自己和前妻分手还不到半年呢，她就这么快找了个老公？难怪她每次给自己打电话时，嘴里就像吃了枪药似的，说起话来，火气大得简直能把人给呛死，哦，原来是另有新欢了。

这娘儿们，真他妈的是个贱货！姚远用拳头捶了一下面前的餐桌，心里不由骂起来，离婚这才几个月，她就这么急着给自己找老公？他妈的什么人呀，你就那么骚嘛！当着女儿的面，难道就不能注意一下自己的形象，忍一忍收敛些？现在居然还把男人领回去住，看来真是骚得没样子了。过去和她在一起生活了那么长时间，自己以前怎么就没有发现她这一点呢？这个臭女人，真他妈的下贱！

送女儿回家的路上，姚远在心里把前妻骂了个狗血喷头，仍然觉不解气，于是踏着重重的步子，把路走得硬邦邦的。将女儿送到家属院的住宅楼下，姚远连楼也没上，楼层、楼道、车子棚，虽然这里的环境和一切都是那么熟悉，可是现在却不属于自己。故地重游，他本想好好在这里走一走，甚至想到楼上去看一看的，毕竟自己在这里住了那么多年，无论如何是有感情的，可是物是人非，自己现在已经没有那份心情了，他更不想看到前妻那张硬生生的脸。站在楼下的大门口，他就那么远远地目送着女儿，蹦蹦跳跳地消失在熟悉的楼洞里，他的心也不由跟了上去。

但愿女儿在这样的环境里能过得幸福快乐！望着楼层上那个熟悉的窗口，姚远在心里默默地说。

已经买到火车票的姚远，终于在元宵节过后不久，在外出打工的民工潮中，坐上了南下的火车。

可是让姚远怎么也没有想到的是，因为超假时间过长，等他赶到公司时，一向各种规章制度严明的公司已经把他除名了。

怎么会这样？从公司里出来，站在天宇大厦的公寓楼下，姚远突然有一种找不到北的感觉。

就这样，过完春节第二次来到南都后，姚远就像初次刚到那里时一样，又成了一个失业者。

5

白天在天河城和正佳广场逛了一圈，晚上回到住处，姚远觉得两脚发麻，两胯困疼，浑身像散了架似的难受。看着房间里潮乎乎的地板和墙壁，心也开始变得潮乎乎的。他怎么也待不下去了，厨房里的电磁炉已经坏了很长时间，现在连做饭都成问题，看来自己还得到外边去吃快餐来解决肚子问题。

在床上躺着休息了半个多小时，看看到了吃饭时间，姚远这才饥肠辘辘地拖着疲惫的身子向外边走。

到南都这么长时间，一直没有找到口味做得正宗的河南面馆，甚至连兰州拉面和新疆拉条子这样的饭馆也不容易找得到，这让一直吃不习惯大米等南方饭菜的姚远很不舒服。没办法，他只好选择那些带着辣味十足的四川饭馆，这样的川菜馆还好找一些。姚远知道，员村的街口就有一家，这家挂着“正宗川味”牌子的快餐店，门面虽然不大，但是饭菜味道做得还算地道，比起街头那些不少以经营客家菜为主的小饭店，这里的生意就像刚刚爆炒过的川菜那样，火辣辣地吸引着众多的北方打工者蜂拥而至。

快餐店老板姓王，是个典型的四川人。四十多岁，小鼻子、小眼睛、短头发，人长得像个土豆一样，胖胖的，一笑两个眼角就向上弯起来，样子有点像弥勒佛，又有点像他案板上经常放着的豆角。王老板不但为人热情，而且爱和顾客开玩笑，不论谁到店里去，他都能用一口地道的四川话，三言两语就能把你逗得发笑。人一和气，他的生意就好起来，所以王老板的“正宗川味”饭馆里经常顾客盈门。也因此，只要去外边吃饭，姚远差不多每次都会选择去他那里，不但解决了肚子问题，而且还能在这里感受到热烈气息，给自己单调乏味而又灰暗的生活带来一抹亮色。时间一久，这个四川老板就知道了姚远的口味和底细。空闲时候，王老板就会操着一口四川话和姚远开玩笑，说到开心处，他便像个鸭子似的“嘎嘎”笑起来，高亢的笑声，引得附近的人都拿着怪怪的目光看他。对此王老板也不在意，嘴里咬着一根沙河烟，显得开心而又悠闲。有几次他还歪过脑袋，斜起眼睛盯着姚远，半真半假地说，要给姚远介绍个堂客。姚远知道他说的堂客指的是女人，更知道他是在和自己开玩笑，所以也不当真，于是两人就会操着各自的方言，抽着互让过来的纸烟，就在那里喷云吐雾地扯上一会儿闲话。一来二去，两个人就变得熟悉起来，后来姚远每次去吃饭，四川老板都会在饭菜里多放几片肉，算是对姚远的特殊照顾。姚远知恩图报，不过他的回报方式却很简单，只有多去那里吃上几次饭，有时顺便也会把几个老乡带过去，这就有了热闹和凑数的意思。做生意图什么，还不是为了多拉几个回头客？

那天晚上，姚远进去的时候，饭店里已经有不少人坐等在那里。他从一张灰白色的餐桌上拿起一张过了塑、四个角已经卷边的简易菜谱上下看了看，横竖没有找到更适合自己的，只好随便点了份回锅肉，一份酸辣土豆丝，算是给自己点了菜。房间里坐得满满的，没有空位子，而且不少人都在那里喷云吐雾地抽着烟，一边操起各自的方言说笑。没有一个老乡和熟人，姚远只好把两只手插进裤子口袋，晃着身子在餐厅窄小的过道里转了一圈儿，看四川老板正在厨房里身兼数职地忙着炒菜。可能是炒锅里的辣椒放得有点多，一股浓烟从厨房里冲出来，像一股不可遏制的洪水那样，把中间隔着一条半截布帘子的前厅后厨，连同整个饭店，全都淹没在一片浓浓的辛辣里，刺激得几乎让人要流下泪来，于是饭店里有人开始此起彼伏地打起喷嚏。

菜还没有烧好，面积不大的餐厅里又没有空位子可坐，姚远只好又踱着步子晃出来，悠闲地站在饭店的门口，向门前灯火阑珊的街道上望过去。

此时正是下班时间，不少打工的晚归者，或步行，或骑车，或独身，或三两一伙，五七成群，鱼贯似的从街口处拥进来，把本来就狭窄和拥挤不堪的街道给挤得满满当当的。收回目光，姚远看见距饭店不远斜对面的公用电话亭门口，一拉溜坐了几个长发女郎，她们大多穿着开领很低的黑色丝质衣衫，高跟鞋，在临街店铺里扑出来的灯光映照下，她们每个人的脸上都荡着一层厚厚的脂粉气，红红的唇膏像片凝固的鸡血，让人看了有种说不出的难受。不过，这些人看上去并不那么让人讨厌。此时，她们正用描过眉涂过眼影的狐狸心态，昂首挺胸地坐在那里，有的还抽着烟，跷起二郎腿，用眼风瞟着街上的行人，像个守株待兔的猎人那样搜寻着自己的猎物。当然，她们还不时把目光向这边瞟，样子看上去既像林中出没的狐狸，又像夜幕下的鬼魅，充满了说不出的狐媚和风骚。姚远知道，这是一些专做皮肉生意的“鸡”。此刻，她们正在趁着降临的夜色，捕捉那些愿者上钩的“鱼儿”。

半年前，姚远刚到南都时，并不知道这些每天一到傍晚就把自己打扮成妖精一样的年轻女子，守在街头巷尾的交通要道处，不住地拿眼睛来回咕噜着打量行人，弄不清她们的身份，更弄不清她们到底在干什么。直到有一天下午，他从员村的出租房里出来，要到市中心去办事，当他行色匆匆地从这条街道上走过时，突然听到身边一个声音在低低地向他打着招呼：“来玩玩吧，老板！”当时姚远并没有听明白，当他侧过头去寻找声音，这才发现一个穿着黑色吊带衫、涂脂抹粉、画着很重眼影的女孩，正站在离他几步开外的一家美容店门口，一边向他暧昧地招手，一边向他眉目传情，暗送秋波。姚远不知道她要干什么，于是疑疑惑惑地走向前去。看姚远快走到自己身边时，那个女孩也不说话，用目光一勾，返身引着他，径直往店后边的一个房间里走。姚远不知就里，急忙跟进去一看，发现里边是一个个隔开的小单间，每个小单间里都放着一张一尺多宽的木板床，上边铺了层薄薄的被褥。一看这种摆设，姚远心里马上明白过来，但是人已经跨了进去，待要抽身出来已经来不及，于是只好怀着好奇的心情站在那里，明知故问地看着她，向那个年轻女孩打听起来。

请问你们这里都有什么服务？

老板，你究竟想要什么样子的服务嘛？那个女孩拿眼睛撒娇似的勾住姚远，表情暧昧地操着广西口音给他介绍说，我们这里可是什么服务项目都有的，松骨、推拿、按摩，包括做那种事情……一切都会包你满意的。

那种事情做一次多少钱？姚远已经明白了她的意思，但又不便明说，只有继续向下问道。

两百块喽！女孩盯住姚远，轻描淡写地仰起那张并不好看的面孔，轻飘飘地说了一句。

太多了，能不能少点？姚远开始和她周旋着讨价还价起来。

那就一百八十块吧！

还是多，再少点。

一百五十块，这下总该可以了吧？

还是有点儿多。

那就一百二十块吧，老板！女孩上上下下打量着姚远，有点闹不清面前这个瘦削的顾客究竟想出多高价位。看他仍在犹豫，想了想，最后像是狠下决心地解释说，不能再少了，老板，你是知道的，干我们这一行的也不容易，平时要吃饭、穿衣，还有房租、水电……

我知道、我知道，出门在外，大家挣钱都不容易嘛！姚远似乎理解她的难处，做出一副为双方考虑的表情，但是仍然站在那里坚持着，不过，你说的价还是有点高。

那你到底想出多少钱嘛，老板？

五十块喽！

什么？女孩把眼睛瞪得老大，有点不相信自己的耳朵，愣了一下，立马表情夸张地叫起来，老板，你开的什么玩笑嘛！哪有你说的这个价钱，再说，我们可都是些年轻姑娘，不像你想象得那么低。

不行就算了。姚远听她把尾音咬得很长，知道已经达到自己的目的，于是说着就想打退堂鼓。

看到上钩的鱼儿要脱钩，女孩心里有点没底，可是又想再坚持一下，只好盯着姚远看了一下，又看了一下，最后终于缓下了口气，不过，既然你把话说到这一步，那就收你一百块钱吧，真的不能再少了。

话说到这一步，姚远并没有马上同意，而是推辞道，我还有个急事要办，改天吧，改天我再过来。说着，不等那个女孩反应过来，他就匆匆忙忙撤回身子，落荒而逃。

跑得离那家美容店有一段距离了，姚远还心虚地向身后看了看，确信那女孩没有跟上来，这才长长舒了口气，妈的，如果不是现在老子手里没钱，我真想在她身上放松一下，玩她一把。看来在南都，这价位也的确够低的。直到这时，他才终于知道这些“站街女”的身份，既然是做皮肉生意的，不是那些被人们说的“应召女郎”是什么？

这时，饭店里有了一个空位，在同样肥胖的老板娘的招呼下，姚远走回来坐过去，等他从旁边的抽纸盒里掏出餐巾纸，一遍遍擦拭着面前的餐桌，一边抬头看着墙壁上的电视时，老板娘兼服务员的四川女人，已经扭着两瓣大屁股，把姚远点的两个菜，一前一后端了上来。没有熟人，也没有朋友，更不必和谁客气，姚远接过老板娘盛好端过来的一小碗米饭，开始就着面前的饭菜，大口大口地扒起来。

6

一个人的夜晚是寂寞难熬的，尤其在南都这个人地两生的繁华大都市，面对种种诱惑，内心的孤独常常让人有种心里撞鹿的感觉。

吃过晚饭，姚远刚从外面回来，此时斜躺在床上，翻了一会儿白天从报摊上新买的《南都日报》和《南方都市报》，想从中找些招聘信息看看，可是赶上星期天，这两份报纸的招聘广告少得就像手里的报纸，仅有几张，薄得可怜。从头到尾，只有几条夜总会和宾馆酒店招私人伴游的招聘信息，要么就是出租招租写字楼的分类小广告，也没什么重大新闻。翻来覆去地看了看，吸引眼球的是，这两份报纸的头条差不多都是报道发生在西部“3·14”打砸抢的后续新闻。如今这世道真他妈的乱了，你说这些暴徒分子是怎么想的，有吃有喝的，闹什么闹，难道还有什么不满足的？真是吃饱了没事干给撑的！姚远在心里发表着自己的看法。

翻到后边的社会版，姚远忽然看见一条醒目的社会新闻，说是一外地来南都的打工男子，因感情失意，独自爬上南江海印桥向下跳。不过新闻不像他想象的那么血腥，那名男子并没有像狼牙山五壮士那样悲壮地纵身向下一跳，变成人们心里的惊叹。根据记者的描述，那名欲跳桥轻生的男子，只是在上边磨磨唧唧地拖延着时间。就在他做着走钢丝似的高空表演欲跳未跳时，警方和他的女友闻讯赶来。在他们的劝说下，那名男子这才怀着达到目的后的暗喜，悠悠然地从上边下来，不过让他怎么也没想到的是，这名男子下来后当即就被警方带走了。警方给出的答复是，该男子涉嫌扰乱社会公共秩序。看到最后，姚远不禁有些失望起来，他妈的，这男子也太㞞了，跟演功夫电影似的，把架势拉得这么大，怎么不跳了？真是个熊包，既然要跳，干吗还要下来？看来这家伙不是真心要跳。如果换了我，既然决定轻生，我是什么也不会想了，谁劝也没用，就选一个距离地面高些的地点，最好是南都大厦的最高层，或者从正在建设中的亚洲最高建筑南都电视塔上，从几百米的最高处，像跳伞运动员那样，闭上眼睛悲壮地纵身一跳，“呼”的一声下去了，那才叫个爽。人嘛，不能老是太他妈的软弱，否则会让人耻笑的。

翻完两份报纸，看看表才晚上十一点钟，头脑清醒得像头顶的电灯泡那样，一切如新，毫无睡意，看来今天晚上睡不着觉的老毛病又犯了。姚远把头枕在胳膊上仰面而卧，瞪着两只目光如炬的大眼睛，看着因潮湿而变得污迹斑斑的天花板上，墙皮正一点一点地向下脱落着，心里有种说不出的空虚和寂寞。这时窗台处传来细微的摩擦声，几声轻响过后，一只比猫还大的老鼠，悄悄从杂物间没有封严的阳台防护网处翻进来，贴着地面，大摇大摆地踱到床前的垃圾篓旁，纵身一跃，跳进去，旁若无人地啃食一包姚远没吃完就扔在里边的方便面。真是一出“小老鼠上灯台，偷油吃下不来”的小游戏。姚远斜睨着眼睛看它一眼，不过看它摇头晃脑，吃得毫无顾忌津津有味的样子，也懒得理它，然后继续盯着头顶的天花板出神。

在南都，姚远没有几个要好的朋友，他的朋友分散在内地，而且天各一方，相距千里。那些当年和他一起中专毕业的同学，有的进厂当了小工人，成为工薪阶层的一员；有的企业破产后下岗在家，拿着低保当优扶对象；有的不甘平庸，读书学习继续深造，学成后不是在单位里混个一官半职，就是去异地发展；还有少数几个做生意的，当起了小老板，经过多年的商场打拼，已经混成了一个不小的人物。然而由于平时大家相互联系得太少，现在都不知道他们具体在什么地方，更不知道他们的联系方式。

自从来到南都后，姚远倒是认识了几个老乡，但还都没有发展到交心的地步。当初这些人的到来，就像传染病一样，起初是一个人在南都闯荡，干不了一段时间，就会把自己的亲戚朋友，或者把一个地方的人一个一个带出来。他们除了怀揣一个共同的目的聚集在一起，共同挣钱发财外，彼此之间算是有了照应，因此，他们只要一出来就是一大帮，而且差不多都是老家附近那一带出来打工的，再不然也是邻乡邻县邻市的。他们有的来了三两年，有的来了五六年，有来的时间更长一些的，大概在十年以上。由于文化水平不高，几个老乡分散在这座城市的各个角落，各自从事着不同的职业，其中大部分干的是保安、酒店勤杂工和服务员，工资拿得不高，也就是月薪千把块钱，日子过得相对清闲一些，这些人年龄大多在十七八岁或二十来岁之间，最大的不过三十岁，在家里可牵挂的事情少，在外挣钱多少倒在其次，关键是能开阔眼界，锻炼一下自己，这是大部分人的想法，因此，没事的时候，老乡们喜欢打个电话联络一下感情，而后便是凑在一起打个小牌、喝个闲酒、聊聊天解个闷，就把只身在外的无聊时间给打发了。姚远就是这个时候走了进来。

同是天涯沦落人。姚远的到来，算是扩大了老乡的队伍。由于都是一个地方出来的，不要说是老乡，就是听说一个省的，都感到十分亲切，更何况又是同一个地方的？所以他们也会时不时地打个电话，让姚远过去和老乡们见见面，加深一下印象，喝个酒，吃个饭，坐在一起聊聊天，或者打上两圈牌，打发一下在外无聊的日子。这些老乡，有的带着兄弟姐妹，有的带着女朋友，有的带着孩子老婆，还有的以在外打工为名，是在外边躲避计划生育偷偷地生孩子，在南都的城中村里租间小房子，男人不管在外边有多劳累，回去总算有个知冷知热的女人守着，做个饭，洗个衣服，两个人在一起过着小日子，实在比什么都好，所以几个人在一起"疯"够了，大家作鸟兽散，各自回去搂着老婆睡觉。只有姚远是单身，一个人回到出租房里，孤独得连个说话的人都没有，那种落单的感觉实在让人可怕，何况他与这些人又没有多少交情，共同语言又少，因此，除了上网，平时自己一个人在南都，就像一匹来自北方的狼一样，总是让人忍受着那种既孤单又寂寞的折磨。

唉，出门在外，还是有些朋友好啊，大家相互之间也好有个照应，不然，连个说话的都没有，简直都快把人给郁闷死了。想到这里，姚远不禁感慨万端。

和妻子离婚后，自打离开梅海市，姚远并没有去选择北京、上海、深圳等其他地方，而是单单选择了南都，也算是时下流行的“北上广深”四大城市之一。当然，他之所以来南都闯荡，除了有个中专时的同学在这里外，还有一个原因是这里老乡多，而且南都经济发达，开放包容，时尚洋气，不仅是南方的窗口，而且还是中国改革开放的前沿大城市之一。当初从单位辞职时，他就在心里计划好了，没地方去的时候，就去投奔在南都做生意的老同学！

说起来，那个同学和姚远是同班，南下多年，听说发展得不错。三年前的秋天回去过一次。那次回到梅海市，那个老同学专门找到姚远和几个在梅海市工作的老同学，在市内一家有点档次的秦淮人家大酒店请过大伙的客。老同学在南都开了一家电器公司，听说生意做得不错，有房有车还有存款，因此说话的口气就有些反常。他那晚请客时，不但豪爽地要了两瓶茅台，还炫耀似的点了一大桌鸡鸭鱼、海鲜、对虾和菌类等菜，看他点菜时一掷千金的样子和财大气粗的说话口气，直让在座的几个人眼热得像遇到了财神爷。于是，就有几个老同学趁着几分醉意，发着感慨地对他说，王少军，出去这几年，没想到你小子可是真发了啊，等到哪一天弟兄们在这里混不下去了，就找你打工去好不好？到时候，你可别装作不认识我们啊！

那个老同学嘴里叼着中华烟，扬起下巴哈哈一笑，带着几分江湖大哥的派头，把头一昂，拍着胸脯，挥起手臂，做出一副大包大揽的样子，同时嘴里操着一口不太标准的广东话满口答应说，小意稀啦，没关系的啦，偶（我）们似（是）虽（谁）活（和）虽（谁）呀！老同学们尽管前去，有我在，你们的吃喝玩乐，全包在偶（我）的身上啦！

听着老同学“啦”来“啦”去的广东话，大伙儿举起酒杯起哄似的叫起来：“喝酒，喝酒！干了！”

当时姚远就坐在他的对面，看到老同学如此慷慨激昂，心里就想，看来南方真是遍地黄金，不然以他当年在班里的学习成绩，怎么可能会有今天？可是不管怎么说，人家现在是大家眼里的成功人士，自己还有什么可说的？现在看他既然有这份豪情，说不定哪天自己在这里混不下去时，就去投奔他，说不定也会有他今天的派头！

然而情况却恰恰相反，等姚远到南都去投奔这个老同学时，老同学的手机却打不通了，死活都联系不上他的人。后来他才知道，这个老同学在南都的电器公司由于出现经营方面的问题，早在一年前就已经破产关门，而他本人为了躲避债务，则跑到深圳发展去了。没找到老同学，姚远却意外遇到几个老乡。这些老乡，虽然不是和他同村，但是与姚远的老家梅南县天河镇相距不远，都是邻村邻乡的，年龄也都大小不一。有道是“老乡见老乡，两眼泪汪汪”。能在几千里外的南都，见到仍然操着河南口音的老乡们，姚远的心里马上有了几分亲切和踏实。尤其是有个和他论起来是转圈亲戚的老乡，叫赵爱军，由于有了这层亲戚关系，他对姚远的到来表现出极大的热情。总是时时处处照顾他，赵爱军先到为主的热情和照顾，让孤独无依的姚远，很快感受到了浓浓的乡情和亲情的温暖。

赵爱军个头不高，长得矮墩墩的，两只眼睛经常向外鼓着像两个铜铃，什么时候看上去总是显得那么炯炯有神。他虽然文化水平不高，但是说话办事都很老练，透出一种说不出的江湖豪气。赵爱军初中没有毕业就辍学了，这些年，一直跟着老乡在外面打工，听说他先后去过深圳和东莞，和大部分外出打工的年轻人一样，那几年，赵爱军和老乡们都是在深圳和东莞的一些电子厂里打工，在流水线上生产玩具，打工卡，拿低工资，天天忙着加班做电子元件，活儿累不说，拿钱也不多。所以自从前几年和同在外边打工的一个老乡女孩结婚后，他就不在电子厂里干了，而是带着新婚的妻子来到南都发展，想在这里找个轻松一些的工作干干。

由于人缘好，为人热情豪爽，经人介绍，赵爱军很快在一家大酒店里当起了保安，一个月一千多块钱的工资，妻子则在他当保安的大酒店里做服务员。生下儿子后，为了不影响两人出来打工挣钱，就把儿子留给老家的父母照管，两个人继续在南都打工。五六年了，他们在南都已经习惯了这里的一切，就连生活方式也变得像模像样起来，看他们的言行举止，都快成了地道的南都人，所以和老乡们在一起，他时不时地还会冒出一两句广东话，和老乡们搞笑取乐。听着他说话时把嘴巴撮起来的样子，直把大家逗得前仰后合的，因此，他在老乡中间很有一些威信和人气。姚远和赵爱军等一帮老乡会合后，赵爱军先帮他在员村熟仁里找了间房子安排好住宿，然后又带着他一起去离住处不远的家乐福超市里选购生活用品，同时还给他介绍有关的情况，以便让他马上熟悉这里的环境，好尽快进入角色。所以在姚远看来，赵爱军简直成了他在南都最亲近的朋友和导师。

通过赵爱军，姚远又认识了几个老乡。和赵爱军的情况差不多，除两个老乡带着老婆出来名义上打工实则躲避计划生育外，其余大部分是不愿待在贫穷落后的内地，出来打工的同时，也在享受着大城市的生活。尽管大家出来的目的不同，但是挣钱的目标却是一致的。在老乡们的帮助下，姚远的心这才慢慢安静下来。

其实，姚远能狠着心到南都打工，还有一个重要原因，离开梅海市，走得远远的，越远越好，最好让熟悉自己的人找不到自己。不知道为什么，自从决定离开梅海市后，他总想把自己隐藏得深些再深些，一直深到别人找不到的地方。更何况南都又是经济发达、位居全国前列的南方大都市，到这里发展，也许会实现自己的人生理想，这是他来南都的最初目的。就像老乡们经常说的那样：南都城市大，经济发达，机会多，钱好挣只要肯努力，人人都可以当老板。没来南都之前，如果不是有那个老同学在这里，如果不是他平时通过电话，不断向姚远灌输南都的诸多好处，姚远也许不会来到这里。北京、上海、郑州、西安，那么多的地方不去，干吗要跑到远在几千里外的南都呢？南都成了他的天堂和梦想之都。

姚远的印象中好像还记得，有部叫作《情满南江》的电影，讲的就是南都的故事，所以他对南都充满了一种说不出的向往之情。可是来到南都后姚远才发现，尽管这里的情况不像老同学当初描绘得那么美好，但是这座大得没边的城市，的确给自己充满了新的诱惑和鼓舞。摩天大楼一幢高过一幢，宽阔的马路一条宽过一条，大王椰、香蕉林和芒果树，这些绿得耀眼的南方植物，全都疏密有致地排列开去，这给生活在北方看惯了四季分明、轮流更替、毫无特色风景的姚远，带来了更为新奇的感受。还有那满街跑的奔驰、宝马、宾利、保时捷、路虎，以及许多叫不上名字的名车，那些在内地难得一见的琳琅满目的金银首饰、挎包手表、皮草衣服等高档商品，城市精英们那挥金如土、一掷千金的消费比赛，都在强烈地刺激着他诱惑着他。虽然钱难挣，可是置身在这南方繁华的大都市里，开了眼，长了见识，让自己多年在内地禁锢的思想得以解放开来，这是花多少钱都买不到的收获，所有这些潜移默化的感染，使姚远已经深深爱上了南都这座魅力十足的城市。

妈的，这就是南都！这就是让自己魂牵梦萦，赋予无限想象，而又模糊不清的南方大都市。站在南都街头，姚远一遍遍在心里感慨，以前自己是井底之蛙，只有到了南都才发现，原来大城市这么具有吸引力，简直就是一个万花筒。看到哪里都是那么美丽，想想过去在内地浑浑噩噩过了那么多年，自己真是白活了！

工作没有着落，自然没有挣到钱，存折上本就不多的数字却在急剧变小，就像枯水期的河床一样，马上就要水落石出了。每次去银行取钱消费，姚远都像热锅上的蚂蚁，真有些着急起来，没了钱眼前该怎么办？在大街上流浪和在出租房里闲待总不是办法。在几个老乡先是意气风发、后是无奈的叹息声中，姚远解闷似的去过东莞，去过佛山，去过江门，去过与澳门一桥之隔的珠海，就是聚集千万人梦想的经济特区深圳，姚远也亲自跑到那里看了看。他去深圳的目的是奔着寻找老同学去的，可是当他坐着大巴在广深高速上跑了三个多小时赶到深圳时，老同学就像从人间蒸发了似的，怎么也找不到他的人了。深圳地方那么大，鬼才知道他在哪里！先是听人说在南山区，后又说在龙岗区，究竟是哪个区也没有搞清楚。后来，他听内地一个老同学透露信息，那个名叫王少军的老同学，在深圳新开的小公司也因为破产后，人已经不知道去了哪里，现在谁也没有他的消息。

怎么会是这个样子？听到这里，姚远的心头掠过一丝悲哀，看来在这大城市里也并不是好混的。

找不到老同学，姚远站在深南大道上，地王大厦看了，世界之窗看了，欢乐谷也看了，与香港连接最近的罗湖桥也跑去看了看，中国改革开放政策受惠最多的城市很大也很繁华，可是也让人很无奈……姚远在那里待了一个多星期，可就是没有找到适合自己的工作，最后想想，觉得老乡们说得对，还是南都好，城市大、机会多，只要自己肯努力，不愁挣不到钱。就这样，转了大半个广东省，姚远最后又划圆似的回到了南都，并决定扎下身子在南都发展。可是从春节过后到现在，自己都干了些什么呀？工作找不到，四处碰壁，口袋里的钱只出不进，真是穷到连街上的快餐盒饭也快吃不起的地步。躺在小小的木板床上，姚远就这么思前想后的，脑子里像有一团麻在缠绕着，乱糟糟的，怎么也理不出个头绪。

隔壁是一对刚住进来不久的青年男女，好像两个人都在什么公司上班，除去星期天和节假日，他们每天早出晚归的，忙得不亦乐乎。不过，只要两个人一回到出租房，世界就开始变得颠乱起来，吃饭睡觉就像在打仗，弄得四邻不安的。尤其到了晚上，两个人的火气好像大得无处发泄，不但每天晚上都要“做”，而且“做”起来的声音很大，简直像在上演一部恐怖片，女人尖厉的叫声仿佛半夜三更走路撞上了鬼，大得让人心惊肉跳。姚远这段时间晚上睡不着觉，除了心情不好外，大概还跟这对狗男女的夜生活过频有关。几乎每天晚上，姚远都能隔着墙壁数得清两个人在一起“做”了多少次，每次“做”的时间有多长。但是总结起来比较有规律的是，早一次晚一次，每次“做”的时间在一个小时左右，那真是一场你死我活的肉搏战，又像一场充满耐力的马拉松比赛。听着隔壁火爆热烈的动作，姚远在心里不禁感叹：年轻真好。年轻就是本钱，不但不用发愁找工作，就连做爱都能创下叫人嫉妒的吉尼斯世界纪录。听声音，此刻两人大概又“做”在了一起，姚远正这样想着，随着一声嘹亮的尖叫，女人叫床的声音再次穿墙而入，让神经本就有些错乱的姚远，心里禁不住“跳”了一下，又“跳”了一下。

他妈的，欺负老子没女人不是，竟然这样折磨我？姚远在木板床上翻了下身子，心里不由骂了一句。

“啊唷！啊——哟……”又是女人一迭声尖厉的叫喊，这活泼泼的叫床声，简直像针一样刺得姚远的心猛地跳起来。他心里禁不住动了一下，马上想到晚上吃饭时，出现在“正宗川菜”饭店门口的“女人”，不由心旌摇荡起来。

半年多了，自从和妻子离婚后，自己连个女人也没有碰过，是不是显得有些太窝囊，甚至还有些不可思议？姚远赌气似的在心里说，我不能太委屈自己，说什么也不能就这么下去，不然禁欲来禁欲去，自己都快变成太监了。不行，我得放松一下。可是怎么放松呢？去外边找只“鸡”吗？显然不行！除了她们身上太脏，我还不想去花那个钱，再说口袋里的钱也不允许我这么奢侈地折腾。既然这样不行，自己又该怎么办？想到这里，姚远翻身而起，从床头处的旧桌子下拿出那台旧笔记本电脑，插上网线。他想上网找个人聊聊天，保不准还能遇上一个午夜女郎。即使不跟她来真的，哪怕和她聊聊天也好，起码可以解解闷，既能消消隔壁房间里传染过来的火气，又能打发这无聊的时光，何乐而不为？

网上还真有不少夜猫子，姚远打开自己的“老爷车”，上去后，进到一个聊天室，东张西望中，很快找到一个女孩。通过QQ，他和那个女孩聊起来。女孩是四川绵阳的，来南都三年了，如今在一家化妆品公司上班，刚和男朋友分手，目前单身，正处在身体的枯水期，遇到姚远，她就像久旱逢甘露，枯木遇春天一样，在网上开始大吐苦水，痛陈男朋友的不是，那样子恨不能把男友拉出来痛打一顿才能解恨，不过姚远可不想听她祥林嫂似的絮絮叨叨，嘴里打着哈哈，思想却跑到了国外。看姚远对自己的倾诉不怎么感兴趣，女孩显得有些落寞，经过一番调整，才把话题切到了姚远这边。

聊了不到十分钟，姚远觉得有些兴味索然，便不想再和她空耗下去，于是就试探着主动向她提出了做爱。还好，女孩比较开放，没有反对就同意了。于是没有过多铺垫，也不必缠绵浪漫，更不要那么多的烦琐与过度，用了不到两分钟时间，女孩像条小鱼一样很快脱了个精光，把自己粗糙的皮肤亮了出来。通过电脑视频，姚远从摄像头里看到了女孩的全部，长相一般，没有魔鬼身材，样子也不火辣，不过胸部还算丰满，屁股尖尖，大腿白白，正是姚远喜欢的那种。看她这样，姚远三下五除二，便把自己也剥了个精光，一切都不要说了，就像两条干渴已久的鱼，两个人开始在网上疯狂地做起爱来。

7

一家公司通知姚远第二天上午九点钟去面试。

当时，姚远正一脸愁容地低着头，伏在岗顶天桥的栏杆上抽烟，思考着自己下一步的打算，他已经就这么伏了差不多有十多分钟的样子，可是思路还是没有出来，就在他绝望地看着那些车流在桥下呼啸而来，又呼啸而去的时候，口袋里的手机响了，他急忙掏出来看了一下，发现是个陌生的固定电话，推测一下，应该是哪个办公室打来的。这会是谁呢？姚远犹豫着接了一下，没想到里边突然传出一个女孩的声音，问明他的身份，对方便在电话里报出自己公司的名字，接着便通知他去面试。听到这个消息，姚远的脑子里像突然短路一样停顿一下，简直高兴坏了，嘴里连声答应着，紧接着急忙直起身子，把胸脯挺起来，目光望着远处的高楼大厦，立时觉得前程似锦，春光无限，展现在眼前的将是一片灿烂的阳光，这阳光诱惑着他向前走去，就像脚下那条伸向远方的宽广大道。

哈哈，终于有希望了，老子很快就要找到工作了！挂上电话，姚远激动地叫起来，引得身边正在过天桥的行人，都拿着异样的目光看他，以为自己遇到了一个神经病！可是姚远却不管这些，站在天桥上，张开双臂，做出一个飞翔的姿势，像是要把自己当成小鸟一样飞出去。

也是高兴，同时也是为了更好地迎接第二天的面试。当天晚上，姚远给赵爱军打电话，让他叫上几个老乡，一同去员村街口那家挂着“正宗川味”牌子的快餐店里吃饭。

为了给明天的面试鼓劲，那天晚上，姚远在几个老乡面前特意多点了两个菜，并且破天荒地要了两瓶半斤装的北京二锅头。

姚远，事情还没成呢，你就表现得这么激动？赵爱军看着他不由问了一句。

我这不是高兴嘛！再说明天就要去面试了，我叫你们过来的目的，除了吃饭，也想让你们给我参谋参谋，看怎么应对明天的面试。姚远说着又给每个人发了一支烟，现场气氛马上变得热烈起来。

看姚远如此高兴，四川老板尽管不知道他有什么好事，但猜想绝对不是什么坏事，于是特意免费给他们赠送了一份紫菜鸡蛋汤。看着姚远满面春风地和几个老乡坐在那里，有说有笑地边吃边喝，四川老板站在旁边，撩起脏兮兮的白围裙擦着手，笑眉笑眼地用四川话和姚远打起招呼，老板，看你今天这么高兴的样子，鹅（我）就晓得——你是不是又有什么好事情喽？说着也不等姚远回答，就又讨好似的凑上来说，你赶快尝一尝，鹅（我）今天的菜烧得啥样子嘛！姚远看他如此讨好自己，拿起筷子夹了块回锅肉放进嘴巴里嚼了一下，立马扭过脸，夸张地冲他伸出大拇指，同时也学着四川话夸赞了一句，嗯，不错，不错嘛！好吃得很，好吃得很咯！听姚远这样称赞，四川老板点上一支烟，“嘎嘎”笑着，又把眼睛笑成了两根弯弯的豆角。

等吃完晚饭出来，从赵爱军和几个老乡的口中，姚远已经大体知道了通知他面试公司的具体位置，和公交车的行车线路乘坐地点，并且在几个老乡的参谋点拨下，又了解到了一些面试的技巧。

第二天，姚远起了个大早，洗刷完毕后，从撑在床脚处的布柜里找出几套衣服，一件一件地往身上试穿，并且站在挂在墙壁上的一面小镜子前，用塑料梳子特意把自己的三七分发型给认真收拾了一番，直到认为一切满意，这才背上挎包，充满信心地跨出了员村的出租屋。

那天上午，姚远坐着公交车在马路上绕来绕去，终于来到目的地。下了公交，当他西装革履背着挎包、行色匆匆地走进天河体育中心北边的林和东路华庭街四号富力天河商务大厦门口时，抬眼一望，他马上就被面前的气势给镇住了。这是一幢有着三十多层高的商务写字楼，高大壮观，气势磅礴，蓝色的幕墙玻璃在阳光下发出耀眼的光芒，加上门口那对蹲着高过丈余的大石狮子，更透出一种说不出的高贵之气。更让姚远惊讶的，这幢大楼不但有保安把门，而且还有严格的门岗登记，正规得简直像政府机关。

拾级而上，走进门去，在一楼大厅办完登记手续，在保安指引下，穿过大厅，乘坐电梯来到A座十三楼。一出电梯，姚远又一次惊讶起来，上下楼层之间的距离高度差不多有五米多，而且水磨石一样光亮的走廊里宽敞明亮，干净整洁，美观大方，走在上面毫无压抑之感，心下不由暗想，自己如果能在这样的环境里上班，该会是什么感觉呢？

按照昨天那个女孩电话里的介绍，姚远在走廊里，循着门牌一个一个找过去，很快找到了这家挂着“中国鹏达化工（实业）集团公司”牌子的办公室。

这是东北一家化工企业设在南都的分公司。为了扩大华南地区的经营规模和业务范围，从而形成占领南方化工产品行业的销售市场，根据公司总部要求和南都分公司的实际情况，需要向社会公开招聘一批销售精英，说白了就是业务员。姚远就是被通知去应聘的十名业务员之一。对于搞推销工作，姚远并不是太满意，在内地习惯了那种“一杯茶，一包烟，一张报纸混一天”的办公室工作，现在突然要去外边跑市场做业务，这对自己的确是一个很大的挑战。当初如果不是为了急于找份活儿干，自己也许不会选择这份工作的，当然，如果不是在接连不断地碰壁之后，在这次求职表中填上已在南都居住两年、具有一定营销经验的内容时，也许这家公司不会考虑再三后，才决定通知他来参加面试。

为了应对今天的面试，昨天晚上，姚远就在老乡那里得到了一些面试经验，凡事先答应下来，然后再考虑其他，不然连被通知面试的机会都没有。这是赵爱军和老乡们劝他的话。所以他今天做好了充分的思想准备，好好应对这次面试，等先过了这一关再说。姚远知道自己眼前的处境，虽然自己对南都的地理环境并不是太熟悉，一旦跑起业务来，可能还会收效甚微，但是不干这个，自己又能干什么呢？如果像农村那些出来靠卖力气挣钱的农民工，在建筑工地上出大力流大汗，天天把自己累得半死不活的，他是说什么也不会干的。毕竟自己也算是个知识分子，又是坐过办公室的人，怎么能放下架子去干那些体力活？不过，要想和那些刚刚毕业的大学生去竞争职位，显然是不现实的。想想自己今年都三十五岁，已经没了年龄上的优势，再加上又没有过硬的专业技术和学历，怎好在择业时挑肥拣瘦？好高骛远是不行的，在当今这个时代还是现实一些吧！想到这里，姚远不再犹豫，站在门外等着里边的招聘人员叫自己进去面试。

别看“鹏达”公司这次只招聘十个业务员，但是通知来参加面试的人却比较多，远远望去，站在门口等待面试的排起了长队，粗略看去，差不多有五六十人之多，看到这里，姚远不禁有些担心，这么多人来面试，不知道自己能不能顺利过关。如果面试失败怎么办？下一步又该去哪里找工作呢？这么一想，他便暗暗下定决心，一定要珍惜这次来之不易的机会，认真对待，决不能掉以轻心，希望自己这次面试能够顺利过关，一举成功！

排在门外的面试者，按先来后到的顺序被一个一个叫进去，等到面试结束后，又一个一个走了出来。随着面试人员的不断进出，门外的长队也在不断地变短，一个多小时过去了，一直等到排在前边的面试者进去完后，这才终于轮到了姚远。

撑住，撑住，别紧张！就在临走进去即将面试的当口，姚远还在那里给自己打气。

面试是在公司小会议室里进行的。走进去一看里边的气氛，就让姚远有种如临大敌的感觉。会议室里有三个人，中间那个看样子是部门经理，三十岁上下，板寸头，白净面皮，里边一件雪白衬衣，脖子上挂着黑色真丝带暗花纹领带，外边套了身深蓝色工装，精神饱满地坐在曲起的会议桌后边，给人以年轻干练之感，旁边分别坐着两个和他一样穿戴整齐的年轻人。这时坐在桌子正中间的那位部门经理打开文件夹，一边看着姚远填过的招聘表和工作简历，一边上上下下打量着坐在对面凳子上的姚远，似在核实身份，又像是在做面试前的准备。

面试提问开始。

坐在桌子正中间的那位考官，抬起头，目光炯炯有神地盯住姚远，声音有些粗重地问道。

你叫姚远？

是的！

请问你是哪里人？

河南的。

以前都做过什么工作？

在企业里搞销售。

干了多长时间？

十五年。

嗯——搞销售这么长时间？板寸头迟疑一下，但是很快便接着问道，除此之外，你还干过其他什么工作？

跑业务。

你什么时候到的南都？

两年前。

为什么要到南都来？

为的是更好地发展自己，实现自我！

你在南都都干过什么工作？

业务员、推销员、办公室主任助理。

你对做业务这项工作感兴趣吗？

还可以吧。

什么叫还可以吧？显然他对姚远的回答不太满意，所以又故意加重语气地问道，你对做业务不太感兴趣？

感兴趣，感兴趣！姚远意识到自己刚才的回答有些毛病，生怕丢掉这次面试机会，于是急忙点起头说，我对做业务很感兴趣！

那么你知道什么是后“黄金时代”营销吗？常规的提问过后，面试考官马上把问题切到了主题，于是看着姚远继续问道，请谈谈你对后“黄金时代”这一营销模式有什么看法？

后“黄金时代”的营销是……这题目确实有些出乎自己的意料，而且太大和过于宽泛，但是不回答显然是不行的，姚远只好皱起眉头，翻着眼睛思考了一下回答，指的是不同于传统营销的一种西方营销模式，其特点是以人为本，最大限度地挖掘潜力，让产品说话，让客户信服，从而取得客户的信任。姚远回答这个问题时觉得有些吃力。他以前没有接触过这些内容，更何况这些问题又过于深奥和专业，所以在面试者的提问下，他的汗水很快就淌了下来。不过他并没有过分紧张，而是镇定了一下，凭着自己潜意识的感觉和理解胡乱想象着回答，也算是急中生智和临场发挥吧！好在面试者并没有对他的回答做出过多评价，接着便又把话题扯到如何开发客户，与客户取得沟通都需要哪些基本条件等问题上。相对这些比较容易的常识性问题，姚远都是凭着自己的理解一一做了回答。虽然回答得不是太好，但是坐在中间的板寸头考官，最后还是轻轻地点了下头。

不到十分钟的面试很快结束了，那个坐在中间位置的板寸头扭过头，小声和旁边另两个面试考官简单交流一下，这才回过头，在姚远的招聘表上打了个对勾。他接下来便开始向姚远简单介绍起公司情况，并讲明了这次招聘员工的目的和意义，以及对招聘员工的工资待遇，公司的作息时间和有关业务开展方面的各项规章制度等要求。看姚远像个小学生那样拘谨地坐在那里，一副洗耳恭听的样子，便有了几分好感。当他用一口比较标准而又流畅的普通话，最后征求姚远的意见后，做出结论说，如果没什么意见的话，你下周一来公司上班。

啊——就这么成了？姚远心里掠过一阵惊喜，身上马上感到一阵轻松。

面试完，从公司办公室出来，看到走廊上仍旧站了几十个等待面试的人，他们大多穿着休闲服、牛仔裤、运动鞋，一脸稚气，有的鼻梁上还架着眼镜，一看就知道是刚毕业不久的大中专学生。不过，看到他们一个个满含期待的样子，姚远心里不由抽了下凉气，找工作的人还不止我一个，看来我应该珍惜这个来之不易的机遇，千万不敢挑肥拣瘦，不然又要流落街头了。直到走过长长的走廊，跨进电梯，他的脑子里还在浮现出刚才自己面试时的情景。

他妈的，等了这么长时间换来一个跑业务的工作，这多少让姚远的心里有些过不去。“业务员”的身份好说不好听，而且业务不好做。以前自己是坐办公室的，现在却叫自己去跑市场干业务，实在有点委屈。不过想到人家开出来每个月一千五百元底薪加提成的工资待遇，姚远还是有些心动。一千五百元，不说提成，就这样的底薪，也是自己在内地拿不到的数额。姚远在内地的国有企业上班多年，虽说工资表上造出来的工资杂七杂八算下来并不少，可是又是养老保险，又是“三金”的，经过企业财务部七折八扣，到最后拿到手里的仅一千多元，与现在这家公司开出的工资待遇相比，还是差了一些。再说干上这份业务后，即使自己再笨，还能推销不出去几单业务？只要有业务成交，说什么一个月也能拿到两千块钱以上。还是老乡们说得好啊，毕竟南都是全国高收入城市嘛，只要有工作干，还愁没有钱挣？

“姚大哥，你明天晚上有时间吗？我们邀请到安利中国营销总监胡言老师传承，老师是七家平面广告公司的老总，双博士学位，美国普林斯顿大学客座教授、艺术家，他的画曾在法国凡尔赛宫两度展出，被中央电视台‘东方之子’栏目两度采访过，老师同时也是营养学硕士，安利东南亚第一讲师，女人的偶像，男人的方向，明晚让我们与成功有约，机会难得，请您来感受一下，一定会收获满满的！”又是安利公司那个女孩发来的短信。

从林和东路出来，穿过天河北路，刚到天河体育中心，姚远的手机短信提示音就响了。看了一下手机，正当他要删除这条骚扰短信时，他忽然想起了什么，觉得自己不该总是让人家失望，应该跟她联系一下，哪怕给个安慰也好。再说过完春节到南都这么长时间，还没有一个女孩和自己主动联系过，既然工作有了眉目，现在我也不能放弃这个机会，趁现在有个空闲时间，不如和这个女孩聊聊，说不定也可以缓解一下长期压在内心的烦闷。

姚远慢下脚步，按着手机键给她回了条短信：“吴倩小姐，感谢你的关心和多次相邀，但由于手头工作一直比较忙，未能赴约，很是过意不去，为表示歉意，如果有时间，想请你在一起喝杯咖啡，不知是否肯赏光？”

“谢谢姚大哥，请告知时间、地点，我随时赴约。”

姚远没想到女孩回复得这么快，穿过天河体育中心地下通道，本想到对面坐540公交车回员村住处的，刚走到天河城北门，他就收到吴倩回复过来的短信。姚远仰起头看了看即将放晴的天空，心里想了一下，随即给她回复过去：“今天晚上六点钟，天河城负一楼星巴克，不见不散！”

“好的，不见不散，我准时到。”

姚远的短信刚发走，女孩的短信很快就跟了过来。

看来她还挺守时的。

合上手机，姚远心里评价道。转而一想，安利公司总部就在天河体育中心附近，距离自己不会超过一千米。也许她现在就有时间，不然她不会回复得这么干脆。收好手机，姚远迈步进了天河城北门，看时间尚早，他打算先到天河城里转一圈看看。

8

女孩叫吴倩，姚远以前见过她一面。

半个多月前的那天上午，就在姚远为了找工作站在南方人才市场外边招聘处、踮着脚看张贴在墙壁上的招聘信息时，正在这里寻找客户的吴倩，影子似的悄悄来到他的身边，上下打量姚远一番后，主动和他打起了招呼。几句简单的搭讪，女孩递给他一张做工精致的名片，一看是搞安利的，姚远心里不高兴起来。平时他最见不得有人向自己介绍搞安利或推销保险的。他知道，这些人出于职业习惯，见到你后，不是向你介绍业务，就是要你购买产品，一旦被缠上，就像一块狗皮膏药那样，死死地黏上你，让你甩都甩不掉，而且他们只要一有空就会给你打电话、发短信，闹得人不胜其烦。不过这个女孩给人的感觉倒是有些特别。可能是个刚入行的新手，业务还不太熟练，不然她不会这个样子。姚远抬头仔细看去，发现她不像自己想象中的那样油腔滑调、夸夸其谈、一副急于求成的样子，而是有点腼腆，说话慢声细语的，还带着一脸清纯，样子有点像姚远第一次谈恋爱时的女朋友。

人长得这么漂亮，什么工作干不了，为什么偏要搞安利？姚远不由认真打量起来，正是由于这个女孩长得像自己的初恋女友，他才多看了她一眼，看完了，姚远还在心里嘀咕着。他知道在南都这地方，没有那么多的为什么，自己眼下不是还在心急火燎地四处跑着找工作吗？说不定女孩干上这个，也是出于无奈，迫不得已，逼良为娼嘛。在南都找工作不容易，大家彼此彼此，现在这社会，见面何必要问那么多废话。

女孩像个相面师似的，围着姚远从侧面观察了一下，脸上挂着笑，露出一口影视明星做牙膏广告似的整齐好看的牙齿，止不住地夸赞一番。看姚远并不反感，便有了几分自信。于是大着胆子，自问自答地试探着给姚远介绍起安利公司的诸多优势，看姚远一副认真在听的样子，她便又接着继续向他介绍安利公司新近推出的几个产品，介绍完后，并且非常礼貌地邀请姚远，有时间的话，不妨去公司里看一看。

见面第一次，女孩就向自己推荐安利产品，这多少让姚远的心里有些不太高兴。不过看女孩并不讨厌的身材和脸蛋，他没有马上拒绝，而是静静听她介绍完后，这才歉意地推说自己正在等朋友，顺便在这里看看，如果遇到合适的就招几个人回去，说完便想离开。谁知那女孩听说姚远是来招人的，马上来了兴趣。她上上下下打量一番姚远，腼腆地笑着，嘴里不住地夸赞起来，哇，早看出这位大哥是事业有成的老板，平时工作那么忙，又那么辛苦，那就更应该使用安利产品喽！不等姚远有何反应，她便如数家珍般地介绍说，我们安利公司最近新推出几种营养素，最适合像大哥您这样老板级的人物享用，毛主席他老人家不是就曾经说过嘛，身体是革命的本钱，要干好工作，首先就要学会休息和保养自己。女孩引经据典的一番话，让姚远感到有些腻烦起来，心里说什么老板级人物，什么伟人的话，自己连份工作都找不到，眼下连饭都快吃不上了，哪还有钱去买贵得要命的安利产品？看她站在身边只顾喋喋不休地介绍安利产品，姚远知道自己被她缠上了，看一时甩不掉，只好搪塞说自己还有事，正要离开，可是女孩缠住他一再恭维，能够认识大哥真是好高兴啊，请问你能不能把电话号码告诉我一下，今后有什么事情便于联系？听女孩这样说，姚远心想，即使给了你电话号码，你还能真就主动和我联系？南都这么大，在这座上千万人口的大城市里，谅你以后也不会找到自己。于是也就不再警惕，随手就把自己的手机号告诉给了那个一脸期待的女孩。

女孩急忙低下头，一边往手机上存姚远的电话号，一边又要不失时机地张着嘴再说些什么，等她低头核对手机屏幕上的电话号时，此时的姚远丢下一句话，已经转过身子，匆匆进了苏宁电器城。直到踏上商场的滚动式电梯，透过商场的橱窗玻璃，姚远还看见那个女孩站在原地，一脸期待地向自己这边追着目光，一副不甘心的样子，一边在人群中开始寻找下一个目标。

真是个纯情可爱的女孩，可惜现在像她这种女孩实在太少了，姚远在心里不由感叹起来。其实如果不是做安利，和她交往一下也是挺不错的，不当老婆当情人也好，起码可以排遣自己心中的寂寞。

从那之后，女孩经常给姚远打电话、发短信，内容不外是当下做业务者惯用的手段，先关心问候，进行感情投资，然后再慢慢一步一步地渗透，以取得客户的好感，但是不管怎么说，最终拐弯抹角，还是要扯到业务上。每次对女孩在电话里邀请自己去听课的事儿，姚远都以各种理由推辞掉了，但女孩好像并不灰心，发扬起执着的钉子精神，只要有时间，隔几天就会给姚远发条短信问候一次，什么最近天气干燥多喝水啦，什么平常工作要注意休息保重身体啦，弄得跟个知心朋友似的，短信发得多了，弄得姚远都不好意思起来。现在如果不是自己刚被通知上班，工作有了着落，说不定自己这一次同样不会给她机会邀请她。好了，眼看自己马上要有工作了，多日绷紧的神经也该放松一下了，见她一面又有何妨？于是，姚远这才主动给她回复一条短信，约她见个面。

“关关雎鸠，在河之洲，窈窕淑女，君子好逑。”借着不知道是古诗中谁写下的这句话，见见这个女孩也好，打发一下无聊的时光，不也是一件挺愉快的事情吗？在逛天河城的姚远这样想着，心情不由变得空前好了起来。

女孩现在就坐在姚远的面前。

天河城负一楼星巴克里，在一首叫作《SAD MOVIES》背景音乐的过滤下，整个空间弥漫着温馨的浪漫和轻松的情调。在大厅拐角处的卡式台子雅座里，姚远和女孩相对而坐，样子有点像一对恋人在玩浪漫的小情调。

姚远要了杯咖啡，女孩要了杯卡布其诺，此时她正低着头，用洁白而纤细的手指捏住一柄小勺，慢慢搅动着面前杯子里的冰。

说吧，姚大哥，你今天怎么能想到请我，不是别有用心吧？女孩仰起一张白生生的脸，操着一口普通话，面带笑容地对着姚远。

瞧你说的，没事儿我就不能请你出来坐坐啊？姚远斜着眼睛盯住女孩嫩生生的脸蛋，伸出右手大拇指和食指，捏住杯子里不锈钢小勺，绅士似的舀起一小勺咖啡，放进口里品了一下，优雅地说，像你这么漂亮的妹子，不是谁都能请得动的，今天能把你请来，是我的荣幸！

谢谢大哥夸奖，不过我可没你说得那么优秀。女孩笑着看了眼姚远，有点腼腆地低下头去，开始啜饮起一小口杯子里的冰水。

你很像我初恋时的女朋友，姚远毫不隐瞒自己的观点，满目含情地盯住面前的女孩，自从见到你的第一眼，我就有种特别的感觉。

真的吗？女孩再次抬起头瞪大了眼睛，表现得有些吃惊，怎么样，她长得漂亮吗？

嘿，长得漂亮又能怎样？再说都是一二十年前的事情了，可惜她早就嫁了人。姚远不好意思地笑了笑。

听你这么说，我真为你感到有点遗憾。

也没什么可遗憾的，人生无常，世事难料，姚远不由叹了口气。其实你比她更可爱，声音甜美，举止大方，温柔漂亮，身上既有那种传统美，还带着一些前卫和时尚，正是那种人见人爱的女孩子。

呀，听你这么夸奖，让我简直有点受宠若惊了。这下轮到女孩不好意思起来，过了一会儿，这才试探着轻声地问，姚大哥，能谈谈刚才你说的初恋女友的事情吗？我想听听你们的故事。

算了，都是过去的事情，我不想旧事重提，咱们还是谈谈现在吧。姚远调整一下心态，心情很好地说，其实我很感谢你多次给我打电话发短信问候，给我单调的生活加入了几分温暖气息，但是这段时间由于一直忙于出差，直到昨天才回来，所以今天就给你打电话约你出来坐坐，也算是表示一下我的歉意吧！

哎呀，听你这话说得，女孩也是一副抱歉的样子，嘴里说道，其实我应该感谢姚大哥的，你平时工作那么忙，还记得给我打电话请我，真是让我感到不好意思。

没什么，应该的。再说我们是男人，还是主动一些好。

经姚远这么一说，女孩不再拘束，两个人开始轻松地聊了起来。聊天中，姚远得知女孩老家是湖南洞庭湖边上一个水窝子的，去年来到南都，曾在几个地方干过，但是都不理想，实在没什么可干，最后才在别人的介绍下，到安利公司做起了业务。当姚远问她业务做得怎么样时，女孩笑了笑没有明确回答，而是神情幽幽地说，自己虽然来了这么长时间，但是南都的城市实在太大，自己在这里人生地不熟，所以业务做得只能算是一般般。说过之后，她又低头搅动着面前的冰水。沉默一会儿，轮到女孩开始问姚远的一些情况，可是姚远并没有依实相告，只说自己眼下在帮一个朋友做事，整天就是一个忙，难得有片刻休息的时间。不过在后来的聊天中，姚远还是告诉她，自己的家在河南，前些年根本没想到出来，现在都“奔四”了，才开始到外边闯荡，目的只有一个，不想在内地待下去了，这才来到南都发展。

看来大家的想法都是一样的。听姚远这么说，女孩知道有些事情是不能问的，一问都是心酸，于是转移话题后开始重新聊起来。从现在聊到过去，又从过去聊到现在，整个过程中，几乎都是姚远在说，女孩在听，姚远说到兴奋处，女孩就捂着嘴“吃吃”笑起来，笑过了就掩饰似的用小钢勺去搅杯子里的冰。期间女孩掏出手机，歪过脑袋接了个电话，口气亲切地对着翠绿色的手机和对方说，自己现在正和一个客户在外边谈业务，可能回去会晚一点，让他不要等自己，然后就把手机轻轻地合上了。

男朋友打来的？姚远试探着说，耽误你回家的时间了，觉得挺不好意思的。

没关系。女孩继续搅着杯子里的冰，扬了扬两条细细长长的眉毛，我已经习惯了，再说干我们这一行的，回家根本就是没早没晚的事情，再说晚上安排客户到公司里听营养课，也是常有的事，因此他能理解。

你们也挺辛苦的，看来都不容易啊！

是的，南都什么都好，就是工作不好找，钱不好挣，压力太大。女孩蹙了下眉头，深有同感地叹着气，我们女孩子不像你们男人，在南都随便努力几年，就可以成为事业有成的大老板。

听你这话说得就不太准确，好像成功很容易似的，姚远笑着纠正女孩的话，男人怎么了，男人也不全都是当老板的，你看这街上那么多做业务的，整天背着挎包在大街上忙得像个小妖似的跑，也没见他们发什么大财，你怎么能说随便努力一下，就是事业有成的老板？你也太高看我们男人了，说到这里，姚远把身子向后边的靠背上靠了靠，目不转睛地盯住面前的女孩，有点调侃又有点自嘲起来，比如就说我吧，来南都这么长时间了，直到现在都是在给朋友帮忙，自己连个事业都没有，想想都让人气馁，你又怎么能说是成功人士？你再看这天河城里，那么多高档商品摆在那里，我如果是成功人士，早就成了这里的 VIP 贵宾卡消费对象，也就不会这么盯着看了半天也舍不得掏钱买；还有，如果我是成功人士，也不会把你约到这里喝咖啡，最起码也要找个地方，吃个西餐，或者海鲜，让你当个高贵公主，享受到贵宾的待遇了。说到这里，姚远狡黠地盯住女孩高耸的胸脯，有点不怀好意地微微笑起来，半真半假地说，实不相瞒，更何况我到现在连个女朋友都没有，你能说我是成功人士吗？

什么？你还没有女朋友？不可能，你不会是在骗我吧？

姚远的话让女孩的眼睛不由瞪大了，她简直有点不相信自己的眼睛，坐在自己面前这个风度翩翩的男人怎么会没有女朋友？依她推断，按姚远现在的年龄，孩子至少也该有十岁，他怎么可能会没有女朋友呢？一定是他在故意骗自己，要么就是有意逗自己玩的。

难道这还有假？再说我骗你干吗？看女孩狐疑，姚远俯过身子饮了一小口咖啡，这才叹着气把自己离婚后到南都发展的经过简单讲了一下。不过，他并没有把离婚过错的原因扯到自己身上，更没有提自己婚前有外遇的事，而是把所有的责任全都推给了妻子。他说妻子对自己不忠，孩子都那么大了，还在外边背着自己偷人，这是哪个男人都不能容忍的事情，就为了这个“不能容忍的事情”，两个人才一气之下离的婚。姚远说这些话时，心里一直在不平衡地发着狠，哼，谁让前妻和自己离婚不到半年就找男人的，在女孩子面前歪曲这样一个事实，也算是自己对妻子的一点小小报复吧。

唉，她怎么会这样呢？有你这样一个好男人，她怎么就不知道珍惜？姚远的话让女孩不满地评价起来，她皱着眉头发表起自己的看法，现在这个社会呀，真是太复杂了，夫妻之间，谁背叛谁已经是司空见惯的事情，处在这种社会里，人与人之间又有多少真情可言？接着就是一番感慨。

所以现在这个社会上，没有谁对谁错，只要存在的就是合理的，面对现实，我们所能做的，就是干好自己的工作，挣钱、消费，幸福快乐地过完一生！

我同意你的观点，不过，我总觉得姚大哥的看法有些消极，这可是与你的性格不相称呀！

有什么相称不相称的，姚远端起杯子，用小勺舀了勺咖啡放进嘴里，同时看着女孩，突然有些灰心丧气地说，唉，我是没什么理想了，只要有钱挣就行，其他的也不再想那么多，就这么过吧！还是那位伟人说得好啊，人间正道是沧桑！好好享受眼前的生活才是正理。

两个人就这么漫无边际地聊着，没想到时间过得飞快，下午六点钟坐在一起的，起身时已是晚上八点多钟。走出星巴克，外边已是灯火辉煌的夜晚，此时行人已经退潮似的少了下去，对面的中信大楼隐没在一片黑夜之中，只有星星点点的灯光如虚无的萤火一般闪烁在半空中。

女孩住在石牌村，和姚远同在一条公交线路上，于是两个人步行到宏城广场公交站点去等车。南都的人就是多，又是下班后晚归时间，坐公交车的人正一堆一堆地压在站点上，一个个鹅似的扯着脖子向公交车开来的方向张望着，一副归心似箭的样子。还好，五六分钟后，一辆车头上亮着540路字样的公交车不堪重负地驶来了，看着车内已经挤满了人，又看看身边急等着上车的一大片人，在姚远的努力下，女孩和他这才一同挤上了540公交车往回赶。

9

姚远的业务做得不是太好。

按照公司有关规定，每天上午九点钟上班，上班后根据公司统一安排，每个业务员要根据公司提供的有关信息，梳理客户，开发客户，拜访客户，跟单签单，直到签回合同，把业务做回来才算完成任务。虽然到南都半年多了，可是姚远对南都的许多地方还不太熟悉，其他业务员一天拜访四五个客户，而他只能拜访两三个客户。他地理环境不熟，速度跟不上，所以总是落在别人后边。

第一个月是试用期，按照公司规定，每个业务员完成不低于二十万元的业务，可以拿到一千五百元加一千元的提成，结果姚远和另一个业务员只完成了不到十五万元，这样只能拿八百元底薪加七百五十元的提成。另一个业务员是湖北的，刚来南都不久，业务做得也不怎么样。看别人拿的工资几乎是自己的一倍，他的心里很不平衡，在那里用家乡方言发牢骚，说出的话咕咕噜噜地让人听不懂。可是姚远却没有什么怨言，别人都是比自己小十多岁的小年轻，学历高，地理熟悉，腿脚又勤快，拿的薪金自然就比自己多。他明白自己的情况，三十多岁的人了，早已没了竞争优势，还有什么可说的，难怪自己要落在别人后边。

领到工资那天，姚远的心情不是太好。本来计划除去房租水电后，还能再落下一些的，他打算用这个钱买身衣服，余下的给姐姐寄回去一些给母亲看病用，如果再有可能的话，积攒几个月，购买一台笔记本电脑，看来这个计划又要泡汤了。

晚上去“正宗川味”餐馆吃饭时，姚远的情绪有些低落。看他神情黯然的样子，正在厨房里干活的饭店老板扭着大屁股走出来，不顾别人在场，伸出胖乎乎的手，轻轻拍着姚远的肩膀小声逗他，你老弟，有啥子事想不开哟，鹅（我）看你是压力太大喽，何不找个地方放松一下子嘛？说着两只豆角眼一眨一眨地引导着姚远向旁边瞟，姚远顺着他的目光看过去，他的旁边是一个长头发女孩正在那里吃饭，样子像只小猫似的，一口一口地吃得极有耐心。

放松个锤子，哪个龟儿子才不想放松喀？咯老子没那份心情。姚远没好气地用四川话回了他一句，不再理他，而是看着简单的菜谱点了个红烧茄子，本来还想再多要一个菜的，可是想到口袋里的钱，他犹豫一下，最后还是放弃了。这个月老板“放粮”不多，还是省着点花吧。

看姚远没有反应，饭店老板扬起头像只鹅一样，自嘲似的“嘎嘎”干笑两下，摇晃着肥胖的屁股又进厨房去烧菜，留下姚远坐在那里，边喝茶边看挂在墙壁上的电视。为了节省空间地方，老板用一个托板和两个三角形支架把电视固定在那里，这样就可以满足顾客在吃饭的间隙看上一会儿电视节目，以此来活跃气氛。此时电视上正在放着一部名叫《汉武大帝》的电视连续剧，华丽的场面，带着经典似的对白台词，加上当红明星黄晓明英俊潇洒果断勇武的演技，让人不觉看得如醉如痴的。

饭店里有几个民工模样的人也在那里吃饭，姚远趁看电视的间隙，斜着目光，朝刚才饭店老板向他示意的女孩看过去。这是一个妆化得很浓的女孩，此时就坐在姚远的斜对面，就着一份鱼香肉丝，吃着一小碗米饭。发现姚远在注意自己，女孩于是也把眼睛抬起来，不断向姚远这边瞟。瞟一眼，摆动一下长头发，她抖动头发的样子看似文雅，其实有点像母鸡抖毛。姚远心下有些触动，于是趁拿餐巾纸的工夫打量她一眼，女孩穿了件质地并不上档次的黑色半透明丝质短裙，在头顶电棒明晃晃的照耀下，露出两条白生生的腿，脚上没穿袜子，上边套着一双松糕似的肉色高跟凉鞋，几个脚趾甲上涂了层亮油，被灯光一照，红光闪闪，一看就是那种做“鸡”的小姐。

就在姚远打量她的时候，女孩也抬起头来瞟他，就这样，当两个人的目光碰在一起，立刻就像电光石火那样，在空中擦出了无数火花。姚远心里又是一动，看来这女孩对自己有点儿意思，不由暗想，既然这样，自己是不是也该向她回应一下？想到这里，他扫了扫周围，大厅里的人都在那里边吃边聊，或者抬头看着墙壁上的电视节目，谁也没有注意自己，于是姚远拽了把餐巾纸，弯下腰去擦脚上的皮鞋，擦完后，故意把口袋里的一枚硬币滚过去，紧接着，他站起来走到女孩旁边，趁弯腰捡硬币的机会，用手指在女孩的脚背上轻轻弹了一下。女孩的脚趾像长了眼睛似的，立马会意地动了动，她斜睨着眼睛看了姚远一下，似笑非笑地点了下头，算是有了回应，接着继续低头吃自己的饭。

带着浓烈香味的红烧茄子上来了，可是姚远却吃得没有一点胃口，尽管饭店老板烧菜时给他加了不少油。

女孩吃完饭并没有立即起身走人，而是坐在那里扯了段餐巾纸，生怕损坏了嘴巴上的唇膏一样，轻轻擦拭着，擦过了又扯了餐巾纸，一遍遍不厌其烦地去擦自己的手，一边不时拿眼睛来瞟姚远，一边用目光扫视着饭店里的其他人，似是在等待着什么。

姚远就着红烧茄子吃了一碗又一碗，一连吃了三小碗米饭，这才放下碗筷，开始掏腰包结账。就在姚远掏钱的时候，女孩已经先他起身离开了饭店，临走时，她还不忘回过头向姚远勾了一下，像是在和他约着打暗号，意思是自己前边先走，让姚远随后跟来。姚远对此佯装不知，装出一副若无其事的样子跟了出来。

“正宗川味”饭馆隔壁是条长长的胡同，女孩走出去后，就站在胡同口处的一片暗处等待，姚远付完账出来，她正站在那里向这边张望。此刻，街上的行人开始退潮似的少了起来，不时有骑破自行车的晚归者，摇摇晃晃地从身边走过，姚远也不看四周，径直迎着女孩走过去。这时女孩不知从哪里弄了瓶矿泉水，看姚远快走到自己身边时，激动地举起瓶子，大口大口地向嘴里灌了起来。

姚远走过去拉了下女孩，女孩马上丢掉矿泉水瓶，疾速向四周扫了一眼，这才返身在前边引着姚远向胡同深处走去。

胡同像口深井，里边黑洞洞的，黑暗的尽头有一处昏黄的灯光。穿过深长的胡同，女孩像个侦探似的，领着姚远七弯八拐地来到一个窄小的楼洞里，拐两个弯上到三楼，就是女孩的住处。进门是一个五六平方米的小单间，昏黄的灯光下，一张旧木板拼成的双人床，差不多占去了房间的大半个面积，房间里摆设简陋，除了有个小小的破旧化妆台，和两把塑料凳子，一个支在床脚的布柜，几乎就找不到什么家具了。

说吧，玩一次多少钱？刚进房间，姚远就开门见山地冲正在返回身锁门的女孩说。

老板是明白人，你应该很清楚的嘛，女孩露出牙齿，淑女似的笑了一下，立刻扭动着腰肢凑过来，习惯性地摆了下长长的头发，声音发着嗲，半是撒娇地开出价码，二百块钱怎么样？

太多！姚远装出一副情场老手的样子，站在那里对她说，六十块。

你开什么玩笑老板，哪有玩一次六十块钱的？听罢姚远的还价，女孩立马花容失色地盯住姚远，抖动着两片涂了层厚厚唇膏的嘴唇，操着一口不太标准的普通话，和她讨价还价起来，老板，你看清楚了没有，和我们这样的女孩子睡觉，一次起码也要一百五十块钱的。你没看我这么年轻，再怎么说你也不能开口出这个价嘛。

一百块钱。行，就玩一次，不行，老子立马走人！

再加一点吧，老板？女孩看姚远说话口气有点硬，只好在那里乞求。

就这个价，我一分也不加。早已经摸准市场行情的姚远，抱着成不成就这点钱的态度迈出一条腿，站在那里，做着稍息的姿势抽起一支烟。看女孩逐渐起了变化的表情，他就知道有戏，于是一只手抱住自己的膀子，斩钉截铁地对她说，一百块钱也就是老子今天的心情，不然我早去英皇俱乐部了。说着话，烟雾从他的鼻孔里直直地冒出来，有点像他此时的心情，你猜那里的小姐玩一次多少钱？一百块钱老子能找个女白领，如果运气好的话，老子还能多找个小姐，玩一场“三人游戏”，你信不信？

我信，我怎么能不信呢？老板这身份，人又长得这么帅，哪个女人见了不动心？女孩上下打量着面前的男人，口气不由缓了下来，她上前一把拉住姚远的一只胳膊，撒起娇说，行了老板，就按你说的价，本小姐今晚算是对你打折优惠服务一次，以后你多来几次不就行了嘛，何必那么认真呢，你说是不是？

英皇俱乐部姚远并没有去过，可是他却听人谈论过，那是南都市比较有点儿名气的地方，靓男俊女，猛男少妇，俄罗斯小姐也有，西欧国家的金发女郎也有，客人只要有兴趣，既可以在那里尽兴，也可以把小姐带走包夜，或者随便打个电话，只要客人提出什么样的服务要求，俱乐部就可以让“小姐”打车过去，提供热情周到的上门服务。至于玩“三人游戏”，则是姚远从毛片中看到的镜头，不知怎么，让他给做了总结归纳。刚才姚远之所以这么说上一句，只不过是为了“将”这个小姐的军。现在看她已经把话说到这个分上，姚远也不再坚持什么，于是把手里的烟头一掐，开始脱自己身上的衣服。

等到姚远赤条条地躺在旁边的床上后，已经脱光身子的女孩，俯下身子开始在姚远身上揉搓起来。女孩的身上不知道洒了什么劣质香水，浓烈的气息刺激得姚远直想打喷嚏，不过她在理发店里拉过的头发可真够长的，垂下来像一挂瀑布，不时在姚远的身上一抖一抖地摇动着，样子有点像女巫。女孩的手还算柔软，小面团似的，搓到哪里哪里就像过了电似的，让人有种说不出的愉悦和享受。自己有多长时间没有这个样子了，姚远说不清楚，在女孩的揉搓下，他禁不住愉快地闭上了眼睛……

哎呀，还是有女人舒服，姚远这样想着，不由发出了感慨。搓着搓着，女孩的手就滑向姚远的敏感地带，这让姚远的身体像台发动机似的，很快有了反应。又经过一番揉搓，姚远腹中的欲火就蓬蓬勃勃地燃烧起来，于是他直起身子，鲤鱼打挺似的，两手一扳，就把女孩放倒在床上，然后不顾一切地压了上去……

10

南都位于广东南江三角洲北部，濒临南海，为西江、北江、东江三江汇合处，是中国南方最大的城市，同时也是一座具有悠久历史文化的旅游名城。

据史书记载，早在公元前九世纪的周朝，生活在这里的“百越之族”就和长江中游的楚国人来往甚密，当地人以“楚庭”来纪念这种友谊，故而南都古代又被称为“楚庭”。早在秦汉时期，由于远离京都，这里一直被称为南越之地。到了唐代，这里就已经成为南方有一定规模的城市，素有“羊城”之誉。从汉代开始，由于地理位置特殊，这里成了大洋彼岸的客商往来之地。尤其是到了明清时期，随着对外交往的增多，南都又成为当时政府批准的沿海对外开放港口城市，于是这里的人们远涉重洋，到海外侨居的多了起来，同时大批外国人也来此经商，从事贸易往来，不但带来了经济上的繁荣，也带来了各种不同的生活习惯。因此，历史在留下诸多传统文明的同时，也留下了众多带有西方文化元素的名胜古迹。在南都，应该说中山纪念堂的景色还是不错的，不但具有特殊的历史纪念意义，而且还有它中西合璧的建筑风格，绿瓦红墙，蓝色琉璃瓦，皇冠似的房顶，从远处望去，怎么看都有点像北京天坛的样子。

那天上午，姚远坐公交车去府前街办事，路过东风中路时，无意之中看到了这个园林式的景点。对历史还算感点兴趣的姚远，回来时特意拐进去看了看。他一直敬佩那些在中国历史上叱咤风云的人物，秦始皇、曹操、李世民、成吉思汗、李自成等等，尤其是中国近现代史上的孙中山和开国领袖毛泽东，这些人物个个都是盖世英雄，他们都领过一代风骚，特别是孙中山，早年学医，曾上书清朝大臣李鸿章，多次到国外寻求救国之路，由他开创的“三民主义”奠定了中国革命的历史。从伟人身上，自己不但可以瞻仰他们的丰功伟绩，而且还可以从中学习到知识，得到一些启示，所以还没进中山纪念堂，姚远心里就崇敬得如虔诚的信徒到了圣地耶路撒冷那样，整个人都被一种神圣所笼罩。

中山纪念堂占地面积很大，进大门后，仅迎着大门的花坛就有一个足球场那么大，花坛里栽满了菊花、郁金香、串红，还有一些叫不上名字的花草，与花坛四周那些合抱粗的森森大树一起，形成了一种庄严肃穆的气氛。沿着花坛旁边的通道，从几株浓密高大的榕树树荫里穿过去，继续前行，就来到了纪念堂广场的中央，孙中山先生的铜像，就站在一个高高的大理石基座上。

此时，梅雨季节还没有过去，天空中依旧阴沉沉的，还不时洒下一丝细雨，有这无边的雨丝做伴，正是瞻仰伟人的最好时候。姚远背着挎包走到铜像前，用手抚摸着高过自己头顶的铜像底座，抬头望去，孙中山先生站在那里，左手叉腰，右手拄杖，眺望的目光越过面前的广场，一直望向远方。顺着孙中山先生的目光，姚远看到了南都市不断节节攀升的建筑楼群，和楼群上方那一片模糊的天空。

绕过铜像，跨进大门，站在高大古朴的纪念堂里，姚远再一次被眼前这座造型别致、气势恢宏的建筑物所惊叹，琉璃瓦、廊柱、米黄色的墙壁，和着地上被游人走过时踏得泛出紫红色亮光的方砖，不禁让人心潮澎湃，纪念堂常有民族特色的建筑风格，无一不让他叫绝。走进纪念堂内，坐在舒适的座椅上，看着眼前播放着孙中山先生生平事迹的纪录片，姚远再一次被孙中山先生的救国壮举和伟大抱负深深地震撼。

到底是伟人啊！姚远不由在心里感叹起来，别看孙中山先生个头不大，可是从清朝后期开始，他就走上了寻求救国的道路。东渡扶桑、西去欧美，上下求索，经过几十年的艰苦奋斗，历尽千辛万苦，终于摸索出了一条救国救民的革命道路。与伟人相比，自己显得实在太渺小了。

走出中山纪念堂，姚远绕着纪念堂外面的走廊边走边看，观看着挂在墙壁上的黑白照片和彩色照片，与一些文字配合着起到相互补充作用，记录着中山纪念堂的建造过程，当他正要进一步了解纪念堂的历史资料时，口袋里的手机响了。

姚远吗？你在什么地方？主抓公司业务的经理刘晓东，在电话里用命令的口气说，你赶快回公司，有事找你！

姚远刚想打探回公司有什么事情时，刘晓东就把电话挂了。听他的口气，一定有重要事情，不然，他不会用这种口气和自己说话。

刘晓东就是当初姚远去面试时坐在中间那个三十岁上下的板寸头。这是姚远到公司上班后才知道的事情。在他看来，刘晓东是一个相当精明强干的业务经理，反应机敏，动作也快，人很有能力，也很有魄力，说话办事处处透出一个管理者的风范。干起工作来有种时不我待的冲劲。但是工作之外，刘晓东却显得比较随和，对待属下也不错，因此常常赢得几个属下业务员的称赞。自从姚远到"鹏达"公司上班后，就让他感受到了刘晓东的为人。别看刘晓东年龄不大，但他却处处都给姚远以关心和照顾。刘晓东知道，像姚远这个年龄的外出打工者，不是在内地混不下去，是绝对不会轻易出来再受这份罪的，因此，他对姚远还是有些照顾的，如果当初不是自己对姚远的印象还不错外，换了别人，是不可能让姚远留下来的。一个三十五岁的男人，你让他再去和年轻人一样，天天在大街上撒开脚丫子跑业务，这在快节奏的南都来说，已经远远不适应了。但他经过一番考虑之后，还是当场同意让姚远留下来。给这个来自北方的男人一个施展才华的机会，也许算是对他的一种帮助。姚远知道这个理儿，所以对刘晓东能让自己留下来在公司上班这件事，心里一直保存着几分感激。

离开中山纪念堂，姚远找到附近一个公交站点，跳上一辆开往天河城方向的公交车，匆匆忙忙地往公司赶。公交车在马路上摇摇摆摆地走着，此刻，他的脑子里一直在回味着刘晓东刚才电话里的内容，寻思着他这么着急找自己所为何事？可是想了一路，也没有想出个眉目。正在他心急火燎地向公司赶时，不知道怎么回事，那天下午，从不堵车的东风路却塞满了大小车辆。无论公交司机怎么努力，车子就像扎了根似的不能往前走动。于是车里有人发起了牢骚，有人在用家乡话和朋友打电话说着什么。

南都就是这样，城市太大，车子太多，尽管修了那么多立交桥，可还是解决不了堵车问题，尤其像东风路这种城市主干道，更是不应该堵车的。如果不是前两年增修了中山大道和黄埔大道，对市中心的车辆进行了有效分流，真不知道还要堵多长时间的车。两边的风景凝固着，楼群默默地站在那里一动不动，如果在以往，姚远还有可能趁此机会看一看沿途的南都市貌，可是这天，他却一点心思都没有，所以当他的目光顺着车窗望出去时，他看到的只能是无奈和心慌意乱，怎么看都让人心焦。一个多小时后，当姚远急得满头大汗，坐着公交车蜗牛似的爬到公司时，已经快到下班时间了。

负责公司业务的刘晓东坐在自己的办公室里，一边看着面前的业务报表，一边气鼓鼓地等着他。

一看这种情况，姚远就觉得有些不妙，经过了解才知道，原来是姚远和客户签的一笔单子出了问题。由于姚远过分信任客户，在客户只交了五千元订金、没有签订供货合同的情况下，就把一批货给发了过去，现在一个多月的时间过去了，客户却迟迟不往公司账户上打钱，催要几次都没有结果，怎能不让人着急？总公司马上要派人来查账，为了赶在总公司查账之前把这笔账追回来，南都分公司这才急忙通知姚远赶快回来处理此事，不然，等到总公司怪罪下来，分公司的负责人就会受处分，为此，刘晓东接到公司财务处下给业务部的催款通知，他就有些着急，这才急急忙忙通知姚远，赶快回来解决这一问题。

姚远，这就是你做的业务？你怎么能这样不负责任？四五万元的货款呀，就这么在你的粗心大意下生生给丢掉了，总公司下来查账的人马上就到，你让我们怎么向总公司汇报？刘晓东坐在那里脸都绿了，他指着财务报表上的催款单子，几乎是用质问的语气说，出了这么大的漏洞，我也无法替你摆平，你自己看着办吧！

对不起刘经理，是我一时不小心造成的，今后我一定会注意的。姚远低着头抱歉。

以后，哪还有以后？只这一次就够我们受的了，你还想等以后！

那，那该怎么办？

怎么办？你赶快去找客户把这笔货款要回来，把漏洞给堵上，不然这个空缺就算在你的头上，一点一点从你的工资里扣，直到扣完为止！刘晓东板着脸，生气地把单子扔在姚远面前。

姚远拿着单子刚走出刘晓东的办公室，刘晓东就拎着一只公文包大步流星地走出来，边走边用手松着脖子上的领带，像是要放松一样。当他走过姚远身边时，不由狠狠剜了一眼姚远，催促似的说，你要快，不然等总公司查账的人问起来，我不好交代！

好的刘经理，你放心，我会尽量把这件事情办好，决不让你跟着为难。

在姚远的心目中，刘晓东年轻干练，操着一口标准的普通话，是那种工作热情很高的人，平时对人还不错，也体贴下属，比那个不经常上班的公司总经理好多了。这次如果不是总公司要派人下来查账，他是不会这么冲自己发脾气的。再说那笔业务确实是自己一时粗心大意造成的，当初为了拉到这笔业务，和客户建立长期合作关系，他没有想到在只收订金不签订合同的情况下，会发生这种事情。

那天晚上，姚远一夜没有休息好。下午刘晓东的话在一遍遍敲击自己的耳鼓，他一直在考虑着该怎样处理这件事情。那批货发出去这么长时间了，如果钱收不回来怎么办？扣工资，自己一个月才多少钱？一年的工资也不够扣，这不是等于一年白干了吗？看弄的鸡巴啥事？想想就让人感到寒心。

第二天上午，姚远没有去公司签到，而是打电话向公司请了假后，连早饭都没顾上吃，就急急忙忙坐着公交车往欠债公司赶。等他赶到和他签单子的公司时，整个人已经困得几乎要晕倒了。

是拖欠货款公司办公室的一名女文员接待了姚远。女文员问他来之前是否和领导提前有预约，听姚远说没有，于是她便礼貌地告诉姚远，不好意思先生，我们杨总去了珠海，要到下午才能回来，有什么事情可以先和我说一下，回头我代为转告好不好？看着女文员那张公事公办的面孔，姚远想了想，并没有把自己的来意告诉她，他担心说给她后，她会给领导通风报信躲避自己，于是站在一边，急忙掏出手机，把这一情况报告给公司负责业务的刘晓东，向他请示怎么办。

大概是昨天下午心情不好，所以在接到总公司要派人来查账的消息让让晓东有些发慌，因此才对姚远发了脾气。过了一个晚上，此时刘晓东的气已经消得差不多了，听了姚远的汇报，他在电话里指使道，姚远，你不要听信他们办公室的人怎么说，一定要等到对方老总回来，无论如何也要把这笔货款追回来，不然我们不好向总公司交差。你明白我的意思吗？

明白，我明白！

只要明白就好，有什么情况及时向我汇报。

好的。听着刘晓东电话里的指示，姚远鸡啄米似的连连点头称是。

一个上午，姚远都不敢远去，一直在那家公司里候着，午饭是从楼下的一个快餐摊上买来的盒饭解决的。从上午等到中午，姚远已经等得疲惫不堪，他真想找个地方躺下去休息一会儿，可是左右看看，却横竖找不到一个可以躺身的地方，只好作罢，继续苦着脸坐在那里死守。时间过得真慢，当他坐在那里翻着手机，百无聊赖地等了一天，直到下午快下班时，公司老总杨亚彬这才驾驶着一辆广本懒洋洋地赶了过来。看他从电梯里一出来，候在那里的姚远弹身而起，急忙上前打着招呼问好。还好，杨总扭脸看姚远一眼，应了一下，态度不算特别恶劣，他夹着包把姚远径直引到自己的办公室。

杨亚彬的办公室布置得很讲究，窗明几净不说，桌椅上一尘不染的，宽大的老板台上摆放着笔筒、台历、电话、传真、电脑、打印机等一应物品，还有一个用树脂做成的招财进宝大金蟾，此外门口、办公桌前和书柜旁边摆了几盆发财树。可是姚远对此却顾不上多看，往杨总宽大的办公桌对面的接待椅上一坐，顾不上喝女文员倒上来的水，就迫不及待地向杨亚彬说明了自己的来意，并一再请求他，赶快把货款打过去，不然过两天总公司来人查账时自己不好交代。可是杨亚彬却不管这些，坐在舒适的老板椅上，骨碌着一双大眼睛，一边悠悠地喝着桌子上紫砂壶里泡好的铁观音，一边不急不缓地和姚远周旋起来。

姚远一直在小心察看着杨亚彬那张不动声色的脸。根据他的观察，杨亚彬额头宽大，面相不坏，而且还留着大背头，看上去应该不像是个无赖，这在自己第一次和他打交道时就有一种预感，所以此时，当他看到杨亚彬这张平静的脸时，姚远就更加坚定了自己的判断。按说欠账还钱天经地义，可是什么事情都不是那么容易的，特别是涉及资金问题时，情况就会变得更加复杂起来。谈判是在你进我退、你退我进的拉锯战下进行的。经过一番商谈之后，杨亚彬最后终于答应姚远，可以按当初双方的约定付款，不过要向后推迟几天，因为最近公司里资金紧张，有几笔账需要周转一下。

一看情况出现转机，姚远立马来了精神，至于对方说要推迟几天付款的话，显然是有意推脱。为了尽快拿到这批货款，姚远几乎有些急不可耐地等待不下去了，所以尽管得到了明确答复，但他一直坐在杨总的办公室里慢慢和他磨。他心里已经计划好了，晚上请杨总吃饭，这样自己的账就会好要一些。

为了不至于让人尴尬，姚远就坐在那里和杨亚彬交谈着闲聊，不知不觉中，很快到了下班时间，姚远使出浑身解数，才把杨亚彬拉到南江边上的泮江酒家吃海鲜。席间，看着杨总胃口大开，狼吞虎咽地吃龙虾吃大闸蟹的样子，直吃得姚远心里一阵阵发疼。心里不由暗暗叫苦，这哪里是在吃龙虾大闸蟹？分明是自己的钱呀！

从泮江酒家吃罢晚饭出来，杨亚彬开着他的广本要去南江对面的香格里拉大酒店，可是姚远说什么也不去，他知道刚才那顿海鲜几乎吃去了自己近半个月的工资，再去一次香格里拉，没有千把块钱下不来。这样一来，不把自己的口袋掏空才怪，看来我还是找个理由开溜吧！想到这里，姚远故意编了个理由，借口自己晚上还有点事，就不陪杨总去了。

看姚远不去，杨亚彬也不勉强，临分手时，他拍着姚远的肩膀不无豪迈地安慰道，放心吧老弟，看你人不错，我不会让你为难的，那笔钱我一定会如数打给你的。看姚远仍然有些不放心地扭过头看了一下，他又拍了拍自己的胸脯，打着保票似的立下保证，老弟，后天你带着发票到公司，记住带上账号，我签完字后直接让财务把货款转过去！

好的，太谢谢杨总了！姚远急忙答应，我后天一早带着发票就去公司找您。

记住，老弟，你不要去得太早，我们公司九点钟上班，你在十点钟左右赶到即可。

杨亚彬夹着包绕过去钻进车里，把黑色广本从泮江酒家旁边的停车场里倒出来，拐上临江大道后，一溜烟地开走了。

11

自从那天和搞安利的女孩吴倩在星巴克里聊了一个下午后，姚远从她身上又重新看到了初恋女友的身影，那身材、那容貌，甚至连她说话的语气，简直都是前女友余静的翻版。

姚远他们这一届中专生汇集了来自全市各地的莘莘学子。从小学到初中，姚远一直学习成绩优秀，他的志向是考大学，将来去北京、上海工作，最起码也要留在省会郑州，可是他姐姐和母亲都不同意，非要让他考个小中专。父亲得了肝癌，二十多年前就留下一屁股看病吃药的债务撒手西去，把老婆和一双儿女留在了苦难的世上，是母亲含辛茹苦地把他姐弟两个拉扯长大的，毕竟是妇道人家，再要强又能怎样？所以家里的经济条件一直不好。为了供养弟弟上学，本来学习成绩不错的姐姐主动退学回家，下田劳动，帮助母亲干家务，因此姚远从小发奋读书，学习成绩一直在班里名列前茅。初中毕业时，都说考完高中再考大学，等大学毕业最快也要六年时间，不如考个小中专，提前毕业，提前参加工作拿工资，姚远听从亲戚邻居和家里人的劝说，于是放弃全县的重点高中不读，却考了个市里的小中专，提前实现了母亲和姐姐的愿望。

姚远是在上中专时，和同班同学余静认识的。

余静和姚远来自同一个县，只不过她家在县城，家境不错。她看姚远勤奋好学，人很上进，不知道是哪里吸引了她，于是不知不觉中就对他产生了好感。中专两年，她一直没少在经济上接济姚远。余静长得漂亮，而且性格温柔贤惠，是大家公认的校花，也是全班男生追逐的偶像，情窦初开的姚远也从内心里很喜欢她。接触的时间久了，一来二去，两个人谈起了恋爱。然而中专毕业后，余静并没有留在市里工作，而是在她父母的安排下，回到梅南县，在一个行政单位上了班。由于没有其他人脉关系，中专毕业后，姚远则被留在市里一家效益不错的国营纺织厂，当了名小工人。本是一对关系不错的恋人，结果由于地位发生了变化，两个人的关系也发生了逆转。尽管余静很喜欢姚远，并和父母说了自己和姚远之间的关系，可是他们说什么也不同意女儿和姚远来往，余静的父母嫌姚远出身寒微，又没有什么前途，更看不上姚远的家庭和地位。就这样，家庭条件并不好的姚远，也没怎么挑剔，上班后不久，就在别人的撮合下，在单位里找个一线女工将就着结了婚。

一晃就是十几年，姚远的妻子虽然没有多少文化知识，但是没有那么多事，女儿聪明伶俐，一家人平平安安地过着小富即安的日子，倒也显得其乐融融。为了尽孝，姚远还经常把乡下的母亲接到市里住几天，享受一下母子相聚的天伦之乐。可是姚远的妻子哪里都好，唯独和婆婆合不来，如果婆婆在家里小住几天尚可，时间一久，她就把脸吊成个丝瓜，出来进去，天天丧着脸，不是一言不发，就是在家里指桑骂槐，或者摔摔打打的给以颜色。母亲是个明眼人，看出媳妇的不高兴，就很识趣，于是，在姚远那里住不到一个星期，就会找个理由说自己不能离家时间太长，家里的鸡鸭要喂，圈里的猪要养，地里的庄稼要伺候，急着回乡下老家。所以一年中，母亲在儿子那里住的时间加起来不会超过一个月，为此姚远没少和妻子生气。可生气归生气，日子还要过下去，就这样，直到姚远和那个女孩东窗事发，直到和老婆离婚，母亲再也没有去过城里。

和余静分手后，姚远一直没有再和她联系过。既然人家父母不同意，自己又何必庸人自扰，去找她自讨没趣，弄得自己跟个街痞子似的。结婚后，他更是没有动过和余静联系的念头，都是成过家的人，前尘往事已经成为过去，到了这一步，自己已经没有必要缅怀过去的风花雪月，还是过好各自的日子吧，姚远在心里自我安慰。只是他后来听说，余静嫁了个县某个局局长的儿子，想必小日子过得不错，自己就更没有那份打扰她的心思。

去年，对，就是去年，几个老同学忽然心血来潮地赶时髦，撺掇着要搞一个同学会。想想都二十年没在一起了，大家的心情会是什么样子吧！几个人热情很高，坐下来谈起这件事情时，兴奋得差点把饭馆的顶棚顶破。可是联系来联系去，只有少数几个人响应，同班学生大都分布在全国各地，一时间怎么也凑不到一块儿，同学聚会终至流产。姚远本来还希望老同学们能借此机会在一起聚一聚，叙叙旧，多和同学们联络一下感情的，如果有可能的话，还可以见一见余静，看她的生活过得究竟怎么样，也算是了了自己的念想，结果连这个希望也破灭了。

二十年过去，如今，余静在干什么呢？

功夫不负有心人。通过几个老同学的电话，几经辗转，姚远最终还是打听到了余静的手机号码。

那天上午，姚远趁外出做业务的间隙，抱着试试看的心态，给余静打了个电话。

当时余静正在单位上班，一看手机里的电话是外地长途，疑疑惑惑地接了，电话里却传来一个中年男子的声音，一时没能听出来是谁，不觉诧异地再三追问，可是姚远并没有马上告诉她，而是像小猫钓鱼似的引逗着让她猜。直到余静一连猜了几次都没有猜中，最终打算放弃时，姚远这才报出自己的名字说，余静，我，我是姚远，你还记得我吗？

你是姚远？听着这个叫“姚远”的男人，在电话里隔着几千里地和自己说话，余静一时没有反应过来，恍恍惚惚地在话筒里沉默着，样子像个木雕泥塑似的。她在脑海里翻了一下自己的交际圈，搜寻着那个叫“姚远”的人，俄顷，这才恍然大悟地记起来，对，没错，就是他！那个眼睛大大的、身材瘦削的同班男生，过去的情景马上像涨潮似的，一下子全跑到了脑海里，她立时惊讶地叫了一声，姚远，怎么会是你呀！你怎么跑到南都去了，这么多年没联系，你、你究竟都在干什么呀？余静的声音已经没有了当年的磁性，听起来有些沧海桑田的味道。

听着余静略带惊喜的声音，姚远不禁生出几分感慨。站在热闹非凡的南都大道上，让城市的声音尽情灌进手机。他同时在电话里告诉余静，自己在内地生活不下去了，这才到南都闯荡，现在自己正在一家公司里跑业务。

想不到，真是想不到，你怎么跑那么远？听说姚远离婚后只身到南都闯荡，余静的声音里有了些许惋惜，不无遗憾地感叹起来，当年你那么优秀，没想到怎么会走到今天这一步。

咳，什么都别说了，这一切还不是你给闹的，姚远眼睛盯住旁边驶过的一辆宝马，看象牙白的宝马车鱼似的又滑走了，嘴里这才不无遗憾地说，如果不是你，我也不至于过得这么不堪。

哎——姚远，你怎么把责任推到我的头上？余静不解起来，你怎样生活跟我有什么关系？

怎么能说没关系？姚远提醒道，你可以想一想，当年如果不是你父母从中作梗，让我们幸福地结合在一起，何至于让我走到今天这一步？妻离子散不说，还让我房无一间，钱无一文，已经沦落到无家可归、外出打工的地步……

一切都已经过去了，你现在还提这些有什么用？快不要这么说了，你一说过去我心里就感到难受。余静看姚远这样埋怨自己，不觉有些内疚，顿了一会儿，她在电话里低声安慰说，你知道吗？姚远，我也有我的苦衷呀，其实和你分手后，我也感到很后悔，可我是父母的独生女儿，我不可能不听他们的话，更不可能不听从他们的安排。现在想起来，我真的后悔死了，说到这里，她不由叹起气来，嫁了个老公不思进取，整天只知道吃喝玩乐，我们俩经常吵架，生活过得没意思透了。

既然过得这么不如意，那你难道就没有想过和他离婚？

离婚？余静在电话里吃惊地瞪大了眼睛，你不劝我好好过日子，怎么能说出这种话？

这有什么？现在离婚是一种时尚，好合好散，我怎么不能劝你？如果实在过不下去，干脆就把婚给离了，过自己想要的生活，那才叫自由呢。

你不是吃不到葡萄说葡萄酸，自己离了婚，也想劝我离婚吧，你什么意思？是不是别有用心？

司马昭之心——路人皆知，难道你连这点都看不出来？姚远站在大街上，望着眼前来来往往的行人和车辆，不无揶揄地说了一句，其实我真的希望你能离婚，这样就等于和我扯平了。

我真想不到你会有这个想法，如果我离了婚，你是不是就可以乘虚而入了？

嗯，有这个打算，也有这种可能！

姚远的话让余静的神情转瞬间暗淡下去，接着叹起气来，唉，我怎么没想过离婚，可是我现在的条件怎么能允许呢？手里拖着两个孩子，大的刚上初中，小的正读小学，都是正需要照顾的时候，有心和他离婚，可不是一件容易的事情。余静心情郁闷地说，以前我曾经尝试过，可是我爸和我妈两个人死活都不同意。他们说我是身在福中不知福，不知道珍惜眼前的幸福生活。日子过得好好的，离什么离？再说年龄不饶人，你说我现在都三十出头的女人，又是两个孩子的母亲，再想那些离婚的事情，闹出去别人会怎么看？后来我想了想也是，自己又不是十七八岁，二十出头的小姑娘，想怎么折腾都随心所欲，哪像现在，都人老珠黄了，再想那些不着边际的事情，不是太不实际了？女人嘛，再要强又能怎样？还不是社会的弱者，所以我现在已经认命了，就这么过下去吧，过一天说一天，当一天和尚撞一天钟。

困在婚姻围城里的余静，一番宿命论的解释，让姚远沉默下来，与此同时，他的面前马上出现了一个低头认命的弱女子形象。他在电话里感叹半天，不住地惋惜说，哎呀，我怎么也想不到，当年一朵那么优秀的校花，怎么会沦落成今日的怨妇？话说到这个分上，他一时不知道该怎么安慰余静。

你呢？姚远，年轻时没有外出闯荡，在内地安安心心地过了十几年，现在三十大几了才想到出去，肯定有不少难处。余静说着声音开始低下去，话语里全是关切和安慰，我理解一个人在外的心情，你不要再固执了，趁现在年轻，你还是赶快找个女人过日子吧！以后的路还长着呢！你总不能就这么一个人过下去吧！

谢谢你的关心，余静，可我还不想那样生活，我有我自己的打算和计划，姚远故意在电话里装出一副意气风发的样子，我好不容易才从婚姻的围城里逃出来，又怎么能轻易再走老路？这一回，我说什么也不会盲目地再走进去了，再说，我现在的条件还不具备，还有很多事情要做，等我在这边干出一番事业后，再考虑个人的问题吧！

这么多年过去了，想不到你还是这么自负。余静有点儿抱怨起来，你呀，还是改改你的脾气吧！

改不了了。俗话说，江山易改，本性难移。姚远故意不去看路边的行人，而是抬头望向远方，嘴里幽幽地叹着气，再说不自负我又能怎样？总不至于气馁得天天苦着脸，见人就大哭一场吧。

出门在外，你要多保重身体，听姚远一副落寞的语气，余静在电话里动情地说，过去的事情……我觉得挺对不住你的，姚远，今后如果你有什么需要帮忙的地方，尽管说，我会尽力的。

先谢谢你的好意，也许有用得着你的那一天。

挂上电话，姚远站在一处天桥上，很长时间都没有缓过劲儿来。他的目光一直在望着远处正在建筑中的新地标——南都电视塔。此时，南都电视塔正像一根利器那样，刺向天空，直指苍穹。

12

清明节放了三天假，难得有时间放松下来好好休息一下。连日在外边奔波，使姚远常常有种力不从心的疲劳。头天晚上，只顾在出租房里趴在床上，用旧笔记本电脑上网聊天，结果睡得晚了点，直到第二天上午十点钟，他才从一片破窗而来的歌声中醒了过来。

楼上不知是谁在放录音机，把音量开到了八十分贝以上。南都刚刚流行起来的一首新歌——饶天亮的《做你的爱人》，此时正在吉它的伴奏下忧伤地低吼：

我时常一个人独自彷徨
也时常一个人独自流浪
我希望你能回心转意
再像从前那样地爱我
我知道你不会把我遗忘
也不会抛下我独自飞翔
我时常留恋在你家门前
盼望你能够看我一眼

我一生中最爱的人哪
我醒来梦中还是你的样子
可不可以再爱我一次
让我学会做你的爱人
我生命中最爱的人哪
请不要拒绝心中火热感受
可不可以再爱我一次
做一个幸福的女人
……

除了饶天亮，还有一个青年男子跟着录音机也在那里低声吼着，只不过声音像砂纸一样嗞嗞啦啦的，同时还有种合不上拍的跑调。可能与跟唱者喜欢这首歌有关，录音机里一直在循环播放着这支歌。听着听着，姚远就熟悉了这首歌的旋律，于是在床上也跟着哼唱起来。唱了几句，不觉自省地笑了一下，看来这是一个为情所伤的年轻人，不然他不会这么忘情和投入。可是自己呢？目前又没有亲爱的人，自己又何必跟着瞎掺和？

忽然想到今天是清明节，也是国家首次颁布实行的第一个法定假日，姚远于是急忙起床，他要趁着这个机会，去看一看在南都过清明节的盛况。昨天他就已经打听好了，南都市天河区沙河广汕公路东侧银河公墓，就位于锭塘村旁边，因地处银河乡而得名。作为广东省、市革命先烈、本地区党政军某些领导人和社会名人的公墓，不但是全南都市最大的烈士陵园，同时也是全南都市最有影响的清明祭扫场所。

在南都，人们通常把扫墓叫作“拜山”，清明“拜山”是南都人的传统习俗，而且对于“拜山”活动来说，也是南都人传统生活中的一件重要事情。根据这一情况来看，姚远想，今天去那里的人绝对不会少。来南都这么长时间，自己还从来没去那里看过呢，何不趁今天放假时间，去那里看看南都人是如何“拜山”的？

在那个仍然跟着饶天亮吼叫的嘶哑声中，姚远匆匆忙忙走出员村，去之前，姚远查过交通图，知道通往那里的公交线路比较多，差不多有二十多条，单从他所在的位置到那里就有好几条。姚远坐公交跑到天河客运站，选了一条比较方便快捷的公交线路，跳上一辆 28 路公交车就往银河公墓进发。平时南都的街道上人本就很多，到了节假日，更是南都最热闹也是人满为患的时候，车多人多，早已经成为交管部门头疼的事情。今天也不例外。

一路上都是去银河公墓的人流和车流。出市区没多远，大大小小的车辆全都塞在外环路上，已经开始出现拥堵现象。尽管南都的城市交通疏导能力并不差，可是体积庞大、显得有些笨重的公交车挤在大马路上，还是像只蜗牛似的走走停停，当行驶到距银河公墓还有一大段距离时，前面的道路已经被大大小小的车辆堵得水泄不通了。公交车走不动，问了旁边的人，说此处距离银河公墓还有一公里多的样子，姚远在心里想，不就是一千米的距离嘛，与其就这么在公交车上死等着耽误时间，还不如步行过去！想到这里，他毅然下了车，徒步前行。十多分钟后，等他走到银河公墓时，在南都市有关部门的安排下，前来“拜山”的人们早已经开始了祭祀祭扫活动。

为了看清“拜山”仪式的全貌，姚远在人群中左冲右突，终于突出重围，就近找了个制高点，登上去向里边观看。这一看让他不由倒抽一口凉气，黑压压的一大片，把整个银河公墓围了个严严实实。姚远想，今天怎么这么多人？好像全南都的人都来了似的，场面大得不亚于在看一场足球比赛。不过他很快发现，尽管这里的场面壮观庞大，但是现场气氛却有些异样，由于是来祭祀的，所以人们的表情都显得那么复杂，再看那些“拜山”者，一个个神情庄重肃穆，观看者也是敛声静气，目光在随着祭扫者的举止而移动。再看远处，公墓外边，矿泉水、冷饮、香裱、纸钱和卖各种饮料、小吃的摊贩见缝插针，排列过去，则又形成了另一个市场。

看着不少“拜山”者在现场有关人员的指挥下，手捧鲜花，端着面孔，一个个神情肃穆地在那里敬献鲜花、拱手作揖的样子，姚远心里忽地一酸，不由想起早年死去的父亲。

那是种田的一把好手。

那是一个留在记忆里顶天立地的中年男子。

在姚远的印象中，无论什么时候看上去，身体长得壮壮的父亲，永远都是一座山，一座立在那里的高大的山。尤其是他那副勤劳朴实的样子，更是让人值得永久怀念。再苦再累的活儿，他都一声不吭地做得利利索索的，耕耙锄刨，样样精通，扬场摇耧，更是不在话下。种田之余，他还帮助母亲，把家里里外外收拾得干干净净井井有条，瓦房盖起来了，院墙盘起来了，鸡鸭在那里散步，牛羊在圈里走动，它们不时发出愉快的声音，整个农家小院里洋溢出殷实富足的气息。然而就是这么一个优秀的男人，却在不知不觉中患上了难以治愈的肝病。起初他并不把病放在心上，找医生开了些药吃吃，依然下田劳动，干重体力活，直到半年后，病情严重得把这个正当壮年的汉子放倒在床上时，他才意识到了问题的严重性。从镇卫生院住到县人民医院，又从县人民医院住到市人民医院，该花的钱花了，该吃的药吃了，该受的罪受了，但还是没有治好，而且病情越来越重，直到有一天，实在撑不下去了，他这才极不情愿地合上眼睛，就那么永远地走了……

男人的离去，就像在家里引爆一枚炸弹似的，一下子就把家里的天给炸塌了。面对这些接踵而至的各种事情，母亲一时显得手足无措起来，整日在家里田里苦苦劳作，腰都被累垮了。看着母亲稍微干点儿活，就要捶打着自己酸痛的腰肢停下来歇息的样子，正读初中的姐姐看在眼里，疼在心上，为了减轻家庭负担，主动提出了下学，帮助母亲种田干家务，一心供养姚远读书。本指望姚远中专毕业后能早挣钱，早养家，孝敬母亲，让母亲颐养天年的，没想到经过十几年的努力，姚远非但没有经营好自己的婚姻，反而闹了个妻离子散，无家可归，最后沦落到这步田地，回想起这些，就让人心酸不已。

姚远想起父亲临终前的情景。肝癌把父亲折磨得没了人形，本来一百五六十斤体重的大个子，结果只剩下不到百十斤，躺在床上，看他瘦得皮包骨头的情形，简直让人难以相信他过去的样子。弥留之际，父亲把自己叫到床前，伸出骨瘦如柴的手拉住他，眼巴巴地望着他，深情地叮嘱说：远……你要好好学习，将来……一定要、要有出息……说完这句话，头往旁边一歪就断了气……

清明节本是祭奠亲人的日子，多少年了，自己非但没有回去给父亲扫过墓，而且还把父亲的忌日都给忘了，今年更是跑到三千多里外的南都看别人扫墓，是不是太不该了？

想到这里，姚远鼻子酸了一下，心里就有些抖动起来。于是急忙从口袋里掏出手机给姐姐打电话，他想问问家里的情况。电话通了，他问姐姐今年清明节给父亲扫墓没有。听弟弟说话的口气有些特别，姐姐一时没有明白过来弟弟话里的意思，后来当她弄清了事情的原委时，便在电话里安慰弟弟，早清明，晚十月一，年年清明前和十月一后，她都不忘到父亲的坟上看一看，给父亲扫一扫墓。今年清明节，她一大早就去给父亲扫过墓了，不但像往年那样，在父亲的坟前培了新土，还在坟头上压了刀纸，摆上猪肉、馒头、水果等祭品，烧了香裱纸钱，放了一挂鞭炮，跪倒在地祭拜一番，直到忙完这一切，才回来侍候母亲，现在正准备去田里拔草。听说姐姐已经代自己去父亲坟前扫过墓，姚远心里马上涌出一股暖流，他嗓子里像塞进了什么东西似的，只感到一阵阵发堵。顿了顿，这才又打听起母亲的身体状况。

现在是春天，咱妈的身体时好时坏，就看到夏天怎么样了。姐姐叹着气说，按一般常理，由于夏天气温高，是心脏病和高血压人的发病高峰期，也是这类病人最难熬的时候，不过从眼前来看也没啥大问题，你在外边只管放心好了。说过这些，她又急忙关心地问起姚远的情况，并让他在南都安心工作，有什么事情要及时联系。姐姐的话让姚远再一次哽咽起来。

父亲没了，现在世界上只有母亲和姐姐这两个亲人，如今母亲又卧病在床，怎能不叫人心里难受？姚远拭了把即将涌出来的泪水，心里发着狠说，我一定要好好干，决不能让姐姐失望，更不能让母亲失望。等挣到钱后，我第一个要孝敬的就是母亲。母亲这辈子把姐姐和自己拉扯大，她这一生过得实在太不容易。还有待自己恩重如山的姐姐，什么时候都不忘帮助和关照自己，为了我，她把自己正在上的学都辍了，全力供养自己，这是什么样的情义啊，因此，我一定要在经济上帮帮她。姐姐家境不好，平时只能靠姐夫一个人在外边打零工，除了供养自己的父母，还要供养两个孩子读书，儿子读高中，女儿读初中，都是正需要花钱的时候，她的家庭负担够大了。好在姐姐是个要强的人，虽然不能外出打工挣钱，但是在家里也没有闲着，务农之余，还在家里养了几头牛和几口猪，喂着几十只鸡鸭。这些年来，除了忙里忙外，她还要替自己侍候母亲，代自己尽孝，这是什么时候都不会让姚远忘记的。

挂上电话，姚远站在银河公墓旁边，暗暗下定决心，南都城市这么大，机会这么多，我就不信自己挣不到钱！

13

是一个无风的晴天。姚远正在芳村和一个客户谈着业务，这时他的手机短信提示音响了，趁谈话的间隙，他悄悄打开一看，又是那个搞安利的女孩发过来的：姚大哥，你在什么地方，现在有时间吗？我想见见你！吴倩。

姚远想不到她这时给自己发短信的目的是什么，不会又在向我推销安利吧？姚远在心里猜测着，犹豫一下，没有及时回复，而是装好手机，继续和客户谈话。谁知又过了几分钟，吴倩的短信又发了过来：姚大哥，你是不是很忙呀？我现在急需见你一面，有事求你!!!

看来不像是在推销安利产品，那样一个清纯的女孩，此时一连两次给自己发短信，而且最后这条短信的后边一连用了三个感叹号，说不定真有事情需要帮忙。想到吴倩像自己初恋的女友，又想起那天下午，两个人在天河城的星巴克里见面时相谈甚欢的情景，姚远心里一软，不由动动手指打出一行字，很快给她回复过去：吴倩小妹，我正在外边和客户谈业务，有什么事情你尽管说，我好安排时间。

姚远的短信刚回过去，女孩的短信就迫不及待地钻了进来。姚大哥，我有急事找你，你最好能快一点，我在住处等你！

看来真有急事，不行，我得赶快去见她，一个女孩子，别是遇到什么不测了吧？想到这里，姚远心里发急，马上从椅子上站起来，不好意思地向那位客户解释道：很抱歉，李总，我刚接到短信，那边有点急事，我得赶快赶过去，你看，要不我们改天再谈？

好的好的，没关系，姚经理，你先忙那边的事情，改天我们再约时间见面！那位被称作李总的客户也跟着站起来，善解人意地和姚远握了个手，并把他送到电梯口，直到看着电梯门快要掩上的那一刻，他这才举起双手向姚远摇了摇，算是道别。

从芳村到吴倩租住的石牌村距离比较远，坐 811 路公交车虽然比较顺，但是需要差不多一个多小时，如果到南江码头坐船直接过江也行，可是中间要倒上一两次车，不方便。即使打出租，在不堵车的情况下也要差不多四十多分钟。为了赶时间，从客户的办公楼里出来，姚远在脑子里略略思考一下，紧走着步行几分钟，然后直接从芳村坐地铁向天河城地铁站赶。他知道，那里距离吴倩的住处石牌村不远。

吴倩的出租房在石牌村的最深处。和其他地方的城中村一样，位于南都市中心的石牌村，地理环境也好不到哪里去，居民们横七竖八地建了房子，只顾在那里收房租，根本不考虑那里的环境。由于地处市中心，许多开发商都看上了这里的地皮和位置，说是要对这里进行城中村改造，叫了几年，先后去那里丈量了多次，也讨论过多次，方案定了，通知发了，但是到了后来，便都又悄无声息地搁浅下来。城中村还是老样子，楼间距小，房屋破旧，加上道路狭窄，地形复杂，而且有些小巷子曲里拐弯的，走着走着就变成了断头路和死胡同，外人进去就像进了迷宫似的，绕来绕去就把头给转晕了，所以这种地方就像城市的一块胎记那样，极不光彩地贴在那里。

对于吴倩所住石牌村的环境姚远并不看好。至于她居住的位置，姚远恍惚记得曾经去过一次。那是姚远有一次送吴倩回去时看到的模糊情景，可惜是在一个晚上，吴倩所住的出租房又是在一个胡同深处，在周围高楼林立的围堵下，就像隐藏在耳廓里的一粒屎似的，显得格外幽深黑暗。因此对去那里怎么走，他有些记不清了，现在认真回想一下，只有一个模糊的轮廓，不过凭借当时的记忆，姚远想，只要走进去留点心，自己应该能够找得到。

吴倩这时找自己干什么？不会又是要自己做他的安利业务吧，可听她说话的口气不像，那又是为了什么？坐在风驰电掣般的地铁上，姚远一路上都在心里猜测着，也没有理出一个头绪。二十多分钟后，当他气喘吁吁地疾步赶到石牌村，先左右观察一下，大致看了下这里的环境找了找方向，然后低下头，像一条快速游动的章鱼，从电脑城旁边的窄小街道里穿过去，七弯八拐地来到一个家属区的三楼。当姚远气喘吁吁地试着推开吴倩的租住房时，房间里静悄悄的，再仔细一看，姚远不由吓了一跳，吴倩正一个人披头散发地坐在床上，手里握着翠绿色的手机，两只大眼睛失神地盯着凌乱的地面。

怎么回事，吴倩？姚远踮着脚，疑惑地走上前去，小心翼翼地问，家里是不是被盗了，丢失什么贵重东西没有？

吴倩不说话，像尊雕塑一样坐着。

你快说话呀！姚远看她不言不语，不由着急地催促起来，如果家里被盗，你要赶快报警，怎么能这样干坐着发呆？

“雕塑”在床上依然坐着不动，好像姚远的话是说给石头听的。

你倒是说话呀，吴倩！姚远看情况不对，急忙上前盯住女孩的脸蛋认真看了看，紧接着又抓住她的肩膀，一边抖抖地摇，一边焦急地问，你、你这是怎么了，不会是遇见鬼了吧？

在姚远的一再催促下,“雕塑”终于动了动,但是很快就像一堵墙似的，轰然坍塌在姚远的怀里，紧接着“哇”的一声哭出了声。

你别，吴倩，是不是老家出了什么事？一看她这样子，姚远神情大变，急忙安慰道，你不要哭，慢慢说。

我、我男朋友，他，他和我分手了……女孩终于哽咽着说话了，看她梨花带雨、边哭边说的样子，真有点像林黛玉葬花的模样。

我还以为怎么回事呢，原来是因为这个啊！姚远松了一口气，到底怎么了，他为什么要和你分手？

吴倩伏在姚远的怀里，先是哽咽着哭了一阵儿，过了一会儿，这才贴住姚远的胸膛，断断续续地叙述起来。近段时间，由于公司里忙，我总是回来得很晚，于是，他就开始怀疑我在外边有人了，我和他解释，他不听，翻我手机，从里边查出我不少客户的名字，他就开始怀疑我在外边和他们有关系……

他怎么能这样？真是个鼠肚鸡肠的小心眼儿男人，姚远不由生气地问，他以前也是这样吗？

不……不是的，以前他对我很好，我们是一个地方出来的，在一起谈了四五年，可是这段时间，他总是在外边喝酒、赌博，回来就无缘无故地冲我发脾气，老怀疑我在外边有人，说我对他不忠，有时甚至还动手打我……你看，说着吴倩掀起裤子，毫不避讳地用手指给姚远看，她边指边哭诉着说，你看，姚大哥，这些都是他打的……

吴倩细白的小腿上有几块巴掌大小的青紫印，姚远的眼睛还没有看清楚，吴倩又接着挽起袖子，指着胳膊上的几处瘀血哭诉起来，你看，还有这里，这几块也是他给打的。

他怎么能下得了手？有这样打人的吗？简直猪狗不如！姚远看着吴倩身上被打的几处伤疤，握起拳头，既同情又恼恨地冲女孩吼道，他人呢？妈的，老子要教训教训他。

走了……

走了？他去哪里了？

不知道哦，他打完我后，把房间里的东西一收拾，就头也不回地走了，也不知道他去什么地方了。

这次便宜他了！找不到女孩的男友，姚远一脚踏在一个硬纸盒上，不觉有些气馁，看来他是不会回来了。姚远打量着一片狼藉的房间问吴倩，下一步你打算怎么办？

分手，说什么我也不和他在一起了。

你能下去这个决心吗？毕竟你们谈了四五年朋友，难道真的就没有一点感情？

他无情我无义，既然他这样对我，我还有什么可留恋的？在姚远面前，吴倩突然昂起头，变得无比坚强起来，于是恨恨地说，分手，说什么我这次也要和他分手！

分手后怎么办？你打算一个人生活吗？

……

要不，你住我那里去吧？姚远试探着说了一句，我那里正缺一个做饭洗衣服的女人。

我……我找你来，就是想商量这件事情的，你、你该不会嫌弃我吧？

看你说的，我怎么能嫌弃你呢！你能同意，是我求之不得的，姚远突然变得开心起来，能找到你这样年轻美貌温柔贤惠的女孩，是我姚远上辈子积下的德，真可谓三生有幸，我高兴还来不及呢，怎么会嫌弃？

去，人家现在都成这个样子了，你还有心和我耍贫嘴？听了姚远的话，吴倩终于破涕为笑地嗔了他一句。接着她用手撑着身体从床上跳下来，找只杯子给姚远倒上水递过来，语气突然变得庄重起来，姚大哥，说点正经的，我什么时候搬你那里去？

晚上吧！白天搬过去不太好……

怎么不太好？你是不是担心别人说你闲话？

什么闲话？我才不怕呢！姚远喝了口水，轻松地笑起来，说吧，你想什么时候搬就什么时候搬，我听你的。

我想现在就搬，叫那个负心郎回来找不到我！

他又不是傻子，想找你还不容易！打个电话不就得了，分分钟的事情嘛，或者他到你们公司一下，不就把你给堵住了？

反正我不想让他现在找到我，等他在公司找到我时，有那么多人在场，谅他也不敢把我怎么样。

你说得也是。姚远马上来了激情，你看来真是下定决心了。好，听你的，现在就搬！

吴倩向后拢了拢头发，整了整衣衫，又马上去卫生间洗了把脸，又在镜子前补了下妆，这才和姚远一起开始收拾房间里的东西。

14

漫长的梅雨季节终于过去了，这几天，整个南都市就像揭掉了蒙在头顶的面纱，天空豁然变得晴朗起来，高远起来，天地间一片明媚。街道依然那么宽阔，人流车流依然那么川流不息地来往穿梭，各种树木和花草，依然如清洗过一般那么鲜亮嫩绿，高大的建筑物依然那么各具特色，鳞次栉比地站在那里。那天中午，姚远站在中信大楼的最高处向下望去，一切都变得那么生动起来。不少人在天河体育中心的广场上放起了风筝，蜈蚣、长龙、燕子、老虎，还有几个奥运福娃……在徐徐微风的吹拂下，扶摇直上，翩翩起舞，与地上的人们互为成趣。辽阔的天空下是一片如洗过后的澄明。树绿、花红，到处都是亮眼的绿。看到这里，姚远不禁在心里感叹，啊。南都，真不愧是一座名副其实的花城！

吴倩搬到员村和姚远住在一起后，两人先去家乐福超市买回一台电磁炉、锅碗瓢勺和其他炊具，还有一些生活用品，有了这些，他们像一对新婚夫妻那样，开始过起了新的生活。

由于吴倩上班的安利公司，距离姚远上班的林和东路比较近，大概只有不到十分钟的路程，所以每天早上，他们一同坐着公交车去上班，中午约在一起，随便找个地方在外边吃快餐，吃云吞、拌面、蒸饺等福建沙县小吃，吃兰州拉面、河南烩面、山西刀削面、新疆拉条子、湖南煲仔饭等等，偶尔他们也会去尝一尝广东的客家饭。

吃完了，两人就去天河体育中心被修剪护理得绿莹莹的草坪上，坐在上面，背着背相互挤靠在一起看报纸。《南都日报》《南方都市报》《信息时报》《新快报》，还有每天下午一点钟左右才出版的《羊城晚报》，逮什么看什么，上边的内容五花八样，让人看得目不暇接，眼花缭乱。在他们看来，南都的报纸版数多，价格便宜，一块钱买百十个版面，即使买到手里不看，卖废纸也合算。而且南都的报纸都办得很有特色，醒目的大标题，视觉冲击力极强的大幅图片，差不多刊登的全都是吸引人眼球的社会新闻，所以报纸也卖得快。偶尔，姚远和吴倩也会翻一翻《南都青年报》开办的招聘专版《前程无忧》，看看上边的招聘内容，获取一些招聘信息也是很不错的。或者看看《舞台与银幕》上的花边新闻。陈冠希的“艳照门”事件还没有完全过去，余波尚在，现在报上报道得最多的就是明星们的绯闻和私生活。还别说，那些以此为生的狗仔队鼻子就是灵，明星们的什么隐私全被他们无孔不入地挖得到处都是，甚至体无完肤，这些娱乐八卦和花边新闻，像一枚小小的绣花针那样，刺激着读者的神经。其实有时候静下心来想想，生活中多些娱乐还是很不错的，它们就像生活中的味精和调料，把生活装扮得五彩缤纷，不然平静的日子不是显得太单调乏味了吗？两个人要么就去天河城里逛一逛，去天河城斜对面八层楼高的南都市购书中心里看会儿书，故意把生活装扮得文雅一些。

过去姚远是不太爱看书的，他总觉得有班上，有工作干，一日三餐，衣食无忧，日子就这么安安稳稳地过下去，自己还有什么不满足的？所以就懒得去看什么书。可是现在情况不同了，自己漂在南都，生存压力这么大，要居安思危，未雨绸缪，有些新的想法才对，所以他就开始留意起市场营销和励志方面的书籍，希望能从中寻找到自己需要的东西。吴倩倒是不怎么关心这些，她热衷和迷恋的是时尚读物和情感故事，《瑞丽》《女报》《上海服饰》《美容与时尚》成了她的首选。此外，张爱玲、三毛、亦舒等人的书也成了她的最爱。当然，有时候她也翻翻厨艺方面的书，看能不能从中学到一两道菜的烧制技术。两个人抱着几本书，各自坐在书店的走道里各看各的，只有看到有趣的地方，两个人才会轻声说出来交流一下，然后再相视一笑，就把时光给打发了。

下午下班，两人又相约在一起，坐着540路公交车到怡景花园站下车，然后手挽着手走进菜市场里买些菜，回到员村的住处做晚饭。饭后拉着手，又一同去南江边上看夜景，到程介村段南江边上的广场看年轻人滑冰，看一群女人在那里扭着腰、送着胯，摇起胳膊，随着旁边音箱里播放的乐曲跳广场舞，回到住处，再没完没了地疯狂做爱，像死猪一样沉沉地睡去，早上被定好的闹钟叫醒，洗刷之后出去吃早餐，然后再坐车去上班，日子就这样日复一日地过了起来。

有女人的日子就是好，不用再为夜里的无聊和寂寞变得狂躁不安，不用再为感情的枯竭而彻夜难眠。衣有人洗，饭有人做，两个人在一起说说笑笑的，就把日子过得有滋有味的，活色生香起来，自然这样一来，姚远的生活也就开始变得有规律了。

其实，姚远也是个有心计的人。他明白要想把业务做好，就要付出一定努力，所以自从跑起业务后，他就开始想方设法熟悉起南都的地理环境和交通路线，了解获取客户的资源和途径，从而掌握到第一手资料，再认真进行梳理和总结，制订计划，以便做到按图索骥，心中有数，为自己做好下一步的业务打基础。

随着天气变晴，这段时间，姚远的业务量开始多起来。不到一周时间，他就已经签订下三个单子，销售量超过了十万元，成绩喜人。他为此感到很兴奋，不由在心里想，照这样速度，这个月不但自己能超额完成任务，还有可能实现翻番，当然回报也将会比较可观，于是干得更加努力起来。

如今，姚远日进斗金的业务量，已经在公司十几个业务员中名列前茅，而且继续保持在排名第一的位置。他的不俗表现，也让负责公司业务的经理刘晓东吃惊起来。他怎么也想不到这个刚进公司第一个月没有完成任务的业务员，眼看就要辞退他的关键时候却咸鱼翻身，来了个一百八十度的大转弯，逆势上扬，完全翻转了，这不是件让人高兴的事情吗？也是高兴，为了鼓励他的斗志，同时也想有意树一树姚远这个典型，以便让大家形成你追我赶的良好局面。一次，公司召开业务会上，刘晓东特意点名表扬了姚远。

在不大的会议室里，刘晓东当着在场人员的面鼓励大家说，姚远用自己的实际行动证明了自己，因此他是我们大家学习的榜样，我在这里明确地说，这个月，如果姚远的业务能突破三十万元，公司不但要给他发红包，还要考虑给姚远涨工资。如果达到四十万元，总公司还有可能考虑姚远的职务升迁问题，当然了，如果他超过五十万元，就有可能升任业务经理，超过一百万元，总公司就会考虑华南地区的副总经理职位。

“哇——”刘晓东话音刚落，会议室里马上响起一片嗡嗡声，大家纷纷议论起来：姚远可够厉害的，平时看他不哼不哈，不显山不露水的，没想到一下子就做到我们前面去了。

看不出来，真看不出来，他还有这个能力，真是人不可貌相，海水不可斗量。

公司对他可真够大方的，又是发红包，又是涨工资，还要提职务，这在过去真是让人想都不敢想的事情，这种好事，没想到要被姚远给捞着了……

听着大家的议论，加上刚才公司经理刘晓东对自己的表扬和鼓励，坐在下边的姚远，抬头看了刘晓东一眼，接着又向两边看了看，心里一直在琢磨着刘晓东刚才话里的意思，不由心里想，自己的业务量上去了，除去我本人得到的实惠不说，刘晓东的脸上也跟着有光彩。再说他是华南地区负责销售业务的经理嘛。下属的业务干好了，还不是公司负责人领导有方的结果？但是不管怎么说，业务上去了，首要的是自己能得到更多实惠。眼下，母亲卧病在床，需要吃药打针，姐姐家的两个孩子要读书，除了女儿的抚养费，自己还要吃喝拉撒的日常开销，哪一项不需要钱？自己太他妈需要钱了。因此，刘晓东的话让姚远听得热血沸腾，心潮澎湃，浑身充满了使不完的力量。

大家都静一静好不好？正在这时，刘晓东突然在主席台上宣布道，姚远做出这么大的成绩，给我们树立了榜样，这是他个人努力的结果，现在请他给大家介绍一下经验好不好？

好——会议室马上沸腾起来，听了刘晓东的话，大家异口同声地高声喊道。

姚远，请你站起来，给大家谈谈自己的经验，讲一讲你是怎么做好业务的，这也算是让大家来分享一下的成功嘛！

让我介绍经验？姚远坐在那里正在沉思，没想到刘晓东突然点自己的将，他一下子显得手足无措起来，不由口吃地说，这、这不太合适吧？

这有什么不合适的？刘晓东热切地望着他鼓励，你业务做得这么好，一定有什么心得体会，你就把自己的成功经验给大家讲一讲，这样不但说明咱们南都分公司业务做得好，而且有助于推动咱们公司在南都市场的发展，你就给大家讲一讲吧！

在刘晓东的鼓励下，姚远不好意思地站起来，先看了看坐在主席台上的刘晓东，接着又扫了眼大家，这才清了下嗓子说，感谢公司对我的培养，感谢刘经理对我的指导、帮助和鼓励，可是我真的没什么经验可谈，既然大家都想听，那我就说一句话，这个社会，谁不是为了挣钱？为了钱，我什么都不顾了，老子豁出去了……没有豪言壮语，没有高谈阔论，甚至也没有讲什么冠冕堂皇的一大套理论，而是说了一句让人啼笑皆非的话，谁知他话音刚落，小会议室里马上哗的一声笑起来，大家都为姚远这句简单而又朴实的话鼓动起来，紧接着，会议室里响起一片暴风骤雨般的掌声，同时还夹杂着有人“说得好、讲得好呀”的叫好声。

那次会议过去好长时间，公司里的同事见到姚远时都会另眼相看，有的还会私下揶揄他，说姚远真是想钱想疯了，连在开会这种严肃场合的发言，也毫不忌讳地提钱，不过他们的语气是善意的。自从姚远的不俗表现越来越突出之时，他在公司里的地位也有了明显提高，人家对他的态度再不是过去的冷嘲热讽和不屑一顾，而是对他变得友好起来。甚至有几个业务做得不好的同事还有意接近他讨好他，想让他给“指导指导”帮上一把。姚远的虚荣心也随之高了起来。他在幻想着，有朝一日实现自己的梦想。

哼，都说“不想当将军的士兵不是好士兵”。我看，“不想当老板的员工，也不是什么好员工”。一次下班后，姚远坐在公交车上，不由在心里对自己说。

业务上取得的突破让姚远充满了信心，他对未来也充满了期待，然而就在这时，吴倩却抱怨起来，说什么两个人住在这种房子里太过寒酸和狭小，员村到处都脏乱差，居住环境太差，自己已经忍受不下去了等等。

姚远明白吴倩的意思，也知道员村的居住环境不好。他至今都记得清清楚楚。就在吴倩搬来和自己同居的第二天晚上，吴倩就恶心得要命。那天晚上，她从狭长的小巷里出去到超市里买东西，当她走出出租房，突然看到前面的走道里爬动着几只黑乎乎的东西，走近一看，原来是几只像猫一样大的老鼠。看有人走过来，那些老鼠竟然不怕人似的，依然在那里大摇大摆地慢慢爬动着，不慌不忙的样子让人气得七窍生烟。吴倩壮起胆子，禁不住上前踢了一脚，谁知被踢中的老鼠非但没有吓跑，反而扭过头看了她一眼，傲慢的样子简直像是这里的主人，吴倩不由生气地嘟囔了一句，这里怎么会这样呀，连老鼠都想欺负人，真是太让人失望了。

还有蚊子。

离夏天还远着呢，蚊子就像一架架轰炸机似的在房间里乱撞，咬得人晚上睡不好觉，害得吴倩经常睡到半夜起来点蚊香。

姚远，咱们搬家吧，别在这里住了。一天晚上，吴倩终于忍无可忍地推醒身边的姚远，抱怨着说，我不想在这里住了。

怎么了？姚远翻过身，揉着惺忪的睡眼，迷迷糊糊地对头发纷乱地坐在床边的吴倩说，谁又惹你不高兴了？

蚊子，是蚊子闹得我晚上睡不好觉！吴倩瞪着一双熬得通红的大眼睛，抓着蓬乱的头发，抓了一会儿探过身子，从床头边上的一个小木台子上取过一盘蚊香，哆哆嗦嗦地点着后，坐在床上，接着又不停地抓挠着胳膊上的几个红包，又是老鼠又是蚊子的，这日子还让人活不活了？你再看看这房间，又潮又暗的，哪能是人待的地方？简直没法待了！

还有蟑螂呢！你怎么没把南都的“三大怪”全说出来？姚远躺在旁边揶揄地偷笑一下，再说梅雨季节不是已经过去了嘛，这房间里怎么还潮？

你看这墙上的霉斑，一片一片的，像不像人身上生的牛皮癣哦，吴倩厌恶地白了眼姚远，没好气地叫起来，看着就让人难受，你看我浑身的鸡皮疙瘩都起来了。

搬哪里去？再说这里的房租可是比较便宜，姚远扳起指头，给她算起一笔经济账，不说水电费，一个月才二百八十块钱，这么便宜的房租你上哪里找去？

杨箕、砚村、天河，还有石牌……

看看你又来了，姚远不无醋意地提醒她，你怎么又提起石牌，是不是又想起你的男朋友了？

去你的！我都到这一步了，哪有闲心和你扯这些？吴倩伸手挠着胳膊上的几个红包，嗔了他一眼，即使我们不去石牌，还有其他地方嘛，南都城中村那么多，随便一算就有几十个上百个，咱们干吗非要住在这里活受罪？

嗯，你说得有道理，可我在这里住了这么长时间，已经住出感情来，不想走。何况离开这里后，你去哪里找距离南江这么近的地方？

程介、车陂……南都市可住的地方多了，而且距离南江近的地方也有很多，你怎么偏偏就迷恋上了这一段的南江？

对不起，我对南江有感情。姚远马上变得神情庄重起来，不由充满深情地说，吴倩，你可能不知道，没来南都之前，我就特别向往南江，向往南江诗一样的名字和它美丽的风景，所以现在既然来了，我又怎么能轻易离开它？

南江有什么好，是你的出生之地，还是你的葬身之地？居然让你这么牵肠挂肚的，再说，它不就是一条穿过城市的污水河嘛！

算是叫你说对了，南江有我的魂魄，它的名字特别有味道，一叫起来就会让人联想到面前的一条大河，河清水晏，白帆点点，两岸风景如画，游人如织，这是多么美丽的地方！姚远说着说着来了激情，不由神情变得肃穆起来，虽然它不是我的出生之地，但有可能会是我的葬身之处，等老子哪天活腻烦了，说不定往南江里一跳，就算是魂归大海了。

你、你怎么能说出这种丧气话？吴倩惊愕地看着他，许久才说了一句，真是不可理喻！

好，好，好，听你的，搬家！看吴倩真生气了，姚远急忙转变态度，伸手搂住她光滑的后背安慰起来，咱们要搬就搬个好点的地方，你说是不是？猎德怎么样？那里不但离南江近，而且距离咱俩上班的地方也不远，从那里坐公交车上黄埔大道，再绕过人民日报社华南分社，穿过去就是天河城，十几分钟就能赶到班上。

好呀，好呀，既然你把猎德夸得这么好，这回听你的，咱们搬到猎德去！

你真是我的好老婆，姚远说着手上用力一扳，就把吴倩放倒在自己的怀里亲吻起来，两个人来了激情，很快在床上乱作一团，疯狂地做起爱来。

15

这个月，姚远的业绩做得不错，虽然没有超过五十万，达到公司副经理刘晓东给他预定的百万元大关，但还是做到四十多万元，已经算是不小的成绩，因此连工资带提成，姚远一下子拿到两万多元。看到工资卡上突然间多出的一大笔钱，姚远由衷地笑了，谁说钱不好挣，就看你努力不努力……直到这时他才相信一句话，南都市场这么大，只要肯下力气，想挣钱还不是容易的事情？

在赵爱军和几个老乡的帮助下，姚远很快把家从员村搬到猎德，租了个二十多平方米的一室一厅，五楼，朝阳，通风，采光好。房子大了，居住环境干净整洁，让人心里有种说不出的畅快。从员村阴暗潮湿的斗室搬到这里，简直就像从地狱来到了天堂。更让姚远高兴的是，这里距离南江更近，算起来直线距离还不到二百米。他观察一下，从这里过去临江大道，再穿过一片小树林，就是那条日日夜夜平静地流过南都市的南江。呵，这是多好的地方，真可谓是临水而居，占尽先机。他不由在心里感叹，自己以前在员村住了那么长时间，想想那些阴暗潮湿的日子真是白过了。不过让他遗憾的是，猎德房子虽好，可是房租却高，一个月不说水电，光房租就六百块，比在员村的房租高出一倍还多。

以前住一个月二三百元的房子，到现在住一个月六百的房子，你不心疼哦？吴倩一边收拾着房子，一边歪过头揶揄地笑着对姚远说。

钱是龟孙，花完再拼。尽管心里遗憾，但是看着吴倩心情不错的样子，姚远想起家乡的一句话恨恨地说，一个月拿两万多的收入，你说我还心疼什么？我一点都不心疼！我不但不心疼，下一步，挣到钱——我还要在这里买房子呢！

哼，你就给我吹吧！吴倩撇了撇嘴，反正吹牛也不上税。

不是给你吹。姚远停下手里的活儿，躺在床上扳起指头给吴倩计算起来，我一个月拿两万多元，照这样计算，一年就是二十多万元的收入，你说有这么高的收入，我怎么就不能在南都买房子？南都房子多少钱一平方米，你又不是不知道，不就是万把块钱吗？

是啊，南都房价这么高，你能买得起吗？不说碧桂园、星河湾、锦城花园的房子，就说南江新城、五羊新城的房子吧，按每平方米一万元，你算算，一百平方米的房子需要多少钱？一百多万哦，你再算算装修的费用，不还得几十万，两下加起来是多少？你把我当傻子哦，你以为我不会算账不是？

好了好了，我也不给你说这么多行不行，买不起现房，我还买不起按揭的期房？买不起高档的花园别墅，难道我还买不起普通一点儿、偏远一点的郊区房？

嗯，这还算你说得有点靠谱，刚才听你说的那些话呀，简直都快把自己吹到天上去喽！

不行，正这样说着，姚远忽地一下从床上折起身子，别看我这个月拿钱不少，可是还有几项重要开销呢，首先，我得给我姐寄回去一些，我妈有病，她没少向里边掏钱。另外，我还得买台笔记本电脑，外出做业务也方便些。

你不是有台笔记本电脑吗，干吗还要买？

你不知道我那台笔记本是“老爷车”？反应慢得都快走不动了，开机要半天，关机要半天，而且内存那么小，运行起来特别卡，慢得简直能把人给急死，如果不是我脾气好，换了别人，早把它给摔了。

呃，如果你觉得有必要，那你就买吧！不过，我觉得你还是先给你姐姐寄回去一些钱，好让她给你妈看病才是哦。人上了年纪，现在最需要的啥？不就是健康嘛，你这当儿子的长年不在家，现在既然手里有了钱，为什么不先向她老人家尽孝？

哟嗬，看不出你还是个大孝子呢！姚远突然夸奖起吴倩，哎呀，不错，不错，想不到你还是个挺孝顺的大姑娘呢。

哼，你看不出的地方多了，吴倩不屑地甩甩头，你可能不知道吧？我对我爸我妈都是很孝顺的哦，平时只要我手头有钱，总不忘给他们寄回去一些，或者给他们买一些营养品寄回去，也让他们享受享受女儿的一片孝心。你没听人家说嘛，世界上什么事情都能等，只有给父母尽孝不能等。再说，这是我这做女儿的应该做的嘛。

哎呀，想不到你懂的道理还真是不少呢！不过这样一来，你的安利产品又多了条销路不是。

你还别说，我爸我妈平时吃的就是安利产品，纽崔莱、高钙片、营养素，他们都吃过了，并且现在还一直在吃。

效果怎么样？恐怕没你说得那么好吧？

挺不错的哦。看姚远不相信，吴倩给他做了个前后对比，然后介绍起来，以前，我爸我妈的身体并不好，体弱多病不说，还经常感到腰酸腿疼什么的，自从吃了我给他们带回去的安利产品后，你知道怎么着？现在他们两个人的身体特好，红光满面的，身体结实不说，还经常下田干活，从事重体力劳动呢。

嗬，听你说得这么好，就像在给安利做广告似的，你别不是在向我推销安利产品吧？

姚远，你这话什么意思？吴倩看着他有些愠怒，我可告诉你，你别狗咬吕洞宾——不识好人心。要知道，我可不是在给安利做广告，不过你要明白，安利产品是从国外过来的高科技产品，其功能和效果有目共睹，我也用不着向你推荐，反正信不信由你！

嘁，听你说得这么好，看来我是不是得给我姐寄回去一些，也让她给我妈吃一吃安利产品，让她老人家也享受享受她未来儿媳妇的一片孝心？

去你的，谁是她未来的儿媳妇？看姚远在和自己耍贫嘴，吴倩冲他翻了下白眼，轻轻捶了他一拳，娇嗔地说，得寸进尺了不是？想得美！

怎么，难道不是吗？姚远把眼睛瞪起来，简直有些不敢相信面前吴倩的身份了，一时弄不清自己究竟是不是在和一个陌生人说话。

也不看你多大年龄，还跟我说这些？看看你的样子吧，跟个小老头似的，咱们两个能不能长久还说不定呢。没影子的事，你可别给我戴高帽子哦。

怎么了，再说我又没惹你，干吗说这些？

你买笔记本电脑就是在惹我。想我不知道是不是？吴倩突然借题发挥地埋怨起来，你不就是想用笔记本电脑方便和女孩子聊天，好勾引人家良家妇女。

看你都想到哪儿去了，我是那种人吗？

是不是那种人，你自己心里清楚得很！吴倩点了他一句，天天晚上睡不着觉，在网上找女孩子聊天，你当我是傻子哦？

哎哟，看来你什么都知道呀！

哼，我是谁呀？吴倩用手指点着姚远的脑门，故作聪明地说，我是你肚子里的蛔虫！难道连你这些花花肠子还能不知道吗？

算你厉害！姚远推了把吴倩，照你这么说，我笔记本电脑也不买了，省得你今后小我的心。

我不过是和你说着玩的，怎么能不买呢？看姚远认起真来，吴倩马上缓下口气，鼓励说，该买还得买，只要对你做业务有用，你就去买一台吧，不过要买就买台好的，配置高一些，速度也快，用起来不是更方便嘛。

你这个小妮子，算你聪明，看你这阴一出子阳一调子的，也不知道唱的什么戏，简直都快把我给气疯了。

吴倩俏皮的样子突然让姚远激动起来，他一把从凳子上搂过已经收拾完房子的吴倩，动手就去解她的裙子。

干什么干什么？你怎么能这样呀，大白天的，难道就不能规矩点？吴倩嗔怪着扭起身子，一边向后躲避，一边尖叫起来。

咱们是谁和谁呀。来吧，我的好老婆，说着姚远手已经蛇似的钻进去，一路畅通无阻地摸到吴倩小巧玲珑的乳房，结实、坚挺，盈手一握，风情万种。刚才还一身僵硬的吴倩，现在被姚远蛇一样的手一摸，浑身就像触了电似的，身子马上软成了一根面条。就在阳光明媚的大白天，两个人像两条干渴的大鱼，在宽大的木板床上行云布雨起来。

半个多小时过去，雨住云歇之后，吴倩偎在姚远的臂弯里，慵懒地躺了一会儿，开始从床上折起来收拾头发，而后又下床趿着拖鞋去卫生间冲了个澡，在镜子前补了下妆。只见她嘴里叼着头花，手腕子上套着扎头的带子，看着镜子里红扑扑的脸，整个人显得更加妩媚和楚楚动人。

你不要再睡了好不好？赶快起来吧，我们到颐高数码城看笔记本电脑去，看姚远仍然躺在床上休息，吴倩扭过头看他一眼，边在镜子前补妆，边嘴里含糊不清地催着他，要不，咱们就坐免费公交去好又多超市买东西。

你让我再休息一下好不好？

不行，你也不看看都什么时间了，还躺在那里睡懒觉，赶快起来！

哎哟，你这人可真是的！在吴倩的一连声催促下，姚远闭着眼睛在床上疲倦地又躺了几分钟，嘴里这才不满地嘟囔着，自己刚才元气大伤，需要大补之类的话，极不情愿地折起身子，简单收拾一下，和吴倩一起去外边买东西。

16

不知不觉，夏天悄悄地来到了。

南都的夏天是迷人的，尽管这里也是青天白日，但是不像北方热燥得让人难以忍受，南都的夏天是那种燥热中透出一丝温和的热，而且天更蓝，云更白，树更绿，阳光依然明媚热情，但是并不那么毒辣，倒是似乎透出一种温情。二十多度的气温，正是让人们心中的小兽撞击得忘乎所以之时，男人女人几乎都在用大海那边流行过来的港台或者韩国时装，尽情装扮着自己，昂首挺胸地走在大街小巷接受目光的洗礼。还有一些更年轻的女孩，几乎是袒胸露背地吊着大耳环，穿着露脐装，招摇过市，有的女孩干脆穿条露出白花花大屁股的低腰裤和超短裙，撑着手里的遮阳伞，在那里作闲庭信步，尽情地享受着多彩的夏天。再看那些满大街的人，个个都像背后有团火烧着一样，在忙忙碌碌地奔走着。白天天气虽然有点热，但是到了晚上，南都的夜晚就充满了女人般的狐媚气息。

夜色下的南都是另一种让人陶醉的情景，华灯闪耀，歌舞升平，一处处夜总会、歌舞厅、休闲娱乐场所……次第开放成一朵朵玫瑰花的样子，吸引着如潮的人流，这时候的羊城到处呈现出一派繁华景象。尤其是从香港、澳门、韩国引进过来的前卫服饰，更衬托出南都的时尚与超前。南都人爱吃爱玩，气候又适宜，人们白天都在忙于上班赚钱，只有到了晚上才有机会闲下来，开始坐在一起饶有兴趣地吃喝娱乐。北京路步行街、上九路和下九路步行街、澳门街、沙面、玫瑰园、东方豪情大酒店、西餐厅、咖啡厅等，那些让人血脉偾张的高档地方不用说了，只说那些街头上一字摆开的大排档，就够让人馋涎欲滴地说道上一阵子的。

南方人夜生活多，因此，最能体现夜生活的大概就是夏天了。你看街头那么多的大排档，一到夜晚全摆了出来，明亮的灯光，虚位以待的桌椅板凳，一个比一个摆放得花样翻新的品种，和那些挂得一块比一块高的招牌，都在刺激着过往行人。无论男女，这时就像在赶赴盛会似的闻风而动，全都从四面八方涌了上来，在来自不同地区的乡下小妹的热情接待下，点上几样，过不了几分钟，烧烤、冷饮、小炒、热拼，呼啦啦往桌子上一摆，几个人就着几瓶南江啤酒开怀畅饮，那气氛真叫人爽得“哇哇叫”。别说外出打工者喜欢这种简便快捷的消费方式，就连那些经常坐办公室的白领和金领，以及那些有身份和地位的精英人士，晚上有时也爱开着宝马、奔驰到大排档上撮起来。南都人对这种夜里摆在街头坐下来吃喝的生活方式叫“吃宵夜”，也是很有情趣的一种夜生活。往往一般情况下，几个人边吃边聊，就忘了时间的存在，所以夜宵往往一吃就到了第二天凌晨两三点钟，不过第二天起来，只要赶在九点钟之前到单位上班干工作就行。在南都生活了将近一年的姚远，不知不觉中，也渐渐爱上了这种独特的夜生活消费方式。准确地说，是公司副经理刘晓东让他喜欢上了街头这种大排档的消费。

这段时间，姚远的个人业务做得好，订单多，几乎保持在南都分公司业绩前两名的位置。底薪长了，提成高了，就连他以前想也不敢想的升迁之事，也被南都分公司提到了议事日程。从分公司传出的一份内部消息，如果不出什么意外，一个月后，姚远就有可能升任为南都分公司负责业务的副经理，原先负责公司业务的副经理刘晓东则有可能荣升公司经理，而那个没有多大本事的公司经理，由于经常钻研李宗吾，深谙《厚黑学》之道，在总公司那里比较吃香，则极有可能被调到总公司任职。这是一次公司全体会议之后，刘晓东私下给姚远透出来的信儿。为了这个令人振奋的消息，姚远还特意请了刘晓东一次。请客之前，他征求刘晓东的意见，本来说好要请他去吃海鲜的，可是却被刘晓东摇着头给拒绝了。

请什么客？再说事情还没成呢，等到事成之后再请不迟。

刘经理，不管事情成不成，就凭你平时对我的关照和帮助，我也应该请客。走吧，咱们找个地方说说话，也算让我尽尽自己的心意好不好？看他有意推脱，姚远急忙向他发出邀请，刘经理，你就别再推辞了，给你老哥一次机会吧！

唉，你呀，叫我说什么好呢？既然你执意要请，如果我再不去，就显得太不够朋友，好吧，我答应你！刘晓东看着写在姚远脸上的那份执着和诚意，最后提议说，走，咱去夜市上吃大排档！

什么？去夜市上吃大排档？咱们怎么能去那种地方？看着工装在身的刘晓东说出这个话，让姚远盯着他不解地看了很久，有些弄不清他葫芦里究竟卖的什么药，不由脱口而出说，大排档的档次太低，咱们还是去找一家比较差不多的饭店……

怎么？难道去吃大排档你不乐意？刘晓东狡黠地笑着看了姚远一眼。

刘经理，你是领导，请你吃大排档太不够意思吧？姚远望着他有些困惑地说。

什么叫不够意思？要知道这才是我的最爱！刘晓东笑着拍了拍姚远的肩膀。老兄，你可能不了解我，等今后时间长了，你就会明白的。说着抬头看着远处灯火辉煌的街景感叹起来，哎呀，来南都这么多年了，我还真就喜欢这街头大排档的消费方式，平民化，有特色，实惠，还有那种热热闹闹的气氛，在那里消夜，别提有多痛快！

好吧，既然刘经理有这雅兴，咱就去找家比较好点儿的大排档！

那天晚上，姚远和刘晓东去了员村一横路上的一家大排档吃夜宵。大概是心情舒畅，面对摆上来的一桌子烧烤、冷拼和小炒，刘晓东松了松脖子里的真丝领带，一副放松的样子，然后拿过一根烤好的羊肉串，一边吃，一边谈笑风生地向姚远介绍起自己到南都来的经历，同时还给他讲了一些公司里的情况。听他说得漫不经心的样子，姚远有了几分感动，心里不觉一热。他明白，刘晓东做事张弛有度，精明干练，不是那种随随便便就可以吃请的对象，他今天之所以答应自己，完全是冲着朋友义气。不禁感到有些过意不去，自己不该把他请到这么不上档次的地方请客吃饭，因此心里一直有种不踏实感，总觉得大排档的档次低，没有尽到自己心意。不过，吃完夜宵站起来，从刘晓东边走边剔着牙、给人一副心满意足的神情来看，再联想到刘晓东吃夜宵时那种情绪高涨、大快朵颐、有滋有味的样子，说明他确实喜欢大排档上的饭菜和气氛。

因为第二天要赶着去番禺办事，刘晓东没有和姚远一起走下去，而是并排刚走出大排档不到一百米的地方，他便招手拦了辆出租车，和姚远挥手道别后坐上去先走了。

送走刘晓东，看着街两边生意红火的摊点，回味着刚才吃大排档的情景，姚远这才放下心来。他不由在心里感叹，别看刘晓东是经理，看来有身份的人照样不能免俗，那么多有身份的人都来这种地方消费，他们图的什么，还不是那种气氛？看来南都的大排档诱惑不小，今后自己要好好学会这一点，套近乎，拉关系，把自己和上司的关系处理得更好。这样想着，姚远就在心里开始实施起自己的计划。从那以后，他请刘晓东到大排档上消费的次数也多了起来。除了请刘晓东外，他也会利用晚上空闲时间，时不时地带着吴倩到大排档上撮一顿，在满足胃口的同时，也算是赶一赶时髦。

手里有了钱，姚远的腰杆硬了，花钱也开始大方起来，不但买了台一万多元的笔记本电脑，还配备了彩电、碟机、冰箱、洗衣机，添了沙发、桌椅等生活用品。除给自己买几套衣服，还给吴倩也买了几件上衣、几条裙子。闲暇时候，或者逢上双休日，他就带着吴倩去白云山和火炉山旅游；带上瓜果糖块饼干等零食，去天河电影城或到岗顶电影城里看大片，《尼尔斯水怪》《爱你一万年》《国家宝藏 II》……正在南都流行的大片全都看了，就连轰动一时的《猫》剧在中山纪念堂演出时，他们也没有错过演出时间。还有法国摄影家拉蒂奥在南都美术馆展出的个人摄影展，姚远也带着吴倩去开眼，不过看完了，也没能从镜头中的世界里看出什么名堂，不由慨叹，都是什么玩意儿，不知道是自己不懂，还是压根儿那东西就不好。

晚上心情好的时候，姚远还带着吴倩坐着游艇在南江上看夜景。夜风吹着，吴倩把头靠在姚远怀里，时不时抿上一口服务生送上来的饮料，船从员村南江段出发，溯流而上，一直到二沙岛附近，沿途看到夜幕下的城市，如万花筒一样一一从眼前划过，在遥看万家灯火的过程中，便觉得自己是这个世界上最幸福的人。

有规律的生活，略带浪漫的生活情调，让姚远真正体会到了做一名南都人的优越感。中国最前沿的东西，南都有；中国最流行的时尚元素，南都有。原先，人们在谈到中国大城市的排名时，动不动就是北、上、广、深等等，南都位居其一，所有这一切，怎不惹得让他无限热爱？

在姚远看来，北京虽贵为首都，但是过于古老和陈旧，上海虽有“中国巴黎”之称，但又过于奢华，深圳虽然时尚，但太过于前卫，只有南都最好，既融合了中国的古老和现代，又担当了时尚与前卫，四季如春，气候宜人，南中国最具特色的大都会城市，奠定了它独领时代风骚的地位。这样的城市，这样的生活环境，这样的文化氛围，你没有理由不去爱它，你没有理由不为它自豪。不过，要在这样的城市里生活得更好，就需要你千百倍地努力奋斗！

南都怎么这么美呢，怎么就让我爱不够呢？那天晚上，从大排档上吃完夜宵出来，和吴倩在南江边上漫步时，姚远一手揽着吴倩的腰，一边仰脸发着自己的感慨。

姚远，你不要剃头挑子一头热，光说你对南都有多么热爱，可你根本就不知道南都爱不爱你！

只要我爱南都，不管南都爱不爱我，我都乐意。姚远斜了她一眼，笑着打起比喻，就像我爱你一样，你爱不爱我无所谓，只要能在一起生活就好。

你不要臭美了好不好？如果我不爱你，又怎能和你生活在一起？吴倩推了把姚远，白他一眼，南都是好，可是你要明白，这是一个充满激烈竞争的城市，稍有不慎，就会成为失败的奴隶。你没看那些大街上奔跑的人，大多都是年轻人，有几个像你这样？都三四十岁的人了，还在给人家跑业务，你以为你能跑多少年，我看也就三五年罢了，过了这个年龄，你就是被淘汰的对象，知道不知道？

咳，别说得那么吓人好不好，事情还没到那一步呢！你怎么就这样打击我的积极性？

我不是打击你的积极性，而是在提醒你，要时时努力，切莫粗心大意嘛。吴倩含嗔带痴地说，假如有一天，你被淘汰了，失败了，变得身无分文，一无所有，甚至流落街头怎么办？到那时候你回不回内地？

不回，我好不容易才来到南都闯荡，怎么能轻易回去？再说我回去也没地方，只有死路一条，所以我只有在这里继续打拼，直到取得最后的胜利！

我的意思，如果你万一走到那一步怎么办？

我死也不回，我干吗要回去呢？

好，你既然不想回去，那你就得加倍努力，不然真就会走到那一步。人生，什么时候都得学会拼搏哦，吴倩鼓励道，只能成功，不能失败，不然我们真就没有立足之地，更不要说在这里生存发展，是不是？

说得好，说得好，看来晚上我又要“犒劳”你了。姚远一激动就嬉皮笑脸地凑上来。

去你的，谁要你“犒劳”？简直都快把人给烦死了，天天晚上就知道个“吃吃吃吃”，难道你就没有“吃”够的时候？吴倩明白姚远说的“犒劳”是指和自己做爱的事情。这是他们两个人的“暗语”，所以吴倩有些不满地埋怨起来。

这有什么？除非我不是男人。如果我是个太监，想必你也不会和我生活在一起，你说是不是？姚远为自己辩解道，食色，性也，就连孔子他老人家还这么说呢，何况我们这些凡夫俗子？再说温饱思淫欲。男人嘛，平生就这一个爱好，还被你们这些女人批驳得如此卑鄙无耻，想想都让人气馁。

趁着姚远大发感慨，吴倩身子一趔，挣出姚远怀抱，不再理他，只顾一个人在那里低着头走路。

回到猎德住处，南方电视台的《真实故事》和《马后炮》这两个节目已经结束，姚远最爱看的节目没了，只有《情牵一线》还在播着，不过已经激不起他的兴趣。已是夜里十点多钟，不知道凤凰卫视、翡翠台和星空台正在播什么，姚远拿着电视遥控器挨个儿扫了一遍，却没发现一个适合自己的节目，只好胡乱找了个电视剧让吴倩观看，自己随手把电视遥控器一扔，就把新买回来的笔记本电脑提出来。他要到网上浏览一番，看看上面都有什么新鲜的东西。

打开笔记本电脑，刚点开网页，姚远的手机就响了，翻开一看，是老家姐姐打来的。姐姐这时候打电话干什么？姚远不由一愣，心里疑惑着按下了手机上的接通键，眼睛不由自主地瞟了瞟挂在墙上的石英钟，时针已经指着晚上十一点钟。

姚远吗？一个中年女人的声音沙哑着，从电话那端急促地传过来。

是，我是姚远，姐，这么晚了你怎么还没休息，你现在打电话有什么事吗？

姚远，你、你赶快回来一趟吧！咱妈快不行了，她的病又犯了，电话里传来女人啜泣的声音，我看这次有点不一样……

怎么了，姐，你快说，究竟怎么回事？咱妈身体到底怎么了？

今天吃过中午饭，我去田里薅草，临走前我看天气太热，就让咱妈一个人躺在家里，给她打开了电风扇，晚上等我回来时，我发现咱妈脸色发青，和平时大不一样，我赶快给她吃了点药，看她慢慢睡了过去，可是过了半个小时，突然发现她在床上翻腾，急忙跑过去叫她时，她已经不会说话了……

咱妈现在在哪儿？

县人民医院。电话里的姐姐止住啜泣，断断续续地说，我看情况不对，就赶快叫人把咱妈送到镇医院，镇医院的医生一看病情严重，不收，我又急忙把她送到了县医院。听医生说，夏天温度高，上年纪的老年人最怕过夏天，尤其是患高血压和脑血栓的老年病人，一犯病就会有生命危险……你、你快回来吧！姚远，晚了……说不定就见不着……咱妈了……

好好好，好的，姐，姚远心里已经乱了方寸，嘴里急忙回答说，我现在就给公司打电话请假，如果有可能，我今天晚上就走。

那你坐火车得多长时间？什么时候才能赶回来啊？

火车太慢，得需要二十多个小时，为了赶时间，我坐飞机回去。从南都飞到郑州，两个小时就能到家，再从郑州到咱们县城大概需要三个小时，快的话，我明天就能赶到家。

坐飞机到家得需要多少钱，是不是很贵啊？

一千多块钱吧！姚远一时手足无措起来，他不想再和姐姐继续探讨路费的问题，于是便迅速做出决定。姐，现在事情紧急，我也顾不得那么多了，飞机快，我坐飞机回去。

好，好吧，远，路上你要小心，多注意安全。

挂上电话，姚远坐在笔记本电脑前，一时心乱如麻，跟个木雕泥塑似的呆在那里，就连吴倩在一边叫他也毫无反应。

17

归心似箭。

姚远坐着飞机，当他穿云破雾、一路风尘仆仆地赶回去时，母亲却没有等到看上儿子一眼，已经于头一天晚上永远闭上了眼睛。

没能看上母亲一眼，姚远只看到母亲直挺挺地躺在床上的躯体。姐姐守在母亲身边万分悲痛，姐夫在旁边忙碌着料理母亲的后事。老家的院子里来来往往地走动着前来帮忙的邻居和亲戚朋友。看到这种情形，姚远如五内俱焚，一个箭步抢到母亲身边，“扑通”一声长跪下去，忍不住失声叫了一声“妈——孩儿不孝，我回来晚了，你、你咋就不等等我啊——”就再也没有站起来。本来已经止住哭声的姐姐，看见弟弟回来，伏在母亲身上痛哭起来，再也忍不住地放声大哭，姐弟两人的哭声一下子淹没了整个院子。

母亲走了。

七十三八十四，阎王不叫自己去。这是留在当地农村的一句俗话。母亲今年刚好七十三岁，正应了那句俗语。可是姚远怎么也闹不明白，这个俗语怎么偏偏就被母亲赶上了呢？现在生活条件好了，无论城市还是乡村，活到七八十岁的老年人多了去了，为什么母亲就没有迈过去这个坎？

料理母亲的后事时，姚远不顾别人劝阻，硬是花了大价钱，从寿衣到棺材，坚持什么都用好的。他对前来帮忙的亲戚邻居和朋友说，自己只有这样才能对得起母亲，对得起自己不能在母亲面前尽孝的心意。看他有如此孝心，大家都称赞他做得对。

埋葬完母亲，坐在母亲坟前，看着那一堆隆起来的新土，姚远的心里怎么也不是个味儿。麦子已经收割过了，刚种上的秋玉米苗也已经蹿出来，长有筷子那么高了，此时正在烈日下迎风生长。田野里一片空寂，远处有几只觅食的麻雀在那里忙碌着。

姚远嘴里叼根断肠草，坐在那里一节节反刍似的咀嚼着，思绪却飘到了远方。

这时他仿佛又看见母亲了，那个身材瘦削的妇女，领着两个孩子在田里劳动的情景。那个小男孩跟在母亲身边，不时仰起头无比渴望地说着什么。由于天气太热，小男孩的额头上全是淌出来的汗水，母亲低下头哄他，要他去田边树荫下乘凉，可是小男孩说什么都不去，像条小尾巴一样亦步亦趋地跟在身边。年龄大一点的女孩，也在那里跟着母亲劳动，吃力的样子把脸蛋憋得通红，可是小女孩咬紧牙关，硬是挥动着高过自己身体的锄头，在那里一下一下地劳作。

一年又一年。若干年后，那个带着一双儿女在田里劳动的母亲老了，头发白了，脸上生出了皱纹，腰也像锄钩一样弯了下去，身材也变得越来越瘦削起来。那个小女孩已经长大，嫁了人，那个小男孩读了小学、读初中，然后考上学去了城里，后来又在城里安了家，可是那个母亲却被留在乡下，继续种田、养猪、喂鸡……继续着日益苍老的日子。偶尔到城里的儿子家住上几天，但是很快就又回到了乡下。尽管城里吃得好，穿得好，用得好，可她还是不习惯城里的生活，只好回到家里，继续过自己孤独寂寞的生活。嫁出去的女儿经常回去看望母亲，给她洗衣做饭，给她梳头洗脸，给她干家务，而那个在城里上班的儿子却很少回去看他。后来母亲生了病，女儿把她接到自己家中，无微不至地给予照料和伺候，直到母亲去世前，她的儿子还在遥远的南方大都市里，为生活四处奔波，而当他接到电话后，一路风尘仆仆地赶回到母亲身边时，母亲已经带着无比眷恋和遗憾离开了人世。那个带领一双儿女苦苦挣扎的女人，就是自己的母亲，母亲带领下的一双儿女就是姐姐和自己。多少年过去了，每次想到这些，姚远就会禁不住流下眼泪，神情变得异常暗淡。

当地风俗，亲人去世，留下来的子女要为其守孝过“三七”，称之为尽孝。按照亡故先后的不同算法，也就是过去半个多月之后，才算是守孝期满。南都公司的业务很忙，要姚远在老家为母亲守孝“三七”，显然是不现实的，然而姚远还是坚持要在家里多待上几天。他心里一直在悲痛地想，既然自己没能在母亲生前尽孝，自己还是留下来，在母亲死后多陪伴她几天吧，这不但对自己的心灵是一个安慰，而且也算是告慰母亲的在天之灵。

让姚远没有想到的是，就在他在乡下为母亲守孝过程中，十分意外地接到了余静的电话，这多少给姚远带来了几分精神上的安慰。不过，当余静听说姚远母亲去世的消息，还是备感惊讶，她没想到多年之后，自己打给姚远的电话竟然会遇到这种情况。余静在电话里先是一阵沉默，而后才是一番安慰。得知姚远正在家里为母亲守孝，余静欲言又止，神情也变得异常忧伤，就像自己也在为老人守孝一样，沉默着一时不知道该说些什么。

余静，你是不是有什么话要说？听出余静话里有话，已经从母亲去世的悲痛中多少缓过来的姚远，不由在电话里催促着问，没关系，有事你尽管说。

唉，算了，也没什么事。余静在电话里叹着气说，这么长时间没有你的消息，就想打电话问候你一下，我以为你还在南都呢，没想到你已经回来了。你还去不去南都，打算什么时间走？

肯定要回去，母亲走了，这下我更是无牵无挂，姚远故作轻松地说，等为母亲守完孝后就走，可能我这一走就再也很少回来了。

你不是还有孩子吗？孩子怎么办？你不经常回来看看她？

孩子跟着她妈呢，我根本不用操这个心，我现在唯一能做的，就是每个月按时把女儿的抚养费寄回来。

唉，看来你真是解脱了……

不解脱又能怎样？我也不能就这么一直下去吧！姚远有些落寞地说，事到如今，我总得干个事业，再说我又不想在内地待，只有还去南都，而且我对南都已经产生了浓厚的感情，也许我的后半生就交给南都了。

这么说，你以后永远也不回来了？

这也说不定，走着说着吧！姚远无限感慨，人这一生，谁也不知道自己将来会走到哪一步，只能摸着石头过河，走一步说一步。至于以后回不回来，我自己也说不准，还是等走一走再说吧！

一个人出门在外，你要多注意身体，要学会保重自己！

余静，谢谢你能这样安慰我，在这个时候能听到你说的这些话，我很感动，真的，今后有机会的话，我希望咱们能在一起见面聊。

挂上电话，姚远心里一时有种说不出的感动，这么多年过去，难得余静还记得自己，安慰自己，鼓励自己，看来如果有机会，自己真应该去看看她才是。

刚为母亲守完“二七”孝期，姚远就准备回南都了。临走之前，他打算先到市里看看女儿，然后再买票坐火车南下。班车到县城汽车站时，姚远突然意识到，自己此去也许短时间内不会回来，不如趁此机会去看看余静，感谢她给自己的安慰。于是姚远给余静打了个电话，约她见上一面。

那天中午，在县城一家小饭店里，姚远终于见到了余静。当时余静刚从理发店做完头发，穿了身紧身得体的牛仔装，高跟鞋，把她高挑的身材衬托得愈发婀娜挺拔。当她挎着女士包进来的时候，姚远只感到眼前一亮，一下子找到了过去的时光。二十多年过去，余静还是那样漂亮，还是那样清秀，只是粉红色的鹅蛋脸上，已经有了过度的疲劳和一丝惆怅，他不觉一阵感慨。此时，余静也在用一双美丽的大眼睛打量着姚远，想从他身上找出当年的影子，可是站在自己面前的男子现在已经变得成熟，看上去也更加英俊挺拔。姚远学着南都人的穿戴，一身休闲打扮，站在那里，要多潇洒有多潇洒。三十多岁的男人看来就是不一样，尽管刚从一场不幸的丧事中解脱出来，但他身上仍然散发出一种热烘烘的成熟魅力，看到这里，余静不由在心里感叹，如今，姚远已经完全不是当年那个在学校里因为贫寒而清瘦的样子了。

一对昔日的恋人邂逅重逢，二十多年没见，当相见时已是中年，岁月的沧桑都在两个人的身上打上了记忆的烙印。回望过去的岁月，两个人执手相看泪眼，竟无语凝噎，禁不住感慨万端。

要说的话实在太多，要表达的内容也实在太丰富，两个人在饭店一个包间里点了几个菜，边吃边聊。由于两人只顾说话，结果饭菜只吃一半就放下了。直到服务员过来催促说要下班时，他们也没有把话说完。为了不影响饭店休息，两个人只好又在附近找了家茶社继续聊。就像两台发动机一样，随着谈话的深入，两个人也越说越热烈起来。不知不觉中，他们已经聊了一个下午。就在这个聊天过程中，两个人各自讲了自己的工作、家庭和生活情况，直到天色晚了，他们好像还有许多话没有说完，再说这时去梅海的班车已经停运，看来自己想走也走不了了，于是姚远决定留下来。

那天晚上，姚远没有离开县城。两个人接着又在一起吃了晚饭。夜里十一点钟，当他和余静旧情复燃、两情相悦地在县城找到一家宾馆。在宾馆那个充满浪漫气息的房间里，就像炽热的岩浆找到了喷发口似的，两个人把内心压抑了二十多年的情感得以完全释放出来，一下子又找到当年的感觉……完事之后，余静把头拱进姚远怀里，禁不住激动得泪流满面。姚远摸着余静鱼一样光滑的后背，也被感动得热泪盈眶。

就在梅海市上中专的时候，姚远和余静两人没少在学校后边的小树林里相拥而坐，在学校门前的梅花路上，趁着夜色卿卿我我地压着马路，说些只有他们自己才知道的悄悄话。可是那个时候，两个人仅仅是拉着手，亲吻一番，顶多也就是在胸前摸上两把，连更进一步深入的动作都没有。发乎情，知乎礼，正是莘莘学子，这一点两个人都做得不错。可是没想到，苦苦相恋了几十年，直到这个时候才终于做了他们要做的事情，把迟到而又遗憾的惊喜给弥补上，真是让人感慨万端。

第二天，两个人从宾馆分手时，余静怎么也舍不得离开。她把头靠在姚远的肩膀上，目光里充满了无限柔情。

姚远，你这一走，什么时候才能回来？

姚远抚摸着怀里的余静，眼睛却望着窗外的蓝天白云，惆怅地说，我也说不准，可能要两三年吧！

听到这里，余静的神情就像熄灭的电灯那样，一下子暗了。她抬起头，仰面热切地看着姚远，那你走后，还会记得我吗？

姚远俯下身子看着怀里的余静，轻轻吻了一下她的额头，安慰说，傻子，听听你说的什么话？我怎么能把你给忘了呢？毕竟我们是有着二十多年的感情，我会永远记住这份爱的！

姚远的话让余静再一次动情起来，此时，她就如一棵风中摇晃的小树，激动得浑身战栗起来，你这次能来看我，又让我回到了过去，你让我找到了失去的过去，也让我看到了希望，我真的感到很幸福，也许从今以后，我就再也离不开你了……说着，余静两排长长的睫毛合上去，眼睛里再一次流下了难舍难分的泪水……

18

木棉花红得像一团燃烧的火焰，芒果树绿得像一块翡翠，玉兰花默默地吐着芬芳的香气，巨伞一样的大榕树枝繁叶茂地罩下一地阴凉，大王椰永远都是那么亭亭玉立地站在那里，绰约的风姿像美丽的少女那样，引得人们侧目而望。站在道路中间的天桥上，看看中山大道和黄埔大道上的行人和车辆，再看看天河体育中心广场上的游人就可以知道，南都的夏天仍然热情得像一团燃烧的火，把大家的激情全都给点燃起来了。

公司业务开展得如火如荼，一切都是蒸蒸日上的样子。这段时间，为了完成公司业务经理刘晓东给自己的承诺，已经对业务逐渐熟悉起来的姚远，干起工作来更是干劲十足，豪气冲天。他不顾天气炎热，天天顶着烈日在公交车上挤来挤去，到南都市的各个地方寻找客户谈业务。在他的努力下，客户逐渐增多，业绩不断上升，眼前形势一片大好。

然而，一个多月后，就在姚远眼巴巴地等待着自己升任公司业务经理的任命书迟迟没有下来时，却等来了总公司撤销南都分公司华南地区总代理的决定。他一下子傻眼了。

那是星期二下午，公司办公室突然通知全体员工开会。

姚远不知道什么事情，当时他正在白云区和一个客户谈业务，接到公司的紧急电话通知，顾不上谈了一半的业务，急忙往回赶。

会议室里，身体发胖的公司经理西装革履地坐在那里，当他沉着的目光一一扫过大家的面孔，这才宣读总公司下发的关于撤销南都分公司的决定通知，还没等他宣读完毕，不少人就面面相觑地惊讶起来。最近大家工作都很卖力，各部门的业务也都开展得好好的，总公司为什么要突然撤销南都分公司？不会是自己听错了吧？大家纷纷露出不解的表情，用眼神相互探寻着，可是公司经理坐在那里，根本不顾及公司员工的内心感受，只顾神定气闲地传达着总公司发过来的红头文件，看来不会有错，更无怀疑之处。

因为胖，公司经理的大脑袋埋进肩膀里，说起话来，声音像是窝在脖子里一样嗡嗡着，不过，他说话的声音倒是字正腔圆的，透出一股浑厚，中气十足，还算有一定的感染力。只听他坐在那里高声读道：“根据总公司董事会研究意见，尽管南都分公司一年来的销售业绩不错，但是并没有达到预期目标，更没有起到带领华南地区的作用。根据化工产品结构和使用特点，已经不再适合南方市场，结合北方市场庞大、市场潜力足的实际情况，因此，经过公司董事会研究后决定，撤销南都华南地区总代理机构，在河南郑州设立分公司。撤销后的华南地区机构改为中部地区总代理，全面负责河南、河北、山东、山西等中原地区业务。人员大部分由原华南地区的原班人员构成。鉴于姚远业绩突出，又是北方人，熟悉北方市场行情，总公司决定，拟任命姚远为公司驻郑州分公司业务经理，协同郑州分公司经理刘晓东，全面负责中原地区的业务发展工作。”

随同公司文件下来的，还有大家下一步去向的征求意见表。散会后，当姚远拿着征求意见表，看着上边的征求意见时，不禁犹豫起来。

对于总公司做出撤销南都分公司驻华南地区总代理，改设郑州分公司驻中原地区总代理的决定，姚远没有理由拒绝，也没有能力扭转。他只是感到非常遗憾，南都的市场做得好好的，怎么说撤就撤了？适者生存，大浪淘沙。看来市场就是这么残酷，当优胜劣汰的自然规律悄然来临的时候，谁也没有能力去改变，只有让决策者们去揣摩和把握。而对于北方的中原市场，一直在那里工作和生活多年的姚远并不看好，对此他有自己的一套看法和理论。

古人云：得中原者得天下，逐鹿中原，那是对古代的战略而言。不错，中原地区人员众多，地理位置优越，幅员广袤，自古以来就是兵家常争之地，但是对于现代经营者来说，就另当别论，没有那么乐观了。以自己公司生产的产品为例，公司产品为化工产品，定位在中高档人群的消费之间，用在北京、上海、南都、深圳这些大城市恰如其分，但是如果用在消费能力相对薄弱的北方市场，就有些不合时宜。公司现在如果放弃南都市场不做，而去开发一个经济发展并不看好的北方市场，是本末倒置，缘木求鱼，其难度可想而知。

当姚远把自己的一套看法和理论讲给公司业务经理、即将升任中原地区分公司总经理的刘晓东时，刘晓东正在办公室里收拾自己的东西。他摇着头告诉说，姚远，我知道你分析得有道理，可是谁听你的？说给我，我也改变不了总公司的决定，如果想反映情况，你还是去东北哈尔滨总公司反映，我只能听从总公司安排。

不管怎么说，我还是觉得总公司的决定有点欠考虑，这么大的事情怎么能盲目改变呢？难道总公司的领导层就没有做过这方面的市场调查和分析？

总公司的决定肯定有总公司的道理，我们在这里说什么都没用，再说，总公司董事会也不是像你想象的那样，公司成立七八年了，发展到现在的规模已经相当不错，如果没有一定的实力和决胜千里的能力，又怎么能成为同行业里的新秀？所以你就不要再操那么多心了，还是接受安排，赶快行动吧！

唉，看来咱们只有按照总公司的决定办了。

姚远，事情走到这一步，你还有什么不满足的，听姚远说话的口气带着情绪，刘晓东有些不理解地看着他，凑过来压低声音说，你来公司不到一年时间，就从一个普通业务员升任中原地区业务经理，已经够可以的，难道你还想怎样？你知道我在公司干了多长时间才走到今天这一步？刘晓东伸出指头冲姚远晃了晃，整整三年啊！我才当到南都分公司的业务经理，而你小子，不到一年时间就完成了我三年的奋斗目标，你还有什么意见？知足吧你！

可我不喜欢到河南去，姚远看了刘晓东一眼，无动于衷地说，我是北方人，我对那里的情况太了解了，因此，我还是想留在南都。

咳，我真不知道该怎样劝说你了。和姚远说话的时候，刘晓东已经整理好自己的东西，这才开始坐下来悄声劝着说，你知道不知道，早在总公司做出这个决定之前，是我私下给总公司做的工作，把你调到郑州分公司驻中原地区总代理业务经理的位置上，你怎么不领情呢？一个普通的业务员能拿多少钱，还不是底薪加提成？可是业务员的底薪能有多高？两千元到顶了，而你做了业务经理就不一样，一个月的底薪就是六千，是普通业务员的三倍，这是什么概念？再加上公司销售总额的提成点，一个月轻轻松松就能有超过万元的收入。看姚远站在那里依然不太明了自己的意思，刘晓东端起面前的茶杯喝了一口，继续劝解，你到郑州工作后，离家又近，又了解北方市场，工作起来肯定得心应手，不愁你拿不到钱。几年下来，你就可以在那里实现有车有房的梦想，这么好的机会和条件，你何乐而不为呢？

刘经理说得有道理，你让我考虑一下。看刘晓东一时难以扭转自己的看法，姚远想了想最后只好说，刘经理，我什么时候给你答复？

给你三天考虑时间，最近公司里事情多，既要做好这里的收尾工作，又要配合总公司做好中原地区总代理的前期运营和其他计划安排，因此，不再给你分配什么具体工作，你要在这几天里抓紧时间考虑，尽快做出决定！

好的，我尽快决定，考虑好后马上给你回复。

开过会，已经知道总公司的安排后，公司的员工们都在那里忙碌着整理自己的东西。姚远是业务员，没有那么多东西可整理，一个挎包，里边装着自己的全部家当，再说公司的许多资料都在自己的笔记本电脑里存着，一切都不用那么操心，自然也就显得比较轻松。

走出公司办公室，姚远和几个同事打完招呼，踏着沉重的步子进了电梯。他知道，自己这次离开，已经到了对人生需要做出重大决择的时候。

总公司怎么能这么做呢？这个决定来得也太他妈的快了，快得让自己丝毫没有一点思想准备，这不是在搞突然袭击吗？姚远站在电梯里，抬头看着电梯指示牌上不断变换着的楼层数字，心里还在抱怨着，真是匪夷所思，乱弹琴！

19

晚上回到猎德，先姚远下班到家的吴倩已经麻利地做好了饭菜，全是姚远爱吃的，红烧鱼、回锅肉、麻辣豆腐、烧青菜，外加高压锅里蒸好的泰国米饭，还有她煲了一个多小时的鸡汤。

姚远进门换上拖鞋，把挎包往沙发上一扔，无精打采地去了卫生间，等他洗把脸出来，吴倩已经把饭菜端上了桌。

姚远，你今天怎么了，看你蔫头耷脑的样子，是不是又遇到什么不顺心的事了？看姚远满脸愁容，整个人像遭霜打似的，吴倩一边盛饭一边关切地问道。

姚远没有说话，而是一屁股坐在旁边的沙发上叹起气来。

你倒是说话呀，什么事情把你折磨成了这个样子嘛？回到家，你就不会高兴一些哦？吴倩放下碗，上前捉住姚远的手关切地看着他，有什么事情你给我说说哦，总不能一个人闷在心里难受。

姚远看了她一眼，还是没有说话，望着眼前冒着热腾腾的饭菜出神。上次姚远回家为母亲奔丧，就因为吴倩没有和他一块儿回去，回来后姚远就冲她发了脾气。当时看着姚远满脸怒容的样子，吴倩也感到很委屈，两个人又没有办理登记手续，算什么关系嘛，说到底还不是在一起同居吗？遇上这种事情，自己又怎么好抛头露面？不过，姚远还算清楚，所以并没有为此抓住不放，只是冲她发过一通脾气，过两天后也就算了。所以从那以后，只要姚远回到住处一不高兴，吴倩就知道他又要拿自己出气。

我失业了，吴倩，你说我又怎么能高兴得起来？

你不是说快要升迁了吗？怎么又说失业了哦？

升迁是升迁了，但不是在这里，而是要我去外地。

去外地？要你去哪里嘛？

河南。

河南，回你们老家？

对。看着吴倩不解的神情，姚远抱怨似的说，你不知道，今天下午总公司宣布要撤销南都华南地区总代理业务，准备在郑州设立中原地区总代理，同时任命我为中原地区分公司业务经理。

升迁了，这是好事情哦，你又是怎么考虑的？

好个屁！姚远坐在那里生气地捶了下沙发扶手，我是从河南出来的，还能不了解北方的市场行情？就北方经济那么落后的样子，又怎么能和南都这里比？

那当然，南都和郑州就不是一个层次上的城市嘛，你怎么能拿他们相比哦？不过，既然是总公司的安排，一定有总公司的道理，你又何必管那么多？只管去那里工作就是啰！吴倩发表起自己的看法，最后说，不过，对于总公司做出这个决定，去郑州后升迁工作的事情，你是怎么考虑的嘛？

我还能怎么考虑？让我到北方，不去！就是叫我去当分公司经理我也不去！

业务经理不当了？那可是一个人人羡慕的好职位，丢掉你不觉得可惜哦？

业务经理有什么好当的，还不是给人家干活？丢掉没什么可惜的，大不了我再去找一个工作。姚远耷拉下眼皮，信心满满地说，南都城市这么大，我就不信找不到适合我干的工作。

你以为工作是好找的？吴倩把筷子递进姚远手里催促道，不要想那么多了，赶快吃饭，吃完饭咱再接着说嘛。

我没心情吃！

在外边跑了一天，你总得吃点东西才是，不然会饿坏身体的。吴倩继续像哄孩子似的劝，俗话说，人是铁，饭是钢，一顿不吃饿得慌。你还是吃一点吧，不然会把身体饿坏的，再说，我做了这么多菜，你不吃不是浪费了吗？

在吴倩的劝说下，姚远勉强吃了一点，感到没什么胃口，很快就把筷子放下。打开电视看了会儿，又搜了几个频道，也没有找到什么好节目，由于心情不好，开了不到五分钟，姚远就又把电视给关掉了。

我出去走走，你在家里待着吧！姚远站起来说。

你要去哪里哦？已经在厨房洗上碗的吴倩关心地探出头问道，我和你一起去，你等一下，我马上就好。说着她人已经擦着手上的水珠来到了客厅。

你不放心我是不是？

我是怕你想不开自杀哦！吴倩调皮地冲他扮了下鬼脸。

看你这话说的，我还没到那一步呢！

咳，我不是担心你嘛！吴倩冲他露出一口好看的牙齿笑了一下，开始忙着换起衣服，接着又匆匆忙忙地跑到镜子前收拾起头发，而后又快速去门口换了双鞋，嘴里仍然调侃着说，万一你想不开“走”了，扔下我一个人怎么办哦？

我“走”了不要紧，你还可以继续再找一个嘛，年纪轻轻的，人长得又这么漂亮，何愁找不到男朋友？看吴倩伸出手要亲昵地过来捶自己，姚远急忙换了口气，哼！让我死，没那么容易，再说我也舍不得你呀！

两个人说笑着已经出门下楼，走出猎德。像往常那样，过去临江大道，就到了南江边上。

夜色下的南江一派宁静，斜对面造型别致的琶洲国际会展中心，像把巨大的琵琶似的闪耀着一片蓝光，带着一片梦幻的色彩伏在那里；过海珠大桥向东，保利国际大厦高耸着身影，洒下一片金色的光芒，在水面上投下一片波光粼粼的倒影；远处，缀满金链球一样的华南快线大桥上，不时穿梭着来来往往的车辆；身边那座正在建设中的新地标——猎德大桥就耸立在那里，黑魆魆地越发显得它的高大。远远望去，夜晚的南江边上，尽是三三两两的游人，他们大多是在外跑了一天的打工者，到了夜晚，才有时间结伴来到这里走一走，散散步，享受着南都这迷人的夜晚。除此之外，还有那些不少开着奔驰、宝马，或者广本、丰田，最低也是别克、海马的老板，心情不错地带着情人，把车子隐下身泊在江边，或者江边的小树林里搞车震、玩刺激，给这南江的夜晚带来一份别样的激情和浪漫。

姚远和吴倩挎着胳膊走在江边的通道上，边走边谈论着自己下一步的计划和打算。

姚远，公司安排你去郑州分公司，你是怎么打算的哦？

我不是已经给你说过了吗？不去！

那么好的职位，不知道有多少人在惦着呢，你却毫不珍惜地给丢掉，将来你会后悔的哦。

不就是一个业务经理吗，有什么可后悔的？

不是业务经理不经理的事情，而是那份待遇。你知道我们安利公司的业务经理，一个月能拿多少钱吗？吴倩歪过脑袋提醒道，至少在万元以上。

你怎么和我们公司经理刘晓东说话一个口气，一说到职务就是钱，俗不俗呀！

不是我们太俗，是社会逼着我们变俗哦。吴倩不服气地分辩说，出门在外，没有钱，你拿什么高尚？

我说的不是这个意思，而是一个人的价值问题、修养问题。

没错，我们现在讨论的就是价值问题和修养问题哦，不给你职务，不让你挣钱，你怎么去实现人生的价值？要知道，这可是一个现实的社会，你不得不向现实低头。不是有句俗话说得好嘛，在这个现实的社会上，你什么都可以没有，但是你不能没有钱，钱虽然不是万能的，但是没有钱，却是万万不能的。

好了，我不和你讨论这些，反正我是不会去的。姚远不耐烦地打断她，郑州那地方再好，我也不会去，我来自北方，我干吗还要再回到那里去？好马还不吃回头草呢，何况我是一个活生生的人？

你怎么会这样？吴倩歪过脑袋，不解地看着他，别不是在那里有什么见不得人的事情吧，不然你怎么会态度这么坚决地说不回北方？

我能有什么见不得人的事儿？不就是离婚了嘛，不就是没有我牵挂的人了嘛，姚远怕吴倩不相信，一次又一次给她做着解释，我一个清清白白的大老爷儿们，可没有做过什么见不得人的事，你们这些女人呀，不要总是把人给想歪了，要知道，世上还是好人多，我可不是你说的那种人。

哼，和你在一起生活了这么长时间，我还能不知道你是什么样的人？

你说我是什么样的人？

花花公子，一肚子花花肠子！

嘿，吴倩，你怎么能这样看我？姚远盯住她，有些生气地逼视着，你说我都干什么见不得人的事了，你倒是说呀？

好好好，算你是个正人君子，行了吧！看你清高的样子哦！正说着，吴倩突然话题一转，嘴里说道，既然不想去北方，你下一步打算怎么办哦？

在南都再找一份新工作，好好干，挣钱买房子、买车，过有钱人的生活，哼，我就不信在这里，英雄会没有用武之地，施展自己的才华，我既然能在原来鹏达公司里做业务挣钱，就一定能在其他工作中挣钱，而且能挣更多的钱。我有这个能力，你相信不相信？

但愿吧。吴倩在姚远的一番大道理面前只好败下阵来，不过她仍然有些不甘心，我知道你心胸高，目标远大，可是无论什么时候都要立足现实，长远规划，认真考虑好后再做决定。

没什么可考虑的，我已经决定不去北方，明天我就向公司递交辞职申请。

对这个事情你可要考虑好哦，不然将来后悔就来不及。

我不会后悔的。我想凭自己的能力，还不至于沦落到流落街头的地步。

那可说不准，现在这社会，什么事情都有可能发生。扳俏着呢。

在南江边上转了一圈，姚远感到自己的心情轻松了许多。返回猎德住处的时候，当他们穿过江边的小树林时，身边突然传来男女在一起做爱的声音。一个女人在那里不管不顾地叫着，“啊呜——啊呜——噢——噢——”就像一只发情期的母猫那样，快感的声音中带着几分凄厉和欢愉。听到这里，姚远心里不由激动起来，伸手抓过吴倩的胳膊，俯在她的耳边悄声低语，听听，这声音可真够刺激的，不如我们也像他们那样，在这里尽兴“玩”一把。

去你的，吴倩看姚远厚颜无耻的样子，用力推了他一把，嘴里拒绝起来，我才不会和你在野外苟合的，简直要羞死人了，说着“吃吃”地低声笑起来，咱们即使要做，也要回去再说。

不行，我就要在这里做嘛，说着姚远不顾吴倩反对，又把她抓住，用力拉进旁边的一片小树林里，强行解开她的裙扣，把手探进吴倩带着蕾丝边的底裤。

小树林里并不茂密，有点点光束漏进来，打在身上，让人产生出迷幻般的异样诱惑。吴倩在姚远的强迫下，只好半推半就起来。于是两人像两只发情期的动物一样，站在小树林里实施着后进式。夜幕下的南江，小风习习，水波不兴，波光潋滟，借着两岸灯光，迷醉了一江春水，姚远眼睛望着前边的南江，身子却在有力地撞击着吴倩……

十几分钟后，姚远一泄如注，与此同时，他嘴里无比痛恨而又痛快地叫着说，不去，就是不去，我死也不会离开南都！

20

从鹏达公司辞职后，姚远又一次失业。没工作的日子不好过，无聊不说，还让人心里无端生出一种莫名的焦虑和空虚。

和赵爱军几个老乡在一起喝了几次酒，还是排遣不掉心中那份没有工作的失落。一次在赵爱军那里喝完酒后，趁吴倩出去买东西的机会，赵爱军劝姚远，你不能再这样下去了，时间一久，挣不到钱不说，就连吴倩也会不高兴的。再说现在的女孩子都很现实，你如果在经济上满足不了她，她立刻就会给你颜色看。

你说的意思？赵爱军的话突然让姚远警觉起来，他盯住赵爱军不解地看着他问，我不太明白。

还不明白？赵爱军看他一眼解释，要么和你生气吵架，要么屁股一抬就走人，将来会有很多麻烦。

你怎能这样轻易就下结论？说这话时，赵爱军的妻子也在旁边听着，她承认丈夫劝姚远的话有一定道理，但她不认同赵爱军说现在女孩太过于现实的理论，于是坐在那里不满地纠正，赵爱军，其实你根本不了解女人的心理，尤其是在外面打工的，只要两个人情投意合，就不可能会朝三暮四，更不可能轻易离开，更何况我看吴倩也不是那种随遇而安轻易放弃的女孩，再说她和姚远在一起住了这么久，她怎会如此绝情？

在一起生活怎么了？现在这社会上好合好散的事情多了，不好合不好散的也多了，你以为现在的女孩和过去一样，都是传统封建习惯了，和男人睡了几次觉，就等于定了终身，一辈子不会离开？赵爱军白老婆一眼，不服气地梗着脖子，现在这社会，都他妈现实得很，有钱就在一起，没钱，立马滚蛋，知道吗？这就是现实！在南都待了几年，我算是看透了！

你、你这样说是太片面，许多事情并不像你想象得那样……

那是哪样？

我也说不清，反正不像你说的那样……

赵爱军和老婆争执起来。看着他们两口子为了帮助自己闹得几乎要争吵的地步，姚远深受感动，心里明白，他们是为了自己才这样的，可是自己坐在那里，一时又不知道该怎么办才好，只有劝了这个劝那个，生怕因为自己让他们两口子把关系闹僵。

那天上午，姚远到南方人才市场找工作。就在他一个一个招聘点看过去，寻找着有没有适合自己的职位时，手机短信提示音响了，打开一看，是余静发来的：

> 亲爱的远，你现在有时间吗，我想给你打电话，又担心影响你的工作，所以给你发了条短信。余静。

读着短信，姚远抬头看了一下人头攒动的大厅，心里忽然有了异样的感觉，从短信内容来看，他知道余静有话要说，所以尽管自己此时站在南方人才市场的大厅里，他还是走到一边，急忙给她回复过去：

> 静，此时不太忙，有什么事情你说吧，我等你的电话。

短信刚发出去，姚远的手机很快就响了，余静把电话打了过来。尽管知道余静有话要说，但并不明白她究竟要对自己说什么，于是姚远急忙拿着手机走到大厅人少的地方，按下了接通键。

姚远，你知道我今天给你打电话要说什么吗？余静在电话里叹了口气。

不知道，你说吧，我听着呢！余静的语气，不由让姚远的神经跳了一下，心情随之变得异样起来。

你知道，我前几次给你打电话都说了些什么吗？余静的声音听起来有些黯然，可以想象出她此时打电话的样子也一定是愁眉苦脸的，我现在心情很不好，晚上整夜睡不着觉，满脑子都是你的身影……余静嘶哑着嗓子，你知道吗？姚远，自从你走之后，我就开始失眠，一直到现在……

怎么回事？

你说怎么回事？

嗯，我能理解你现在的心情。余静的话不由让姚远的心情随之变得沉重起来。

我一天也不想和他在一起生活了，一看见他我就恶心，我以前怎么就没有发现这一点呢？余静顿了顿接着说，按说，他作为丈夫也没有什么不好，就是平时爱喝酒、打牌、赌博，整天无所事事的，不帮我干一点家务，根本不像个男子汉！你说奇怪不奇怪，我以前和他在一起生活了那么多年，怎么都没有发觉出来呢？现在我真的忍不下去了，我要和他离婚！

他同意和你离婚吗？

他怎么能同意？你不知道，自从咱们那次在县城见过面之后，我就开始讨厌他了，经常动不动就冲他发火，可他总是不急不恼的，弄得我也没办法。前几天，我们又为家里的一点小事吵了架，我气得把碗都摔了，可他还是那样，嘻嘻哈哈，一副死皮赖脸的样子，唉，你说我该怎么办？真的，现在我简直都不敢看见他，一看见他心里就生气，我现在是一天也不想和他在一起生活了。

根据你说的这种情况，他也确实够让你厌烦的，可是你父母同意你离婚吗？

他们当然不会同意！为这事，我妈多次把我叫回家里劝我，说我是身在福中不知福，公公婆婆年纪轻轻的，又有身份又有地位，丈夫有份好工作，两个孩子都在上学，家里又没啥负担，说我离婚图啥？再说两个孩子都长那么大了，现在提出来离婚，别人会笑话的。我爸也在旁边劝我，说我从小娇惯坏了，长大了不知道让父母省心，却要整天闹着离什么婚？这是在给老余家脸上抹黑！他们的话说得都在理，可我就是听不进去，我是真的不想再和他一起过下去，说什么也要离婚。停顿一会儿，余静小着声音有些不好意思地解释，可能你不知道，姚远，为这事我们已经闹了多次，就在昨天晚上，因为他要急于和我“那个”，我不同意，结果我们还为此打了一架……

离婚后的日子不好过，只要能在一起生活，你为什么要离婚呢！余静的话让姚远沉默了一会儿，但他还是在电话里轻轻咳嗽一下，接着说，就像一部电视剧中说的那样，“能不离还是不离的好，离了，谁也不能保证自己会过上好生活”。

反正你现在已经离了婚，一个人无牵无挂的，因此我打算离婚后就跟你过。余静终于鼓足勇气说，有二十年前的感情作基础，我相信和你在一起生活一定会幸福的，因为我们二十年前就曾经相爱过，只不过，我那时太过于听父母的话，才走到了今天这一步。你不知道，现在……我真很后悔当时的选择，我想……那时如果不离开你，如果我们那时不分手，该有多好……

都是过去的事情了，现在就不要再提起了，重要的是过好现在。

姚远，你只要不嫌弃，我离了婚就跟你过……

可我人在南都漂泊，又没钱又没有固定工作，让你跟着我吃苦受累的，我于心不忍，嫁给我你会后悔的。

我不后悔，就是你现在身无分文，流落街头，变成一个穷光蛋，即使沿街要饭，我跟着你也不后悔。余静动情地说，只要你不嫌弃，只要你能同意……

你让我再考虑考虑，毕竟我们都不是当年的我们，姚远低着头沉思道，凡事要三思而后行，毕竟人到这个年龄，考虑问题也不像以前那么单纯……

我不管，我就是要离婚，离了婚我就嫁给你！

你先不要急，让我好好考虑一下再说。

有什么可考虑的，你现在孤身一人，再说正是需要有人照顾的时候，难道你就没有想过这些吗？

想是想过，可我现在一事无成，居无定所，条件还不具备，又怎能考虑这些问题？我现在考虑得最多的，是在南都找一份工作，干一份事业，实现人生梦想，只有先赚到钱后，才能考虑这些问题。

好哇，想不到你竟然会是这种人！姚远的话让余静恼羞成怒，不由冲动地叫起来，恨恨地说，姚远，你太自私了，你怎么能说出这种话呢？你怎能忍心把我一个人扔在梅南县城不管？要知道，我现在可是一心为了你，为了你我茶不思饭不想，害上了相思病，已经感情出轨了，你知道不知道？说到这里，可能意识到自己刚才的话说得有些过激，于是余静的口气又软下来，改为层层递进的方式低声解释，姚远，你可能不知道，自从前几天我和他闹过后，我已经把离婚诉状递到了县法院，我想过不了多久，我就可以离婚变成自由人，这样就可以全身心地爱你。怕姚远不信，她又进一步解释，我现在就住在我妈家，没事的时候就是想你，我觉得自己现在已经离不开你了……

别、你别，余静，你可千万不要莽撞……

怎么了，姚远，是不是我一提到离婚你就害怕了？如果害怕现在还不晚，你可以完全按照你自己的生活方式过，不过我要告诉你，即使你不喜欢我，我也要离婚，因为我实在不想和他在一起生活了，我已经下定决心和他离婚！这下你该明白我的意思吧！？

不等姚远再解释什么，余静“啪”的一声就把电话挂了。再拨打过去，手机不是不在服务区，就是无法接通，一连拨了几次都是这样，不知道是关机，还是手机没电，弄得姚远心绪不定地站在那里，一时不知道该怎么办才好。

自从那次姚远回故乡老家为母亲奔丧，和余静在梅南县城度过一个疯狂的夜晚之后，余静那颗尘封的心，就像一颗种子那样，经过雨水的浇灌，又一次萌发出春天的生机。她像又找回到自己的少女时光，开始怀起春来。于是没事的时候，她不是坐在那里发呆，就是经常给姚远联系，起初是发短信，再后来是打电话。随着联系次数的增多，短信内容越来越变得火热，电话里的语气，也从开始的矜持变得直接大胆起来，那样子简直有点急不可待的意思，这样一来，弄得姚远不由担心起来，面对这种情况，不知道自己该怎样收场，有时甚至痛恨自己不该再与余静相见，更不应该再和她有一夜情，弄得现在不知道该怎么处理，所以只要和吴倩在一起，每次一接到余静的电话，他就得想办法避开吴倩，他怕吴倩听到后会引起不必要的麻烦，同时也不想让余静知道真相后，说自己是脚踩两条船，道德品质败坏。有几次，姚远正和吴倩在一起吃饭，余静的电话就不合时宜地打来，姚远看看身边的吴倩，不是把手机挂断，过一会儿给她回过去，就是当着吴倩的面哼哼哈哈地应付几句。每到这个时候，吴倩就会歪着脑袋，疑惑地问他是谁打来的电话。面对吴倩的疑问，姚远每次都谎称是前妻打来的，至于电话里的内容，他不是推说孩子的事，就是说些离婚前两个人遗留下来的其他一些问题。问了几次，看问不出什么实质内容，吴倩就不再过问，她知道姚远和前妻离了婚，此时他们打电话干什么？无非说些婚前的财产和婚后的孩子问题，跟自己又没有多大关系，所以自己也就没有必要再追问下去。后来，只要姚远的“前妻”一来电话，吴倩就有意避开，免得当着自己的面，让姚远说话不方便。

这段时间，余静背着丈夫给姚远打电话的次数明显多起来，有时是白天，有时是夜晚，每次打电话，她都是向姚远诉说自己的相思之苦，汇报自己的心情。听着余静在电话里怨妇一样期期艾艾的声音，他都仿佛能看得见余静那双充满等待的眼神，可是面对这种情景，姚远却无法给她一个明确的答复，毕竟身边还有一个吴倩呢！因此余静的电话总是让姚远感到很为难。怎么办？总不能说自己现在已经有了“老婆”，而且两人就在一起同居，那不是等于在余静的伤口上撒盐吗？余静是个温柔文静的传统女人，他不忍心让这样一个善良的女人知道真相后伤心失望，所以才变得如此优柔寡断。至于吴倩，姚远不是没有考虑过和她结婚的事情，只是每当他一提及此事，这个湖南妹子立马摆出一副不与苟同的架子，经常王顾左右而言他，弄得他的心里没个谱儿。

工作上的事情还没有着落，这边余静又在电话里一次次等待和诉说，简直有点催促的架势，这成了姚远挥之不去的一块“心病”。

从南方人才市场里出来，姚远高一脚低一脚地走在通往天河城的地下隧道，尽管地下通道里有风吹过，吹在身上凉飕飕的，可他仍然感觉到自己的头很热，胸很闷，整个人就像一枚即将引爆的炮弹，充满了爆炸前的气息。

21

吴倩所在的安利公司仍然不温不火的，业务全靠自己跑，推销产品也靠自己的能力。过去姚远在鹏达公司跑业务的时候，她的工作热情还不是太高，一切生活费用都指望姚远来解决，现在姚远的失业，让吴倩感到了压力，她为此不得不早出晚归地忙碌起来，每天早早去上班，直到很晚才回来。尽管她每次回去得都很晚，可是姚远并没有在家等她，更没有像她过去那样，早早把饭菜提前做好等着她回去吃，这让吴倩的心里很不高兴。

这段时间，白天没事可干的时候，姚远经常一个人去天河公园里散步，到火炉山公园里散心，或者到南江边上静坐，看一艘快艇在江面上犁起雪白的浪花，看载重的机动船逆水而上，太阳从头顶走过，落入晚霞，在水面上洒下一片金光。远处，几架跨海大桥像伏枥的老骥，弓腰撑在那里，给人一种痛苦挣扎的样子。南江对面的琶洲会馆、中国保利大厦与香格里拉大酒店，静立在那里沉稳大气、巍峨壮观，看得久了，便又无端地觉得有些疲惫和迷惘起来。

有时，姚远也会去找赵爱军几个河南老乡，趁他们上下班的间隙和休息时间，在他们那里看看坐坐，喝点小酒，打打扑克斗斗地主，在一起闲聊。不过，从大家的牢骚和议论中，姚远还是得到了一条比较可靠的结论：要想在南都这地方混下去，不熟悉地形不行，不了解南都的地理不行，不懂得南都的社会不行，要想有所成就，就得从熟悉南都的地形和地理开始，不然，你一个外地来的瞎子，连个地理位置都搞不清，人家要你做什么？

姚远留了份心，从报亭买了张南都地图回来，晚上看地图，研究公交线路、行政机关在哪里、主要企业在什么地方、重点建筑在哪里、哪里是南都的主要休闲娱乐场所、哪里又是人们经常消费的地方、都有哪些景点等等，同时还要明白，要像出租车司机那样，在偌大的南都市准确无误地找到这些地方，应该从哪里坐车，再到哪里下车，弄得跟个前线打仗的军事指挥官那样，天天在研究地图。白天就根据自己对地图的研究结果去实地察看。除了所在的天河区，他还经常到海珠区、荔湾区、白云区转，这一转，还真让他收获不小。

一次，姚远无意之中到了区（有人把“区”读作“沤”）庄立交桥下，忽然发现这里简直是一个被他忽视的地方。区庄立交桥是南都的枢纽，它是环市中路、先烈南路、农林下路相互交织的中心地带，四周都是一幢比一幢高的现代化楼群。但大多南都人也许只注意到了它的上半部分，能被阳光照亮的那一部分，而下面，那些最底层的人，是很少有人看到它的。这些人大多只穿一件被汗水浸得发黄的背心、大裤衩，旧轮胎割的牛鼻子凉鞋，有的干脆光着膀子，壮得就像一个个健美运动员似的站在那里。这些人来自四面八方，四川的、江西的、湖南的、湖北的、河南的、广西的，还有广东韶关、梅州等其他地市的，大家在这里干着自己的小营生，修车、打气、打短工，自发形成一个短工市场，干别的多少都要些本钱，只这一行全凭赤手空拳就可以干。没事的时候，几十个短工就围成一个一个小圈子在那里打扑克、下象棋，或者下一些乡下人自己发明的，只要草根和石子就可以下的古怪棋艺。看的人比下的人还要多，他们一圈一圈地围着观战，喊着、嚷着，叫着，一个个连耳朵和脖子都红起来。虽然这些人挣钱不多，但是他们也有自己的乐趣，在一起用家乡话说笑，时不时地用一两句生硬的广东话调侃，生活倒也自得其乐，并没有看出他们的脸上和心里有什么痛苦。姚远走进去围观时，总能听到一些让他很感新奇的东西，所以没事的时候，他就到那里去，看他们在那里摆开摊子，一边干活，一边操着方言开心地说笑。在这种氛围中，他忘掉了所有的烦恼，让心灵得到暂时的安歇。

也是在区庄立交桥下，姚远认识了一个身体并不壮实的河南老乡。那是一个四十多岁的中年男人，满脸黑灰，长得其貌不扬，在这里已经待了七八年，从最开始的揽活儿打短工，到成为控制这里的地霸，所有的活儿都由他分派摆布，稍有不顺，他就会不动声色地指使人给你点颜色看看，尽管他不断被“请”进区庄派出所接受“教育”一番，但是从“里边”出来后，照样是一个人人生畏的“地头蛇”，所以那里的人都很怕他。可是不知道为什么，也不知道得罪了什么人，一天夜里，就在他回出租房的路上，路边突然冲出来几条黑影，二话不说，挥着刀上去就是一通乱捅，等被人发现送到医院，人已经停止了呼吸。丈夫虽然没了，可是他的妻子和儿子并没有因为他的死亡离开南都，处理完他的后事后，又回到了南都。出来闯荡多年，见识了南都的繁华，他们才不愿回到那个贫穷落后的小村子，只不过他们回到南都后不再出现在区庄立交桥下，而是去了其他地方工作。这个河南老乡一家人誓死捍卫尊严留在南都的做法，让姚远的心里很是感叹。看看老乡的南都情结那么深，简直可以说是以死相搏，无法替代了。

一次，姚远路过南方报业大厦门前的立交桥下时，看到五六个中年人穿着黄色广告衫，脖子上搭着条已分不清颜色的毛巾，把一条腿架在一辆旧黑二八自行车的横梁上，车前挂着一块收旧电器的木牌，或者后车架上捆着一个表面坑坑洼洼的白铁桶，桶沿上糊着厚厚的干硬沥青，这是专治专修房顶漏水的，一脸期待地站在那里，东张西望地等着揽活。再看看他们那一张张清瘦的脸和来不及刮净的胡子，已经模糊掉了自己的年龄，姚远心里一动，不禁有些吃惊起来，虽说自己没有他们年龄大，但是人到中年，属于自己的时间毕竟不多，可是自己仍然一事无成，于是便有了一种时不我待的危机感。

姚远给原来公司的业务经理刘晓东打电话，了解公司在中原地区的经营情况。刘晓东——那位现在已是中原地区分公司的总经理，意气风发地告诉他，目前公司在中原地区的局面刚刚打开，根据销售情况来看形势不错。当刘晓东在电话里问到姚远现在的情况时，姚远不便直说，只委婉地说了一句：还行！刘晓东在电话里没有听出姚远的真实情况，又不了解他在南都的处境，于是既踌躇满志又有点不无惋惜地感叹，唉，姚远，你是个人才，可惜你不愿到北方来，如果你能来做我的业务经理就好了，也用不着我操这份心了，现在我忙得真是够呛。

姚远给刘晓东打电话的目的，不是叙旧，不是想念，而是想从他那里探听一下情况，如果合适的话，自己想去那里发展的，可是听到刘晓东说出这样的话，只好又改变了主意。好马不吃回头草。分公司在南都撤销前，他“做”了多少工作，都没有说动自己，现在我怎么好意思去他那里求职？因此，他除了问候刘晓东一番，什么都不想对他说了。放下电话，姚远再一次感到茫然起来。

就在姚远无所事事，整天奔走在路上找工作的时候，吴倩突然接到湖南老家打来的电话。她父亲身患重病，需要她马上回去看看。得到这个消息，吴倩一下子变得六神无主起来，不由得着急想哭。来不及过多考虑，她就一反常态，手足无措地叫嚷着要回湖南老家看望父亲。

那天下午，看着在房间里一直忙着收拾东西的吴倩，姚远也不便说什么，只好安慰她几句，而后拿着民生银行的信用卡，到外边柜员机上刷了三千块钱交给她，算是对吴倩回家看父亲的赞助费。

你现在走，什么时候回来？姚远盯着在那里忙忙碌碌地收拾着背包的吴倩。

我也说不准哦，也许一个星期，也许半个月，或者时间更长，吴倩手里忙碌着，看也不看姚远，神情黯然。至于什么时候回来，这要看我爸的病情和治疗情况了。

哦，遇到这种情况，我也不好出面和你一起回去，只有请你代我向家里人问好！

切，你让我代你向他们问好？没想到姚远的话一下子让吴倩反感起来，她斜了姚远一眼，突然迸出一句，你是我什么人？我怎么好向家里人介绍你的身份？

这有什么？你就直接介绍说我是你的男朋友、未婚夫……

得了吧，你是我什么人？说白了也就一个普通朋友，难道你还指望我和你将来能怎么着啊？

看看，你怎么能这样和我说话？姚远和她辩解，好歹我们在一起生活这么长时间，总该有个说辞吧？

什么说辞不说辞，说穿了，我们不过是同居关系，明白嘛！吴倩在收拾东西的间隙白了他一眼，认真地回了一句，现在不是过去，如今这个年代，在一起同居的多了，难道你还指望我将来会嫁给你不成？想得美，等到下辈子吧！

你，你也太……

算了，我也不和你说那么多，等着我回来吧！我该走了。说着吴倩就像火烧屁股似的，急慌慌地赶过来，轻轻地在姚远的脸上亲了一口，接着又用双手捧着姚远的脸蛋，轻轻拍了拍，亲昵地轻声说，走吧，姚远，你到车站送我一下。

姚远走过去，提起吴倩已经收拾好的背包扛在肩上。吴倩则伸手捞起自己的拉杆箱，挎着小包紧紧跟在了旁边。

自从和姚远同居后，吴倩变得就像一个少妇那样随便起来，这让姚远感受到了女人的好。直到南都火车站时，他还在回味着刚才吴倩那个临别时送给自己的甜蜜的吻。

送走吴倩，姚远的生活重新又回到原先的单身状态。晚睡晚起，夜里不是找老乡到大排档上吃夜宵，喝得大醉而归，就是用自己的笔记本电脑上网做网游，直到很晚才爬上床睡觉，第二天起来已经日上三竿。洗脸刷牙，等收拾完这些，时间就到了上午十一点钟。再去市里办事，时间差不多已是中午。

天天就这么在街上晃来晃去的，看着满世界的人蚂蚁似的在来来往往，姚远心里感到一种莫名的恐慌。口袋里的钱用一个少一个，面对自己只出不进的钱袋子，他不由着起急来。

22

一个老乡给姚远介绍了一份送报纸的活儿，一月一千多元的薪金，问他去不去？姚远也不知道送报纸的活儿什么样，劳累不劳累，不过考虑到自己眼下实在没什么可干，于是，他只好咬咬牙答应下来。

那天下午，姚远在那名老乡的陪同下，去到报社发行部，拿着身份证填了一张表，第二天就被安排上班了。本着就近安排分片包干的原则，姚远送报的范围在天河区杨箕村附近。

送报纸其实就是发行员，这是一个苦累活儿，只有那些文化程度不高的人才会去干，而且报社对发行人员的要求也不是太高，只要身强力壮，会骑自行车，熟悉南都地理环境，年龄不过四十岁都可以。但是当发行员很辛苦，每天早上两点多钟就得起床，从猎德出来，骑着报社发行部配给自己的二八自行车，赶到人民中路和同乐路那里领回一千多份《南都日报》，分五次把这些报纸装进报袋，接着就得像虾似的蹬着车子，一份一份送到订户手中。刚开始那几天，姚远由老发行员带着，熟悉发行路线和业务，几天过后，等姚远路线和业务都熟悉后，就要开始单干了。

刚上班的三天中，姚远跟着老发行员，边走边记路，边记订户地址，每到一处都是这样，在狭窄的街道里忙忙碌碌地走着，他已经忘记了自己的身份，就那么机械地记，机械地送，把车子上的几百斤报纸一一分送到指定订户手中。

在杨箕那个城中村，每天从天不亮开始，等姚远把报纸送完，已经是中午，此时又累又饿，顾不上浏览街上的风景，蹬着自行车，穿街过巷赶回猎德。不再像以前那样，回家后就洗澡冲凉，不再意气风发地站在镜子前刻意修饰打扮自己，甚至饭也顾不上吃，倒头就睡，样子沉得就像一个世纪没有睡过觉似的。连梦都不做一个，就那么直挺挺地躺着，等到再次醒来，已是下午五点多钟，起来到外边转一转，顺便找个小饭店进去吃点快餐，等擦着嘴巴出来，就到了华灯初上的夜晚。

每到夜晚，南江边上永远都是那么多闲散人员，他们在这里跳舞扭秧歌，还有滑冰的，透出另一种热闹。实在没地方可去，姚远就会约上赵爱军几个老乡，一块儿去那里散着步看看。大家稀稀拉拉地站在南江边上，手抚着江边的水泥柱子和栏杆，向远处望去，一江春水，两岸灯火，月朦胧，树朦胧，只有不知疲倦的人们，还在那里尽情地释放着夜晚的能量和激情。

没意思透了，走，回去打牌！看了一会儿，不知是谁提议说。

说的是。走，回去打牌！

几个人晃荡着身子向出租房的小巷子里赶。为了弄出点热闹气氛，半道上，姚远顺便在小店里掂了几瓶南江啤酒，赵爱军买了豆腐条、猪头肉，又有人在便利店里买了花生米、几只鸡爪，几个人这才自由散漫地在胡同里斜着肩膀走，嘴里哼起小曲，他们松松垮垮的样子，简直像是一群流落街头的流浪汉。

在赵爱军的出租房里，把靠在一边的X形折叠桌一摆，几样小菜上桌，大家也顾不得那么多，喝五吆六地一通猛吃，眨眼工夫，就留下满桌空杯和几只空碗。肚里有了货，有人打起饱嗝，于是在大家的嬉笑声中，东西撤去，扑克牌上来。斗地主，一次一块钱的赌注，一圈圈下来，就把时间过到了半夜三更。几个人轮流着去卫生间里撒了泡尿，于是有人点上一支烟开始放松下来，这时已经在里间睡醒一觉的赵爱军妻子侧过身来，嘴里咕噜着提醒了一句，几个夜猫子货，你们也不看看时间，都什么时候了还不睡觉？天不早了，都回去休息吧！明天还要赶着上班呢！

不打了，不打了，回去睡觉！赵爱军妻子的话起了作用，于是几个人揉着熬得通红的眼睛，开始站起来向门外晃去。

从赵爱军那里出来，回到住处，姚远却没有睡意，拿出笔记本电脑上网聊天，又开始了他没完没了的夜生活。

第二天给吴倩发短信，了解到吴倩的父亲动了个小手术，人在县医院里躺着，不过现在已经没有什么危险，趁此机会，她可以在父母身边尽尽孝，等父亲出院后观察几天，确信没什么大碍后，才能回到南都，除此之外，并没有什么要紧事情。了解到这个情况，姚远放了心，丢掉手机，继续玩自己的游戏。

奇怪，没有吴倩的日子里，姚远对女人的渴望反而变得不那么强烈了。上网聊天，他好像注意力也不全在女孩子身上。尽管夜里还是睡得很晚，但他只是热衷于看大片、玩游戏，下象棋、五子棋，飙车、“红警”，玩得不亦乐乎。实在没什么可玩的，就在电脑上翻扑克牌、挖地雷，一玩就是大半夜。

有时玩得兴起，连余静从内地打过来的长途也懒得接。听着余静在电话里祥林嫂似的汇报着自己的离婚进程，并把离婚案子开庭的时间说给他听时，姚远没了期盼和等待，而对余静电话中表现出急不可待的样子，显得有些轻描淡写起来，就连说起话来也是心不在焉的样子。就在余静急得嗓子上火的时候，他却仍然沉溺在虚拟的网络里，优哉游哉地游着。一个女孩上线了，而且频频在 QQ 上加他，姚远也没有表现出多大的兴趣。

挂上电话，已经是夜里十一点钟，困意上来了，想到明天早上还要早起上班，姚远打着哈欠从 QQ 上退下来，心里忽然涌出一种说不出的悲哀，不行了，我连生理上的需求都没有，看来我是真的没用了。他叹了口气，随便把身子歪在床上睡了过去。

23

余静离婚了。这消息是她在打给姚远的电话中讲出来的。

那天上午十点多钟，姚远正在杨箕村送着报纸，腰里的手机突然急吼吼地响起来。他急忙捏住车闸停下自行车，一条腿伸下来支住地，另一条腿放在自行车的横梁上，一边挥手擦着头上的汗水，一边打开手机。

也许是刚刚经历过一场离婚大战，电话里的余静分明是一种超凡脱俗后的解脱和放松，话语中已经没了先前的急躁和不安，声音虽然清脆，但听起来却显得那么少气无力的，就像刚刚经历了一场人间大病似的。

远，我已经离婚了，余静小着声音无比轻快地说，这下子，我总算解脱了，下一步，你说怎么办吧？

怎……怎么……你、你说离就离了？接到电话的一瞬间，姚远被这个爆炸性的消息突然给惊呆，不由变得口吃起来，话语中透出一种说不出的惊慌和无措，这么快……

怎么了？姚远说话的语气让余静有些不解，听你这说话的口气，你是不是对我的离婚感到很意外？

没……没有，我是说……你、你这婚离得也太快了，我还没有一点思想准备呢！没想到，你就……

这不是你早就希望的结果吗？怎么，我现在离了婚，你反倒不乐意了？你究竟什么意思？

不……不是……我不是这个意思。姚远被这突如其来的消息一下子给击晕了，脑子里一时没有转过弯来，直到这个时候，他才突然意识到事情的严重性，于是顺口安慰余静，离就离吧，有什么大不了的，只要你不感到后悔就行。

事情到了这一步，我没有什么可后悔的，余静平静地告诉姚远，为了你，我什么都可以舍掉，我什么都可以不要。这辈子，我只想拥有你，你明白吗？

好了好了，快别说傻话了，现实生活中，你怎么可能什么也不要呢？要知道生存第一，我们可千万不能把自己的生活过得很糟糕。

你放心吧，姚远，我还没有像你说得那样贫困，还没有走到天不收地不留的地步呢，姚远的话让余静变得不高兴起来，她在电话里苦笑起来，告诉你吧，我现在正在我妈的家里住着呢，不管说什么，我父母还是疼爱我的，尽管离婚前我曾经表示过，除了女儿，我什么都可以不要，但他们还是为我争取到了一笔数目可观的财产，十万元钱，也许不算多，不过我想，这笔钱已经够我们解决暂时的生活问题了。

嗯，十万块钱确实不算少，如果放在内地，尤其是在梅南县城，也许可以买一套大房子，但是在寸土寸金的南都来说，也许只能买到一个卫生间或者一间厨房，这里的房价实在太高了。

县城是县城，南都是南都，小县城又怎么能和南都那样的大城市比？余静有些不高兴起来，要知道，我们生活在内地，又不是南都，是无论如何不能按南都的生活标准要求自己的。怕姚远误解，她又补了一句，无论你在外边怎么闯荡，但那并不是长久之计，如果不能在南都定居，你到老还是要回到家乡的。

你错了，余静，其实你根本不了解我们外出打工者的心态，无论是谁，只要一出来闯荡，心就会变得野起来，就再也不想回到那个贫穷落后的地方，尤其是梅南那种小县城，那是什么地方，说起来，还不及南都一个村子的经济收入呢。

我可没像你那么想过，南都再好也是南都，与我们的生活离得太遥远，所以很多时候我总是在想，等你回来后，我们在县城买一套房子，虽然不像大城市那样繁华，可毕竟实际，在一起过安静的生活，我认为这就是幸福。

你这种思想是要不得的，那么多人外出十几年后不再想到回家，除了挣钱，他们图的什么，还不是图外边的花花世界、热闹与繁华？

想不到你走了还不到一年时间，思想就会变成这样？不过，我还是希望你能认真考虑一下，姚远的观点和看法让余静有些不解，但由于是在电话里，所以不想和他继续探讨这个生存问题，而是马上把话题引到了目前，不由劝道，姚远，我现在离婚了，你总不能也让我去南都，和你一样当个打工仔吧？

你误会了，余静，我暂时还没有这个考虑。余静的话让姚远的心情不由变得沉重和复杂起来，他不时拿眼睛瞟着身边一个个过往的行人，皱起的眉头像个“川”字，略加思索一番后解释道，你别看我把南都说得这么好，其实，南都并不是好待的地方，一旦你来了就会让你失望的。而我也不可能就这么一事无成地回去，既然我下决心来到这里，就要努力奋斗下去，争取创出自己的事业，也许到那个时候，我才会真正好好考虑我们的生活。

你不会让我失望吧，姚远，我可是为你离的婚啊，如果你辜负了我的一片好意，我会很伤心的……余静说到这里，声音里有了几分哽咽，要知道，我能走到今天这一步，可全都是为了你，你可千万不要让我失望呀……

好了余静，你不要这个样子嘛！姚远意识到自己的话伤到了自己喜欢的女人，现在又听余静把话说到这一步，就知道她的心情很不好，只好安慰她，没你说得那么严重，我的意思是说，我既然来到南都，就不能这么一事无成，灰溜溜地回去，我只不过是想在这里闯出一片天地，证明一下我自己的能力。

好吧，姚远，我不想和你讲那么多的大道理，我也讲不过你，你一个人出门在外已经够艰难的，我不指望你能给我带回来多少金钱和财富，只希望你能平平安安地回来，和我结婚，过幸福的生活。如果你能做到这些，我就心满意足了……

你不要把话说得这么坚定，生活是无情的，我们谁也无法把握未来，如果你今后遇到合适的，也可以重新考虑自己，因为我已经离不开南都了，听余静把话说到这一步，姚远突然有些不知所措起来，想了想只好告诉她，在这里生活了一年多，我发现自己已经深深爱上了南都，现在我的心已经和南都连在了一起。

什么？你说什么？姚远，你怎么能说出这种话？你、你真让我太失望了，姚远。我不想听你说这个话，为了你，我吃了多少苦，受了多少累，现在好不容易辛辛苦苦离了婚，终于可以无牵无挂全身心地爱你了，你怎么能让我去找别人？这不是在伤我的心吗？姚远对待自己前后判若两人的态度，让余静的心里突然变得十分难受。她怎么也无法理解那个以前在自己面前海誓山盟的姚远，现在他怎么会突然变成这样？余静在电话里简直有些说不下去了，但她顿了顿，还是努力调整一下心情，继续着自己的表白劝解，姚远，你要明白，我可是真心爱你的，如果不是我们二十年前的相爱，如果不是二十年后让我再一次遇到你，如果不是那次梅南县城的相会，我又怎么会下这么大决心，抛开原来的一切选择离婚呢？

余静这番发自肺腑的话让姚远沉默起来，在这个深爱自己的女人面前，他没有理由再继续阐述自己的宏伟目标和伟大志愿，像是受到良心的谴责那样，低着头，一直在认真地听余静在电话里的诉说。

姚远，我可以让你在南都多待上几年，无论成功还是失败，我都会耐心等着你的……正说着，电话里突然传来推门声，紧接着就是一个女孩在叫妈妈的声音。余静回头答应一声，急忙在电话里告诉姚远，好了，我不和你多说了，现在孩子已经放学回来，我该给她做午饭了。等有机会我再给你打电话。说完，“啪”地挂了电话。

拿着已经挂断的手机，姚远既没有表现出惊讶，也没有表现出激动，心里就像夜幕下的南江一样平静。站在那里望着两边狭窄的街道和街道上来来往往的行人，他一时不知道自己该怎么办。只好仰起头看了下被街道两边的高楼切割成一条一块的天空，他忽然觉得自己现在有必要给吴倩打个电话。吴倩离开南都回湖南老家这么长时间，他想听一听这个湖南妹子的声音，此时她在干什么呢？

手机通了，凤凰传奇的《自由飞翔》过后，电话里开始显得杂乱起来，可能与吴倩所处的环境有关，停了一会儿，也可能是吴倩换了个地方接电话，手机信号突然变得清晰起来。

喂，姚远哦？吴倩在电话里说。

对，是我，你现在哪里，干什么呢？透过千山万水的时空，听着吴倩起伏的气息，姚远的脑海里立马出现了洞庭湖的水，水边站着一个清纯的女孩子，此时此刻，唱着一曲婉转悠扬的浏阳花鼓，正在满怀期待地等着她的心上人。

你现在给我打电话干啥吗？没有什么事情吧！我正在医院里照顾我老爸呢，你莫再给我添乱子啦，好不好？！仅仅回去几天，吴倩的湖南口音就变得浓重起来，连珠炮似的射过来，炸得让人回不过味来，话语也不似先前那样温柔，而是有了别样的辣子味。

没什么事，你回去这么长时间了，我打电话就是想问问你在干什么。

我爸爸在医院里住院，我哥、我姐，还有我妈都在这里，一家人都快急疯了，都到了这种时候，你说我还能干啥哦？

好的好的，既然你们一家人都在，那就算了。姚远于是随口问道，家里没什么事情吧，有事需要帮忙的话，你给我打电话。就在即将挂断电话的时候，姚远还不忘热情地追着问了一句，吴倩，你什么时候回南都？

哎，姚远，你好没有道理的，你说我爸现在这个样子，我怎么好确定去南都的时间哦？等看情况再说吧，也许还要再过一段时间哦。

听着吴倩软软的湖南口音，姚远不知道自己犯了哪根神经，突然在电话里压低声音，不合时宜地问了一句，吴倩，回去这么长时间，想我了吗？

去你的，没一点正经，都什么时候了你还在给我说这种话哟。我现在正忙着呢，回头有时间再和你联系哦。不等姚远再说什么，吴倩“咔嚓”一声就把电话给挂了。

妈的，这才回去几天呀，说话口气就变得这么冲？哼，等你回来后，看老子怎么“收拾”你！姚远气哼哼地合上手机，随着那条支地的单腿向上一提，人又上了自行车。此时，路边的行人正多，姚远擦了把额头上的汗，虾一样弓着腰，吃力地踩起脚踏，继续向前边窄小的街道里蹬去。

24

如果把城市当作文章来读，南都就是一篇散文，懒懒散散的，却围绕着一个主题，读起来又耐人寻味。广东人说话就像吃豆子似的，一个一个嘎嘣脆响地向外蹦，听起来有种说不出的清爽。南都也是一篇杂文，融合了天南地北的风俗和俚语，在街头兜售异地的乡情。在猎德、在员村、在杨箕、在石牌、在砚村，不说天河区，就是在荔湾、海珠、花都等南都其他区的任何一个城中村，你几乎都可以看到这样的场面：北方人高大，南方人瘦小、四川人说话软得粘耳朵，湖南人说话尾音爱拐弯，江西人说同乡是老表，河南人称一个地方出来的为老乡，大家住在一个地方，为了一个共同的目标走到一起来了，乡情独立，生活习惯独立，唯一没有独立的是对南都的情感，就如同街头灯箱上的宣传语，“激情盛会，和谐亚洲”那样，离南都举办亚运会的时间还有几年呢，人们就把自己对南都的爱全都融进了对时尚和金钱的追求之中。南都也是一篇随笔，随处可见那些地下六合彩的“买码”者、吃早茶者、喝糖水者，看着外地人在自己的地盘上一个个像勤奋的蚂蚁一样，在那里忙忙碌碌地奔波着挣钱，他们心里则滋生着一种他人无法替代的优越感，表现出一种冷漠的表情，只顾闲散着一张黑粗的脸孔，操着一口外地人听不懂的广东话，在那里优哉游哉地吃茶聊天。南都还是一部内容丰富、故事情节跌宕起伏的小说，每天都在上演着外地人的财富传奇，而他们中的不少人，则跑到海外当侨民。岭南人做南洋人，把自己当成一个快与中国隔离的海外华人了。

你不要以为南方人说起话来像鸟叫，就嘲笑他们，其实南方人的精明和会享受，是人人都知道的事情。放眼望去，世界上有哪个地方的人像中国的南方人那样，整天无所事事地在大街上闲转？没有，你很少能在大街上看到南方人的身影。年轻一些的，都在经商做生意忙于赚钱，只有那些上了年纪的，才会散漫着一张起皱的粗黑面孔，悠闲地坐在自己年轻时积累下来的资产上慢慢享受，或者靠子女们供奉，再不济，自己也有几处房产在那里为他们积金攒银，余下的日子里，就是慢悠悠地把自己的晚年生活过得更加有滋有味起来。平时没事的时候，几个人凑在一起，找个小茶楼，往里边一坐，捧着一壶茶，一喝就是大半天，饿了啃几块点心，日子就在举手抬手之间给打发掉了。因此，南都人吃早茶就成了一种独特的风景，于是就有人曾经无比羡慕，而又感慨万端地总结说，南都人的城市生活是“吃早茶，喝糖水……数着票子逗乐子”，日子过得轻松愉快，极少见他们有烦恼事扰心的时候。

每周一的报纸版数最多，工作量最大。差不多每份都在一斤左右，报纸的版数多了，于读者是好事，可是对发行人员来说，却是一件苦差事。要把那么多的报纸准确无误地一一分发到读者手中，工作量其实是很大的。为了赶在早晨三点半钟到发行部点名，像往常那样，姚远凌晨两点半钟就起床了，可是那天早上，就在他骑着自行车由猎德出发，沿着临江大道一路向西，即将拐上黄埔大道时，突然随着身子向下一沉，速度立马慢了下来，原来是自行车的后胎漏气了。离发行部还远着呢，这可怎么办？看看自行车，又看了看马路上睡眼惺忪的街灯，天这么早，该去哪里找补胎的修理部呢？姚远不禁有些焦急。看来照这样下去，自己今天早上上班要迟到了，实在没办法，他只好掏出手机给站长打电话说明情况，挂上电话，他这才缓了口气。

好不容易拖着坏掉的自行车赶到发行部，姚远已经比别人晚到了半个多小时，尽管他给发行站长打了电话，可是发行站长仍然点着他的名字狠狠地剋了他一顿，说，姚远，你怎么老是自行车漏气？是不是早上又起床晚了？才编出这个理由？姚远不好再和他争辩，只有低下头，拿起早已分发给自己的报纸开始套起来，然后再把套好的报纸往报袋里装。站长说得没错，这一阵，姚远经常晚上睡不着觉，早上起不来，隔三岔五地总要迟到一次，所以发行站长对他的自行车漏气理由也不那么相信了，尽管这次真的是车胎漏气，不过他已经不好再和发行站长过多解释什么，谁让自己这段时间老是早上起不来床呢？

工作不顺心，爱情没着落，人生不如意，这段时间，姚远觉得自己的日子过得很是灰暗。他不由在心里叹气，唉，我怎么会走到今天这一步呢？这样的日子什么时候才是个头啊！

那天中午送完报纸，当姚远疲惫不堪拖着身子回到猎德住处时，他突然惊奇地发现屋子里有响动，不由疑惑起来，等他打开门一看，原来是吴倩正在出租房里收拾自己的东西。看到离开自己这么久的同居女友回来，姚远心里突然涌出一种说不出的兴奋，一时忘记劳累，急忙兴冲冲地上去，一边做出拥抱的姿势，一边热情地冲她打起招呼。

咳，吴倩，你什么时候回来的？怎么也不提前打个电话说一声，我好去车站接你一下。

有什么好接的，我又没带什么东西，再说，我马上就要走了哦。吴倩看着已经走到身边正要拥抱自己的姚远，急忙回过头，对他艰涩地笑了一下，对不起哦，姚远，我要走了，我这次回来，就是向你道别的……

为什么？就在姚远已经把手臂张开还没有拥抱住她时，吴倩的话就像一枚霰弹，一下子把姚远击得怔在那里。许久，他才瞪大眼睛，疑惑不解地盯着面前的女人，吴倩，你说什么？为什么刚来就要走？

什么也不为，吴倩继续收拾着先前自己没有带走的东西，面对姚远的一连串发问，脸上一红，突然有点不好意思地小声回答，我男朋友还在国防大厦那里等着我呢，我得赶快过去哦。

男朋友，哪个男朋友？

就是我以前的男朋友，还能有哪个哦？

你们不是早就分手了吗，怎么现在又和好了？姚远被吴倩的话一下子弄得迷惑起来，不解地看着她，你们什么时候又联系上的，我怎么一点都不知道？

其实，你不知道哦，吴倩解释道，我们分手后不久，他就到处找我，还多次给我打电话，甚至还到我们公司里堵我。毕竟我们是同乡嘛，又是一个地方出来的，在一起谈了几年，怎么能说分手就分手呢？

和我在一起的时候，你为什么不说这件事？姚远越听越生气，不由恼火地冲她发起脾气，看来你是一直在欺骗我，对不对？

你误会了姚远，我并没有骗你，当时和他分手后，我确实恨透了他，也不再和他联系，更不想理他。可谁知他对我并没有死心，而是一直在纠缠着我，不断给我发短信、打电话约我，不过都被我拒绝了。说到这里，吴倩不由叹了一口气，当初他对我那么绝情，我以为这辈子我再也不会原谅他了，没想到我这次回湖南老家，他又跟到我们老家。我父亲这次有病动手术，就是他出的钱，他还一再当着我的面向我们家里人道歉，保证以后要对我好，绝对不会再做出对不起我的事情。我妈和我姐心肠子软，听了他的话，又看他对我那么诚恳，她们原谅了他，就这样，我们才又有了接触。

这么大的事情你怎么不告诉我？姚远不由心里生气，说明你的心里根本没有我，压根就不把我当回事，是不是？

你说错了，姚远。其实说白了，我还是真心喜欢你的。像他那样的人根本没什么能力，出来打工，挣不到什么大钱，又不知道动脑子想点其他办法，平时只知道打牌、喝酒、赌博，不思进取，整天浑浑噩噩地过日子，简直就是个人渣，可我家里人喜欢他，你说我该怎么办哦？吴倩不再收拾东西，面对姚远的指责和质问，站在那里无奈地向姚远解释，为了这件事，你不知道哦，我心里也矛盾了很久很久，考虑再三，最终不得不服从家里人的意见。

你想，一个女孩子家，我再要强又能怎样哦，还不是得听父母的？而你再优秀，可年龄毕竟比我大了十多岁，又不在一个地方生活，即使我答应嫁给你，我父母也未必能同意，你说我能怎么办？这也就是以前，你经常问我咱们什么时候结婚，而我又为什么一直迟迟没有答应你、向你说明的原因。

既然你有这种想法，为什么不早说？

早说也没有用的，再说这些都是这次回家后才发生的事情，我怎么能早给你说哦？

算了算了，既然事已至此，你还是赶快收拾收拾走吧，我不留你！

我，可我总觉得，就这样走有些对不住你……

有什么对住对不住的，你走吧，走得越远越好，最好永远不要再让我碰见你！说到激动处，姚远情绪有些失控，因此说这话时，简直是在声嘶力竭地叫喊。

姚远，我不希望你这样对待我哦，真的，你这话说得太绝情了……

不是我绝情，而是你绝情，和我一起生活这么久，我就不相信我们之间产生不了真正的爱情！

唉，看来，你对我还是耿耿于怀。

当然耿耿于怀！姚远大声地叫起来，不能和心爱的人在一起，你说我的心里能好受吗？

既然你这样说，那好，我不走了哦，我留下来陪你，这样总可以吧！

吴倩，你跟我说这话什么意思？要知道，我可不是被可怜大的，我现在不要你可怜，你走吧，我不拦你，看吴倩变了态度，姚远的口气也变得缓和下来。一日夫妻百日恩。我们毕竟在一起生活这么长时间，相互之间已经建立起感情，所以你走之后，希望你有用得着的时候，跟我联系一下，我会尽力帮助你的。

姚远……吴倩过来捉住姚远的手，一时竟然感激得说不出话来，两只眼睛红红地盯住姚远清瘦的脸，过了很久，嘴里才终于喃喃地说，没想到仅仅过了这么短时间，你竟然变瘦了，也变得黑了……

黑了瘦了，和你没有关系，你说这些干吗？

你是我的爱人，怎么能说和我没关系哦？吴倩依着姚远的身子坐下来，低下头小声嗫嚅道，姚远，我们离开这么长时间，你一定想我了吧，你那次打电话，不是说想我了吗？来，今天我会满足你的……

看看，你又来同情我了不是？姚远眉毛一挑，斜着看她一眼，再说，我还没有低贱到那种程度！

我不是同情你，而是真心对你好……

你既然真心对我好，为什么还要离开我？

好了，姚远，你什么都不要再说了，我不会离开你的。这样总行了吧！说着，吴倩很快解开扣子，脱去上衣，露出自己雪白的身子，软软地贴在姚远的身上。

看着吴倩雪白的身子，感受到靠在自己身上的柔软肌肤，嗅着她身上散发出来的女人气息，长时间没有接触女人的姚远不再坚强，心里突然生出一种前所未有的欲望，他扯掉衣服，三下两下就把自己脱得一丝不挂，露出瘦得排骨一样的身子，尽管这个身子已经被连日来的劳累折磨得不成样子，可是当他把手伸到吴倩细白的胸脯上时，血一下子涌了上来。于是他一把抱起吴倩，把她放倒在宽大的双人床上，然后身子一跃，就像饿虎扑食似的扑了上去，紧接着开始狠狠地发泄着自己……

事毕之后，姚远筋疲力尽地躺在那里，再也没了刚才龙腾虎跃的刚劲与勇武。此时，他无端地觉得，天空无比的高远，大地无比的辽阔，天地间一派澄明。与吴倩有了刚才的肌肤之亲后，此生再无什么遗憾。

吴倩摸着姚远汗流浃背的身子，在他的身边躺了几分钟，重又折起身子开始收拾自己，收拾完后，她对躺在床上继续休息的姚远，软着语气说：

姚远，你再休息一下，我该走了哦。

你刚才不是说不走了吗？现在为什么还要走！

你可真是个傻子哦，我男朋友在那里一直等着我呢，如果我长时间不过去，他一着急，说不定还会赶过来找我的。

哦，那你走吧，我不留你。姚远闭着眼睛，半是休息，半是不想看到吴倩离去的身影，怅然若失地说了一句。

我把你所有的脏衣服都洗过了，以后如果有什么事，你再给我打电话，好不好？

不要再说其他了，你赶快走吧。

临别的时候，吴倩转身走过来，俯下身子在姚远的脸上吻了一下，那一刻，她眼里有一种清亮的东西在悄悄滑落下来……但她很快直起身子，突然在脸上擦了一把，后来当她拖着拉杆箱即将离开房间时，姚远忽地睁开眼睛，看了她一眼，从床上折起身子，说要下床送送她时，没想到却被吴倩婉言谢绝了。

谢谢你的好意哦，姚远，你不用送我，不然，我男朋友看到后又该不高兴了。你还是躺着休息吧。吴倩说着拉开房门走了出去。

听着吴倩下楼的声音，姚远的心里突然就像被刀子划了一下似的，马上变得锐疼起来。停了一会儿，他像是意识到了什么，急忙下床趿拉着鞋，连衣服都没穿，当他来到窗子前向下寻找时，吴倩已经拖着笨重的拉杆箱走出楼洞，向大街上走去。因是正在走动，吴倩的长发一抖一抖地在身后飘着，雪白的小腿衬着石磨蓝牛仔小短裙，让人不由心旌摇荡起来，那样子别提有多妩媚了。看到这里，姚远有心叫她一声，可又一时不知道说些什么，只好翕动着张开嘴巴，嗓子干干的却发不出什么声音，就那么怔怔地看着她消失在猎德的巷子里。

25

米面夫妻，酒肉朋友，当合就合，当走即走。看来赵爱军当时对吴倩的判断是正确的。

当初就在吴倩和他男朋友吵架发生矛盾，吴倩主动给姚远打电话请求帮助，后来又和自己生活在一起时，姚远就曾经不止一次地问过她，和男朋友吵架后，为什么想到给自己打电话，那么多的年轻人不爱，为什么偏偏就找到了自己？

面对这样的疑问，吴倩总是拿眼盯住姚远俏皮地笑着说，你是不是觉得我这样做太下贱？看姚远不置可否地摇了摇头，她便含情脉脉地告诉他，因为你可爱，因为你成熟，自从那次我们在天河城星巴克里聊了几个小时后，我就觉得你是一个值得信赖的人。另外，你说话诚恳幽默，有时还带着点那么让人说不清的味道，和你在一起让我充满了生活的情趣，所以那次和男朋友吵完架，我第一个想到的就是你，这才主动给你打的电话。

嗯、嗯。姚远坐在那里听着吴倩的解释，依旧表现很茫然，难道就仅仅因为这一点吗？

咳，让我该怎么给你解释呢？看姚远有些不相信自己，吴倩只好继续向他表白，其实，你们作为男人，根本不了解女人的心理，不过你应该明白，爱情与年龄没有太大关系，至于你说你比我大十多岁，根本不是什么问题，我就是不爱那些年轻人，他们年轻人怎么了？看上去青春阳光，其实还不是生瓜蛋子一个，说白了，他们什么都不懂，毫无魅力可言，我为什么要找那些人？我要找就找那些浑身散发着成熟魅力的男人，你看人家国外，老男人吃香就是这个道理，这下你该明白，那么多的年轻人我不找，为什么要找你的理由了吧？她看姚远捂住下半边脸，狡黠地笑着说。

姚远的形象并不是很差，吴倩没有理由不喜欢这个浑身上下散发着成熟魅力的男人。人们都说，男人四十一朵花。姚远正处于魅力四射的年龄，一米七六的个头，一个精精神神的中青年男子，而且留着一头好看的发型，前短后长、黑而亮的头发遮盖住后颈和两颊，更衬托出了他白净的面皮，端正的五官，挺拔的身材，这样的形象有点像周华健，又有点像韩版的个性男明星，任谁看了都认为他是一个面相英俊的个性男人。

吴倩的回答合情合理，天衣无缝，而且还让人生出几分骄傲和自豪。再说能被女人称赞，本身就是一件令人愉快的事情，更何况像吴倩这样的漂亮女孩？尽管姚远曾经怀疑过吴倩的话，但是从后来和她在一起生活的情况来看，吴倩不像是那种到处留情举止轻浮的女孩子。她不势利，也不娇气，甚至还带着点让人怜惜之情，更不是那种风尘女子，她清纯、温柔、贤淑、文静，就像当初和余静在学校里谈恋爱时那样，不爱则已，一爱就让人有种说不出的窒息。经过和她的一番探讨，这才打消了对吴倩的顾虑，姚远放心了。他觉得，自己这辈子虽然没有和余静生活在一起，但是能够找到一个和余静各方面都想象的女孩子也是不错的，更何况与余静相比，吴倩显得更年轻漂亮，这就让他更加称心如意了。可是他怎么也没想到，和这个女孩子在一起仅仅同居了几个月，本想能与她进一步发展，相伴终生的，没想到最终还是给走掉了，想起来，就让人有种说不出的悲哀和无奈。

来了又走了，这难道又是自己和余静故事的重演和翻版？姚远有些想不通，不由有些生气，他妈的，女人都是这副德行，嫌贫爱富，男人手里一有钱，她的眼里就放出绿光，可是男人一旦变成穷光蛋，女人立马抬屁股走人，这就是现实！怪不得人家都说“漂亮妹子裤带松”，看来这话说得一点不假！姚远在心里狠狠地骂道。

以前两个人租住在一室一厅的房子还可以，如今只留下自己一个人住，就显得空荡荡的，变得奢侈起来，而且手里的资金也越来越紧张，自己已经完全没必要再租一个月六百多元的房子。在赵爱军和几个老乡的劝说帮助下，吴倩离开不久，姚远退掉猎德一室一厅的大房子，在车陂租了个单间，重又退回到最初来南都时的原始状态。

刚到南都时，姚远经常听老乡们提到“车陂”这个地方，知道这是一个类似郊区的城中村，也是那些收入不高的外来人口聚居的又一个偏僻地方，但是从来没有去过。他更是没见过“陂”这个字，不过老乡们也是乱叫，有的把“陂”读作“北”，有的干脆直接读“皮”。姚远认为这个叫“皮”的汉字与“车”连在一起还有点意思，而把“陂”读作“北”，简直毫无意义。可是当地人都这么叫车“北”，他就不明白是什么意思了。看他不解，老乡们便告诉他，在南方，许多汉字与广东话搅和在一起后，有不少字的发音已经改变了原来的读音，变得古古怪怪的，让人横竖弄不清什么意思。另外，南方人还发明了不少内地人没见过的汉字，这些字的发音也怪，许多字在《新华字典》里根本查不到，这大概就是南方人的一大特色，比如姚远现在搬迁到的车陂就是这样。

在车陂，七八平方米的居住面积、卫生间和厨房齐全、一个月二百元的房子也许是全南都市最便宜的出租房了。姚远搬到这里后，虽然距离报社发行站更远，离自己送报的杨箕村也远了不少，但是只要多走几步路就可以解决，反正能节省下不少钱呢，于是姚远也不计较，又像以往那样过起了最艰苦的生活。

心情不好，自然懒得去逛街，每天送完报纸回到出租房，有时连凉也顾不上冲一下，倒头就睡，醒来后胡乱吃点东西，就开始到外边走。好在姚远在车陂的出租房离南江不远，从住处出来，走上十几分钟，就又可以来到南江边上漫步散心了。在车水马龙的城市生活，看习惯了那些浮躁的城市繁华，只有到了南江边上，看到宽阔的水面，奔流不息的江水，姚远的心才会变得平静下来，感到好受一些。

每年九月份和十月份都是报纸征订大战打响的关键时候。

报纸大征订开始了。为了和同城另外几家媒体搞竞争，报社采取了延长工作时间，从扫楼扫街开始，敲门入户，“订就送”大优惠政策，在巩固原有订户的基础上，扩大征订范围，确保报社在本地的霸主地位。这样一来，发行员的工作量更大了，除平时正常的上班工作外，又是军训，又是学习，又是开展促销活动的，等到忙完这些，天色已经晚了，所以每天要很晚才能下班回家。

连日超负荷的工作量，让姚远的身体有些吃不消，他妈的，天天都这样加班加点地干活，这不是要人的命吗？姚远开始动摇起自己的工作信心，觉得再这样下去，自己的身体非要拖垮不可。所以一连几天，他脑子里总是想着辞职的事情。

其实，真正让姚远产生辞职念头的，还是在吴倩离开之后不久。

姚远一直在心里琢磨，吴倩为什么要离开自己？细细一想，他就发现了问题所在，吴倩离开自己，主观上是和男朋友重归旧好，客观上也有自己的原因，一个年龄越来越大的大男人，不是积极向上、轰轰烈烈地干一番大事，却放弃一个即将成为大地区销售业务经理的位置不坐，偏偏要做辛辛苦苦的送报员下苦力，这不是倒退是什么？姚远明白，一个人要想有所作为，不应该急流勇退，而是奋发进取，勇往直前，只有这样，才能受人尊敬。之所以走到今天这一步，不是自己没能力，而是没有发挥出自己的潜力，如果就像当初自己刚进鹏达公司设在南都分公司的华南地区总代理那样，从零做起，以百倍的信心去工作，经过自己的不懈努力，硬是从一个门外汉一跃成为公司业务骨干。连续创下公司业务第一的佳绩，不是说明自己身上还蕴含着巨大的潜力吗？看来，如果想改变命运，发大财，施展自己的抱负，就该树立目标，调整思路，重新找准自己的位置。如果就这么做一个下苦力的送报员，不仅是对自身资源的浪费，而且也永远不会有什么出息的，想到这里，姚远有了辞职的打算。再不能就这样碌碌无为了，他要寻找新的突破口。

在求职场上，年过三十岁的人不好找工作，这是尽人皆知的道理，更何况姚远已经过了三十五岁，这是一个即将迈入“四〇五〇”的危险年龄人群，如果不是自身具备非常明显的优势，就是被淘汰对象。尤其像在南都这样充满竞争的城市，是二十岁人的天下，二十五岁人的天堂，到了三十岁就是一个坎，如果到了三十五岁，那就真的应该考虑自己的出路。为了改变自己的思路和现状，姚远开始让朋友们帮忙，换个工作环境，只要能施展抱负即可。

现在的工作不好找，想找一份好工作更是不易。不要说姚远已是过了三十五岁的人，就是比他年龄再小一些的，也不见得就能找到合适工作。因此，一些朋友在努力一番之后，见了姚远，表现出一副爱莫能助的样子，就像外国人那样摊开双手，耸着肩膀，无能为力地说，不好意思姚远，在南都，本科生大把大把的，满大街都是。像你这种情况实在不好办，如果随便找一个还行，但是要想找到一份既轻松又有前途的工作，说句实在话，真的很难。

一时找不到合适工作，这让姚远的眉头皱成了“川”字，这可怎么是好？那段时间，姚远感到自己前途茫茫，心情怎么也好不起来。

姚远想辞职的事，让赵爱军也替他着急，作为老乡，他觉得自己更应该帮他一把，谁让自己和他还有那么一点亲戚关系呢？每天工作之余，他就多方打听，经过努力，最后他还是通过自己做保安关系，给姚远介绍了一份同是做保安的工作，地点就在海风路上的凯旋新世界小区。

那天下午快下班时，赵爱军骑辆自行车，带着姚远跑去看了看，楼高树绿，环境优雅，地理位置也不错，周围绿化得很好，环境真的不错，交通也方便，但工作就是有点单一，天天站在小区门口，对着进进出出的业主点头哈腰的，有点做仆人的感觉，他觉得自尊心受不了。而且一站八个小时不能动，平时除了木桩子似的站在那里喂蚊子，还有什么可干的？姚远去那里看了看，又听几个老乡介绍了一下自己当保安的工作体验，想了想就放弃了。他希望找一份不是太累，而且又有前途和盼头的工作，所以无事可干的时候，他只好继续送自己的报纸。

就像一个离过婚的二手男人那样，只要对再婚没有太高要求，往往还是可以实现这个目标的。找工作也是这样，只要对薪金待遇要求不是那么高，这样的工作还是不难找的，尤其在南都，竞争虽然大，但是各个工种轮番淘汰的规律性，往往能给人提供更多机会。经过一段时间的努力，赵爱军又给姚远介绍了个在会所上班的服务生工作，活儿不重，每天的工作就是做好卫生保洁，整理会所内务，为业主做好服务，每天八小时工作制，工作期间会所负责安排一顿餐饭，除此之外，月薪一千二百元，干得好，还有红包。

会所位于南江边上的二沙岛附近，有个好听的名字，叫金地会。姚远第一次听到这个名字时，马上联想到了“福地”“宝地”“聚财”这样的吉祥用语。后来他经过了解才知道，这是一个河南人在南都开发建设的高档地产项目，住宅楼全部为高层，建筑设计除了带有南方风格外，还融入了欧式风情，米黄色的外墙墙裙，衬托出楼盘的高雅与尊贵。特别是优越的地理位置，临江而筑，交通发达，荔枝树、香蕉树等绿色植物把整个小区绿化成了一个花的世界，看上去就像把房子建在花园里似的，这样一来，住在小区的业主们，只要站在宽大的落地窗前，就可以望见对面一路之隔的南江，这种高品质住宅就是放在全南都也不多见，知道这个情况后，姚远不由在心里感叹，这真是一个名副其实的高档住宅小区。

事实也确实如此，姚远曾经注意观察过，从业主们出入时开的私家车上就可以看得出来，有一辆劳斯莱斯、两辆宾利，还有几辆法拉利，至于奔驰、宝马和保时捷、凯迪拉克、沃尔沃等进口车，居然有二三十辆之多，余下就是那些二十万元以上的车子，由此可以看出，住在这里的业主大多是商界精英，不是金领，最低也是白领，这就使其身价倍增。房子卖完，作为开发商成立的物业公司，为了服务好这里的业主们，房地产老板又开办了这座带有后期综合服务性质的金地会所。目的是为了与住宅项目浑然一体，带有配套设施的意思。这座三层楼高的会所里设施高档，健身房、桑拿间、酒吧、咖啡厅、西餐厅、露天游泳馆，样样都是出类拔萃的，应该说在南都市名列前茅。

那天下午送完报纸，姚远跟着朋友去那里看了看，感觉工作环境还不错，而且考虑到在这种环境里工作，有机会可以接触到上流人士，为今后自己在南都发展能够提供一个很好的平台，尽管工资待遇不是太高，但他想了想，最后还是爽快地同意了。

26

从报社辞去发行员的工作后，姚远很快就到金地会所上班了。在南都就有这种好处，城市大，机会多，骑驴好找马，只要对工作要求不是太高，你永远不可能失业，但是当你在这样的城市里生存，如果没有驴时，却连一匹瘦马也找不到。

金地会是个不错的地方，仅几天时间，姚远就喜欢上了这里的工作环境。所以每天上班下班，姚远都会骑着一辆破旧的自行车沿着临江大道，在车陂和金地会之间来回奔波。到住处吃饭睡觉，闲时找赵爱军和几个老乡聊天，生活过得自由散漫起来，但是一到班上，他就会以百倍的精力投入到工作之中，清洗桑拿间，维护健身房，尽管每个人分工不同，但是姚远还是表现得很积极，除了做好自己的分内工作外，有时还会帮助别人做些其他工作，他的表现深得会所经理好评。一次老板突然袭击似的到会所视察工作，其他工作人员都躲在棋牌室里，无所事事地打着扑克牌闲玩，只有姚远一个人手里拿着毛巾，蹲在那里认真清洗着健身器材上的灰尘，这时恰巧被从门口经过的老板看到。老板心里一动，这个员工是谁？但当时没有说什么，也没有惊动他，而是前后左右在会所里转了一圈，然后把会所经理叫过来，了解一下近段会所经营情况，顺便打听起姚远的情况。会所经理不知道老板用意何在，便把自己知道的向他做了汇报。听着会所经理的介绍，老板不住地点头，他边听边看了一眼仍然在那里忙碌着的姚远，心里不由对他充满了好感。

吴倩的电话还会时不时地打过来。有问候，有关怀，有倾诉，也有一种说不清的依恋之意。这让姚远每次接到她的电话时，心里都会有种说不出的矛盾和疑惑。他不明白吴倩为什么要这么做，既然已经离开自己，重新投入到前男友的怀抱，何必还要跟自己联系，是想脚踩两条船，还是身在曹营心在汉，对自己有所期望？他不明白吴倩这样做的目的究竟是为了什么。

自从吴倩离开后，开始那段时间里，她就像从人间蒸发了似的，没有和姚远联系过，更没有她的任何消息，直到半个多月前，她突然给姚远打了个电话。知道姚远换了份工作，吴倩的电话里依然有着关切和问候，已经被愚弄和玩耍一番的姚远，此时已经不再对她抱有幻想，更不像当初那样对她那么热情，说起话来也是不咸不淡的，像是在应付。大概听出了姚远对自己的冷淡，吴倩说话的语气里便有了几分淡淡的忧伤，从中可以明显听得出来，她对自己仍然存有那一丝留恋。想想也是，毕竟自己和她同居了一段时间，怎么能说没一点感情呢？

吴倩在电话里告诉姚远，和男朋友重归于好后，自己已经换了份工作，不再做安利了，现在在白云区一家公司做业务，如果有机会想和他见个面。可是姚远没有同意，现在他已经不再对吴倩有非分之想，经过连续的打击之后，他对吴倩这样的年轻女孩已经不再抱什么幻想，自己该收心做些实实在在的事情。其实不但对吴倩这样，他连自己的生活也不像过去那样变得放浪形骸了，他的内心正在觉醒，再也不能就这么糊里糊涂地过下去。姚远心里明白，如果再不好好珍惜这份工作，自己真就会变得碌碌无为，一无所有。所以他对吴倩在电话里提出的见面表现得有些淡，自然在电话里回答的语气就显得异常冷静。

不必了吴倩，咱们已经分手，没有必要再见面了，这样对你和你男朋友不好，姚远说着打了个呵欠，再说我的工作很忙，根本没有时间，也没有这个必要，还是请你好自为之吧！

这是怎么了姚远？你怎能这么和我说话，难道你忘了我们曾经拥有的一切？听了姚远懒洋洋地回答，这让对姚远还抱有幻想的吴倩怎么也不理解，不由伤感地说，我可是一直爱着你的哦！

一切都已经过去了，吴倩，不要再和我说这些傻话了，还是过好自己的生活吧！

不，姚远，我要见你，你不该对我这样绝情。

我已经给你说过了，我没时间和你见面，不好意思，很抱歉！姚远说完就把电话挂了，他现在真的不想再见到她。可是让他怎么也想不到，已经遭到拒绝的吴倩还是跑来找他了。

那天下午四点多钟，吴倩到二沙岛附近跑业务，谈完业务看时间尚早，就顺便来到金地会所里找姚远。当时姚远正在会所忙碌，根本没想到她会来找自己。所以一接到吴倩的电话，他心里不由一愣，当弄清了吴倩的来意，姚远有心推辞，可是又听说吴倩已经到金地会所的门口，他不好拒绝，只好在电话里无奈地说，这样吧，我现在手头正忙点儿事，等到二十分钟后，咱们在会所门口见面。

半个多小时后，当吴倩站在金地会所门口，转着圈子已经在那里等得快要失去耐心的时候，姚远这才慢腾腾地穿着一身会所发的工装，从电梯下到地下停车场里走出来。

你好姚远！看到姚远的第一眼，吴倩就打起招呼，几乎要热情地跑步向前迎接上去了。可是看到姚远表情淡漠的样子，吴倩下意识地停下脚步，歪着头盯住姚远认真地看着，她心里怎么也不理解姚远对自己何以如此。可是姚远走过来后，只是简单地和她打了个招呼，便又脚步不停地继续向前走去，根本没有把吴倩向会所里让的意思，而是在前边径直领着吴倩向外走去，这叫吴倩不觉感到有些诧异。

姚远，我已经来到你的工作地方，为什么不带我进去看一看？难道不欢迎吗？吴倩跟在姚远身边，继续盯住他看了又看，停了一会儿，终于忍不住地请求起来，听说你们金地会所里装修豪华，设施齐全，建得很高档，你能不能带我进去看看？我想进去参观一下你工作的地方，好不好？

不行，你不能进去！姚远看也不看吴倩，斩钉截铁地打断她，我们会所有规定，正常上班时间，不准会客，更不准带人随便进出会所！

你们会所不会对外来人员要求得这么严格吧？跟在旁边的吴倩有些不相信地纠正他，白云堡、城建大厦、东湖豪苑、金碧华府、千禧花园……我去过南都那么多高档地方，也没听说过有你们这么规定的，何况你又在这里上班，是里边的工作人员，难道还不许把我带进去参观一下，你们会所不可能对我也这么严格吧？

和别处不同，我们会所就是要求这么严格，姚远一脸严肃而又面无表情地说，如果大家都这样随随便便地进出，不是没有规矩了吗？

你现在会所里担任什么职务？经理还是主管？吴倩听他说话一副冷漠的口气，试探性地说，不然你不会这个样子的。

我什么也不是？在这里就是一个普普通通的服务生，一个小打杂的。

既然你什么也不是，那干吗还这么认真？

我是这里的一员，就应该遵守会所纪律。

姚远绷着脸不再说什么，而是带着吴倩穿过临江大道，径直向南江边上走去。看他一脸冰霜、公事公办的样子，吴倩也不好再说什么，只好挎着女士包，一路小跑地跟在姚远的背后向前走去。

坐在江边的椰子树林里向前面望去，夕阳下的南江水面上水波不兴，波光粼粼，展现出一派迷蒙景象。此时，对面的二沙岛像一艘大船，停泊在南江之上。那天下午，姚远和吴倩两个人就坐在南江边上的树林里。

姚远，你知道吗？我今天来，是想告诉你一件事，吴倩看着旁边的姚远，幽幽地说，再有两个月，也就是元旦，我就要和男朋友回湖南老家结婚了……

这么快就要结婚，你不是怀孕了吧？姚远用探寻的目光斜睨了吴倩一眼，变得不无惊讶起来。

看你想到哪里去了，没有的事哦。我怎么能轻易让自己怀孕呢？吴倩望一眼姚远，为了在姚远面前证明自己没有怀孕，故意握紧拳头，在自己的肚皮上捶了几下，边捶边对姚远说，你看我像是怀孕了吗？再说，就是怀孕也不会这么快，我怎么可能怀孕呢？待她又要握着拳头捶下去时，被姚远急忙伸过来的手给制止了。

你怎么这样不爱惜自己的身体，再捶会把肚子捶坏的，我相信你还不行吗？看吴倩这么对待自己，姚远不觉有些感动，于是困惑地问道，说吧，吴倩，既然没有怀孕，那你为什么还要急着回去结婚？你不是说还要在南都，好好地干上几年的吗？

我过去是说过这样的话，可我爸爸和我妈妈不同意哦，他们在老家不断给我打电话，说我一个女孩子家，年龄慢慢大了，在南都这地方又不能老是一个人过，所以就想让我早点结婚，好了却他们的心愿。

对这件事情，你男朋友怎么想？他同意吗？

他怎么会不同意？巴不得呢！吴倩用两根手指理着额前的秀发，为了能够和我结婚，他可没少在我们家里人面前下功夫做工作哦，他这样做的目的，还不是怕我飞了不跟他过。

既然如此，那就结吧！姚远怅然地叹了口气，心里一时不知道吴倩今天找自己的真正目的是什么，难道仅仅只是告诉自己马上要结婚的消息吗？还是有别的意思？他心里有些弄不清，只好抬眼望着面前的南江，目光散漫地说，结婚是好事啊，可你为什么还要来找我呢？不是还有什么事情需要我帮忙吧？是不是需要钱，说吧，需要多少？我会尽力帮助你的。

看你说得多么难听，听你这口气，好像我们是在做一笔卖淫嫖娼的交易似的，我没事情难道就不能来看看你吗？吴倩看姚远误会自己的意思，急忙低下头分辩，我不需要钱，我干吗要你的钱呢？我今天来，就是想和你在一起说说话的。再说，我快要结婚了，你难道就不想对我说些什么哦？

既然你不需要钱，我还有什么可说的，结婚是你们的事，我作为一个局外人和旁观者，只有祝福你们白头到老，幸福快乐！这样总可以了吧？

姚远，除了这些，你还想说什么？听你说话的语气，好像心里很不高兴似的，你是不是一直在生我的气哦？

没有，我怎么会生你的气呢！姚远别过头去，心里突然泛出一股酸溜溜的味道，于是不无醋意地感叹起来，我现在什么也不想说，再说我也没有什么可说的，更何况你马上就要结婚了，我还有什么可说的？

其实——我还是蛮喜欢你的……

看看你怎么又来了，你说这话不会是在可怜我吧？姚远打断她，再说，我现在可是改邪归正了啊，你知道，我不会轻易再去碰别的女人，包括你在内！

啊——你怎么能这样对待我哦？吴倩抬头盯住姚远那张瘦削的面孔，无限诚恳地表白起来，你可能不知道，自从离开你回到男朋友那里后，我怎么也和他融不到一块儿，我虽然住在他那里，可我心里总是想着咱们两个在一起的日子，那段时光多好呀，同吃同住，同游同乐，我们还去过南都不少地方呢，哪里都留下我们难忘的身影，难道你就不留恋这些吗？

留恋又有什么用，何况都是过去的事情，我现在已经没有这种想法了，再说以我现在的条件，一个一无所有的穷光蛋，是根本不可能，也没有理由去爱别人，更不值得别人去爱，所以我只有努力工作，好好挣钱。以后有机会的话，随便找个女人结婚算了。说到这里，姚远用有点讽刺和挖苦的语气说，吴倩，你今后不要再说爱我不爱我的事情，我配不上你，何况你又这么年轻漂亮，怎么能和我这个半大老头子在一起呢？即使你愿意，你的父母和亲戚朋友也不一定会同意，所以你现在快结婚了，不要再有任何非分之想，还是和你男朋友一起好好过日子吧！

你说这话什么意思？吴倩惊愕地看着他，不由变得生气起来。姚远，我恨你，没想到咱们分手才几个月的时间，你就开始这样对待我，你太无情无义了！

无论你说我什么，无论你怎么恨我，我现在都是这个态度，姚远无限落寞地叹气，这是没办法的事情，我不可能再像以前那样对待你，再说你也不是过去的你了，你还是赶快走吧！

我就这么让你讨厌吗？姚远，难道让我在你身边多待一会儿都不行吗？

不是不行，是我实在太忙了，再说天已经不早，你也该早点回去，不然你男朋友会担心你的……

我不管，我就是要在这里多待一会儿，只想和你在一起多说说话。

已经没有这个必要，你还是赶快走吧！姚远说着站起来，下起逐客令，别怪我无情，吴倩，我是真心为你好，我不想再破坏你和男朋友的关系，再说我现在已经没有这份心情。

好吧，姚远，我走，只要你不后悔！

吴倩“噌”地站起来，突然抬起胳膊，用手背擦了把脸上的泪水，把挎包往肩上一甩，大步跨出了椰子林，这时恰好有辆的士路过这里，她向前紧走两步，一伸手，出租车停了下来，结果还没等车子停稳，吴倩弯腰钻进去，头也不回地一溜烟就走了。

天空开始一寸一寸暗下来，望着吴倩坐着出租车远去的身影，姚远心里一下子感到空荡荡的。眼下虽然是南方的十月天气，气候本不冷的，可他还是感到身上有些发冷。

27

两个月后，姚远被宣布任命为金地会所业务主管，工资也从过去的每月一千二百元增加到一千八百元。

做会所主管的主要职责是负责会所日常事务，协助会所经理做好会所的管理工作。只要对自己的要求不高，其实主管的工作也是很清闲的，每天上班，只需到处走一走看一看，查看一下会所里的设施有无问题，保洁工作做得是否到位，指挥手下七八个工作人员打扫卫生，搞好服务，同时能保证每个月收入十万元的会所使用费，并在此基础上有所增加就是最大的成绩。

会所的工作人员大部分来自河南，还有几个是湖南和四川的，人不多，事情也少，管理起来不是那么麻烦。自从不当服务员后，姚远的工作轻松了不少，所以一有时间，他就到会所的镭射影厅里看等离子数字电视，在健身房的器械上锻炼身体，有时候也会趁人不注意时泡泡桑拿，或者在棋牌室里偷着和会所里的几个年轻人打两圈麻将，要么就是坐在会所二楼朝阳的大落地窗前，面前放上几本从会所报刊架上拿过来的《生活元素》《生活速递》《男人帮》等时尚杂志，饮着面前杯子里的水，透过宽大的窗玻璃，去看对面的高层住宅，看那些富人又是如何在自己的小天地里度过自己奢侈而又糜烂的生活，也或者趁机会走出会所，到南江边上，看对面二沙岛上的风景，越看他越觉得南都的可爱……心里不由感慨地说，这么美丽漂亮的城市，我怎么能轻易舍得离开呢？还是在这里好好干吧，说不定自己哪一天就会成为真正的南都人。

快元旦的时候，余静给姚远打来电话，问他什么时候回河南。姚远握着手机，看着窗外高大的绿色植物，脑子里一片空白，一时不知道该怎么回答。直到这时，他才忽然意识到，忙忙碌碌的一年马上就要过完，新的一年即将到来了，这才若有所思地想了一下，只好随口答道，还是等到过春节吧，春节放假没什么事时，我就可以回去，由于领导没发话，所以我现在还不好安排回去时间。

既然你不好安排时间回来，我想趁元旦单位放假到南都看看。听说姚远没时间，余静干脆在电话里说，再说我长这么大，还从来没有去过南都呢，而且和你分别这么久，我也想过去看看你。

对余静的这个请求，姚远不好拒绝，何况他也确实想见见余静，再说这么长时间没有和她在一起，心里总是感到空荡荡的。自从吴倩离开后，自己一直一个人生活，再也没有什么可顾忌的，既然她想来看看，就让她来也好，于是他在电话里同意了。

元旦前夕，就在余静坐着开往南都的火车南下时，吴倩和她的男朋友正在湖南老家举行结婚仪式。得到消息的姚远，想也没想，甩手就给吴倩打过去一千元钱作为贺礼，同时还在手机里发过去一条祝福短信：但愿人长久，千里共婵娟。祝新婚愉快，幸福美满！不过他很快就收到吴倩的回复，对姚远的贺礼和祝福表示感谢。吴倩在短信里告诉姚远，她已经和男朋友商量好，在湖南老家结过婚后，等过完春节，自己有可能还会到南都打工，说不定，到时候我们又可以见面了。对吴倩短信中的这个安慰，姚远已经不感兴趣，心里马上觉得自己这样做完全是庸人自扰，现在重要的是，自己如何做好迎接余静的到来。

余静坐的是洛阳到南都的直达列车。

到达南都的那天上午，姚远特意在会所提前请了假，坐着公交车到南都火车站接她。南都火车站可真大，一下火车，走出火车站的出站口，余静就感觉自己的眼睛不够用了，广场上到处都是人，黑压压的一大片，自己就像是无意中闯进了蚂蚁窝似的。

哎呀，想不到南都火车站这么多人，简直比整个梅南县城的人都多。这是余静在南都火车站见到姚远时说的第一句话。

现在还不算多，等到春运时候，那才叫人多呢！姚远帮她提着行李箱在旁边介绍，不说南都，许多东莞、深圳、佛山的打工者，也都到这里坐火车回老家，人一多，火车票就不好买，买不到座位票不说，还要等，有人为了买回家的火车票，能在这里等上四五天，露天住上几个晚上才能坐上火车，而且有的人买的还是没有座位的站票，你说这里的人会有多少吧！

嗬——原来是这样。听了姚远的介绍，余静再次惊讶起来，不由脱口而出地叫起来，人们这是怎么了？外出打工有什么好，在家生活得好好的，干吗非要往外边跑？这不是出来找罪受吗？

对于这个回答起来比较复杂的问题，姚远觉得有一定难度，于是只好换个话题，路上怎么样，几千里地，二十多个小时呢，坐这么远的火车累了吧，能适应吗？余静一一回答着，表现出一脸的疲倦。不过，她的两只大眼睛却在不停地向两边扫视着，像是有看不完的景。看她对南都新鲜的样子，姚远不再说话，提着包裹，领着余静坐上公交车径直向车陂的出租房里赶。

从南都火车站到车陂，中间要倒一次车，差不多需要一个多小时。坐在公交车上，余静盯着两边的风景和高大建筑物看个不够，每看到一处特别高大或者造型别致的建筑，就会好奇地问着旁边的姚远是什么地方，叫什么名字，姚远则顺着她的手指，向导似的一一告诉她。

车陂公交停车场到了，下了公交车，余静跟着姚远穿街过巷，走过一条条胡同和街道，七弯八拐地终于来到姚远的出租房，开了锁，刚推开门进去，她一下子惊叫起来。

呀——姚远，你怎么住在这种地方，又脏又乱的，房子又这么小！

脏乱怎么了，便宜！你以为我在南都会住什么样的房子？五星级酒店？高级宾馆？别墅？告诉你，在南都这地方，什么东西都贵得要命，能找个便宜点的地方住就不错了。再说，我一个人住，要那么大的地方干吗？姚远说着已经把包裹放在床上，他一边让余静到卫生间里洗脸，一边补充着解释，在南都这地方，房子大了房租就高，在外打工的都这样，比不得在内地。没有人充大蛋，谁也不会和自己口袋里的钱过不去，知道吧，这就是现实。

住在这么小的地方，你是怎么生活的？坐了一天一夜火车，余静此时像只累乏的猫，去卫生间简单洗了把脸，屁股往床上一沾，浑身累得像散了架似的，立时瘫软下去。人虽躺了下去，但她眼睛闭了一下，马上又睁大，前后左右察看了一遍，有点不适应地说，没来南都之前，我还以为这里是天堂呢，怎么也没想到竟然会是这个样子。

对有钱人来说南都是天堂，可是对我们这些出外打工者来说，这里就是地狱。你没听过一首歌里唱道：如果你爱他/就把他送到纽约/因为那里是天堂//如果你恨他/就把他送到纽约/因为那里是地狱……看余静疲倦地躺下身子，姚远从卫生间里取过一把脱水器，开始在小小的房间里打扫起卫生。尽管他此前已经打扫过一次，但他还是觉得不够干净，他知道余静是个爱整洁的女人，他不想让余静一来，就生活在如此恶劣的环境里，因此在不能改变居住环境的情况下，只有把房间收拾得干干净净的，这样才对得起远道而来看望自己的女人。姚远一边用力拖着地板，一边继续着自己的观点。其实他心里清楚，没来之前，每个人都把南都看得很高大很美好，其实来了才发现，完全不是那么回事。打工者也一样，大家都怀揣一个梦想，那就是要改变自己的命运，从奴隶到将军，从地狱到天堂，要想过上好日子，就得经过一个过程。

可是这个过程需要多长时间啊？余静躺在床上追问，是一年两年，还是三年五年，十年八年？

多长时间我说不准，但是只要你去努力了，还是有希望的。打扫完卫生，小小的房间马上显得干净多了，姚远给余静开了瓶营养快线递过去，学说着自己不知道从哪里看来的一句名言，不是有那句话嘛！你不努力拼搏，就永远不知道自己能走多远。你没看那么多打工者不都是在努力争取嘛，你再看我们公司老板，原来也是一个打工者，在南都什么苦都吃过，可他并没有服输，而是靠着自己的毅力和勇气，仅仅十几年时间，手里就积累了几十个亿的资本，开发了好几个楼盘，目前还正在扩大投资项目，这难道不是一个成功的例子？

像你们老板这样成功的外地人能有几个？

你说得不错，成功者毕竟是少数，不过大家都在努力争取嘛！

住在这么小的地方，条件又这么差，看来真是委屈你了。余静仰起脖颈喝下一口营养快线，没有接他的话，而是盯着姚远感慨地说，你一个人在外边打拼，想想可真是不容易啊！让你受委屈了。

出门在外，有什么委屈不委屈，容易不容易的，只要有个落脚地方就行，难道你还能指望在这里住几室几厅、星级宾馆、洋房别墅呀！

不行，你还是跟我回河南吧！再怎么着，那里也比这里生活条件好，看你现在瘦得都快没人形了，看着都让人心里难受。余静喝了半瓶饮料，心疼地抚摸着姚远的脸，你跟我回去吧，好不好？我不想让你在这里受罪。

我在这里什么都没干成呢，怎么能说回去就回去！姚远意味深长地仰起脸，我可不想半途而废，还是等干出点名堂再说吧！

咳，叫我怎么说你呢？你就是性格要强，听不得人劝，谁知道你什么时候才能干出名堂？再说我是真的等不及了。

至于什么时候才能干出名堂，我也说不准，不过，我相信只要自己努力过、拼搏过，即使不成功，我也不会为此感到后悔，毕竟自己努力了。再说这有什么等不及的？人生之路漫长，我们何必要只争朝夕？

听姚远说得振振有词的，余静不再说话。同时也不再围绕住宿条件问题说事，开始躺下来休息。

也许是两人分开的时间太久，思念之情燃烧得他们不能自已，也许是怀着对吴倩在老家结婚时的报复心理，那天晚上，在姚远的要求下，两个人在条件简陋的出租房里，翻云覆雨地做起爱来。姚远觉得自己从来没有这么用心过，所以做得很认真，以至于让一向矜持的余静，都禁不住激动得在床上叫出声来……

第二天是元旦，公司放了一天假，姚远带着余静去逛街。他们坐着公交车去天河城购物中心。从正佳广场进去，到天河城，一路走来，余静看什么都感到新奇，她不住地感叹着，看来南都就是大，逛了大半天，结果还没有出天河城呢，在这里真是让人开了眼。

从天河城出来，姚远又带着余静去了天河体育中心和南都广场。每到一处，余静看什么都觉得新奇，并且不由自主地连连发出赞叹。尤其是在天河体育中心广场上，有群年轻人正在那里跳着街舞，花衣服、阔腿裤、软底鞋，外加一顶歪戴帽，几个年轻人在那里扭着身子跳得正欢，翻、转、腾、挪，肢体似蛇一般灵活，随着一支动感十足的音乐响起，从开始到结束，一连串的动作夸张而又强劲，热烈而又奔放，还有旁边音箱里的快节奏音乐，整个一似摇滚又非摇滚的西部牛仔的欢快场面，看得围观的人群中不时发出一片喝彩。余静站在那里看得入了迷，她没想到自己以前只在电视里看到的街舞居然就是这样跳的，看着看着，就禁不住拉着姚远的胳膊，也在旁边跟着模仿着跳了起来。

吃过晚饭，两个人又一起到南江边上散步，看到那么多人在江边的小广场上滑冰、跳舞、扭秧歌，余静就像被感染似的，拉着姚远的胳膊像个小孩子那样，一边观看，一边抑制不住内心的兴奋，发表着自己的看法和见解。

回到住处，余静余兴未了，仍然显得很兴奋，不住向姚远讲着自己的感受：哎呀，天河城那么大，七八层楼加上地下室，全部是商场；中信大楼那么高，像座顶天立地的纪念碑一样直插云霄，简直不敢想象；天河体育中心那么大，面积简直盖过老家的县城；还有流过这座城市的南江，比自己县城旁边流过的那条梅南河大多了，以前老听人家说南江如何如何，这次到江边一看，原来这么美……

余静，这下你该明白我为什么不想回内地了吧。看余静一脸兴奋，姚远趁势劝导她，南都就是好，不然，也不会有这么多人迷恋南都。

在南都生活是可以，可是如果在这里打工就不太好，看姚远又在变着法劝自己，余静突然回过味来，嘴巴一噘，不满地讥讽说，看看你住的这个地方，又窄又小，又脏又乱，这哪是人住的地方？简直就是个堆东西的杂物间，论面积，恐怕比内地的卫生间大不了多少。

杂物间也罢，卫生间也好，只要能落脚，只要能有个安身的地方创业就好，再说谁也不可能永远住在这种房子里。南都碧桂园的房子闻名全国，凯旋新世界的房子在南都首屈一指，可是每平方米都在几万元以上，谁能买得起？还不都是给成功人士和有钱人准备的？我就不相信自己能一直穷下去！只要努力干，挣了钱，我们照样可以在这里买房买车，过那种有钱人的生活！

我问你，你在这里待了一年多，都干了什么？挣了多少钱？发财了吗？到现在不还是这样吗？

不是不发，而是没到时候，机会没来，如果有机会，我也要开公司做老板，挣大钱！姚远说着说着发起狠来，哼，我还真就不信，南都这么大，我会挣不到钱！

你呀，总是不死心，对未来抱着幻想。也不知道自己今年多大年龄，还在外边闯荡，其实你早就该为以后考虑了知不知道。

余静，你知道，我不是那种没理想的人。以前在内地，我总是认为自己胸无大志，随遇而安，就那么当一天和尚撞一天钟，过一天说一天，是我到南都后才发现，原来天地这么宽广，一个人要干的事情有这么多，面对这种环境和诱惑，你说我又怎么能无动于衷？所以我要努力改变现状！

我理解你，姚远，可是你也要理解我。我已经为你离婚了，现在我爸和我妈天天逼着我问你的情况，打听你什么时候回去结婚，面对这种情况，你说我该怎么办？看姚远一直在大谈自己的理想和抱负，余静有些听不下去，为了能劝动姚远回心转意，和自己早日结婚，她几乎是在苦口婆心地劝说了，有个词说得好，叫安居乐业。只有把家安置好后，才能有信心和勇气来创业，才能事业有成。我不是不支持你在外面闯荡，可是你要知道，不把家里的事情安置好，家里人会为你操心一辈子的。我离婚都这么长时间了，你总是显得无动于衷的，你让别人怎么想？我这次来，我爸和我妈还在反复交代我，要我见到你时好好劝劝，要你早做打算，再说咱们两个都老大不小了，总不能就这么拖下去，拖来拖去，对你对我都不好。可你现在对这事又没有一个准确的答复，你让我心里怎么想？他们会怎么想？难道你就不能为别人考虑一下吗？

余静，我不是不答应你，你在这里也看到了，就我眼下的现状，能是谈这个的时候吗？

怎么不能？我离婚时就没有提出要你什么房子、车子和财产，我父母也没有向你提什么条件，可是你为什么要给自己找理由出难题呢？

不是自己给自己出难题找理由。我是想这样的年龄，正是好好干一番事业的时候，不然，我真的不甘心。再说，自从到了南都，我一直在努力着让自己变成一个南都人，只要有了钱，我就可以在这里实现买房买车的愿望，到那时，我就可以把你们都接来南都生活，我们再也不能窝在小县城了，那是什么地方？贫穷、偏僻、落后、信息不灵，根本不是人待的地方。

你是个理想主义者，我不相信你那么快就能实现自己的梦想，饭要一口一口地吃，事情要一步一步地做，尤其是干事业，那是一辈子的大事，你怎么能说实现就实现了？余静总结着自己的观点劝道，我们在那个小县城生活那么多年，不可能说走就走。再说老人和孩子，他们要到一个新的环境里生活，会很不适应的。比如我，为了能和你生活在一起，放弃眼前的工作随你来南都，我也毫不珍惜，可是你得为今后考虑一下，依你眼前的处境和情况，你能很快实现自己的理想吗？如果我们大家都来了，你能养得起我们吗？

只要努力，我的理想总会实现的，我相信自己的能力。

我丝毫不怀疑你的能力，但是正像你说的，实现理想需要一个过程，可是这个过程需要多长时间？你自己也说不准，如果你就这么拖着不和我结婚，我回去又怎么向我爸和我妈解释？也许将来有一天，当你实现了自己的理想，可是我们失去的东西也许会更多，你明白这个理吗？

不管怎样说，不在南都干出一番事业，我是决不会离开的，哪怕死在南都，我也要干出一番事业！

看姚远主意已决，给人一副八匹马都拉不回头的执拗劲，就知道自己一时难以做通他的思想工作。余静只好放弃自己的努力，只是一遍遍地提醒姚远，无论在南都干得怎么样，都不要忘了，自己会在内地一直等着他。

28

冬天是在人们的疏忽中不知不觉来到的。

南都的冬天像一张表情冷漠的脸，虽然变化不是太快，也不像内地那么太冷，但是十几度的温度还是让人感到了冬天的丝丝寒意，不少人穿上了秋衣、秋裤和羊毛衫。由于气温变低，在家里冲凉已经不合时宜，这时来会所消费的顾客开始多起来。他们来了，不是洗桑拿，就是在跑步机上跑步，在拉力器上做锻炼，或者举杠铃、打桌球……直到把自己折腾出一身热汗，累得不想动了，这才会到桑拿间里冲凉洗淋浴，坐在多功能休息室里看会儿电视，或者让服务生泡上一杯水慢慢饮着，随手翻翻报架上陈列的报纸和花花绿绿的杂志，静静地打发自己的时间。

那天晚上下班后，作为主管的姚远，照例要到会所各处查看一番，当他检查到二楼桑拿间时，意外发现桑拿间一个洗发膏摆放处的旁边放着一块手表。此时，下班后的整个会所里已经没有什么人，可是谁会把东西忘在这里呢？姚远拿起那块手表看了看，沉甸甸的，感到分量很足，再看表盘上明光闪闪，里边像是镶嵌着无数颗钻石，由于表盘上全是英文字母，姚远认真辨认一番，也没有看出是什么牌子，不过他凭直觉判断，这是一块价值不菲的手表。因为他知道，能来会所消费的都是有身份的，那些持金卡银卡和 VIP 贵宾卡的消费者，哪个不是身价几百万的精英人士？最次手里也得有上百万的资产，因此他们丢在这里的东西，也绝对不是平凡之物。那么谁会这么粗心呢？姚远心里想，这么贵重的物品丢在这里，失主一定会很着急的。他手里拿着表开始回忆下午来会所的每一个消费者，想来想去，他恍惚记起一个穿条白色休闲裤、留着一头寸发、身材矮胖的中年人，进来时手腕上好像戴了块这样的手表，但是不敢肯定自己现在手里捡到的表，是不是他丢在这里的那块。既然一时不知道失主是谁，他只好把手表先收起来，准备第二天等到失主来找时还给他。

可是第二天过去了，那个失主却没有来，第三天过去了，还是没有人来领取失物，所以那块手表就一直放在姚远那里。直到半个月后，当那个中年人再次出现在金地会所时，仍然给人一副气宇轩昂的样子，脸上显得异常平静，根本不像是丢了东西的人，更没提自己丢表的事，看来他已经把这件事情给忘记了。

难道不是他丢失的？看着这个中年人在会所里表现得若无其事的样子，姚远认真想了想，心里断然说，不对，自从自己捡到这块表到现在，还从未发现有人来这里寻找过失物，那么很有可能失主已经把自己丢表的事情忘了，或者说他已经不知道自己的手表丢失在了什么地方，所以才会表现得如此坦然，而这个人很有可能就是面前这个身份不凡的消费者。想到这里，姚远主动走上前去，礼貌地试探着问道，先生，你是不是前几天有什么东西丢在这里了？

噢，你怎么知道？看穿着一身服务生衣服的姚远主动上来询问，中年人马上一脸疑惑地看着姚远，用他略带家乡口音的普通话回道，不错，前几天我丢了块手表，可是一直不知道丢在哪里了，在家里找了几遍也没有找到，只好作罢。怎么？你知道我那块表的下落？

听他这么一说，姚远心里有了数，为了进一步判断自己的推理，他继续问那位先生丢失的那块表，款式什么样子，表上可有什么标记等等。中年男人见姚远这么问他，略微蹙起眉头思考了一下，接着毫不迟疑地说出自己丢失的那块手表的款式和标记，并且讲出自己丢表的大致时间，听中年人说得分毫不差，直到这时，姚远认为自己捡到的那块手表就是这位先生的，于是他回到放手表的房间，打开抽屉，把那块手表拿出来，还给那位中年男人时，他还提醒着问了一句，先生，请你看看，这是不是你丢失的那块表？

中年男人接过手表，眼前马上一亮，脱口而出，不错，不错，这就是我丢失的那块表，老弟，请你告诉我，你是从哪里找到它的？看到自己的东西失而复得，中年男子的脸上露出惊喜之色。听他这么一问，于是姚远就把那天晚上自己检查桑拿房时，看见这块表的经过讲了一遍。听到这里，中年男人不住地点头。在姚远的描述中，他似乎回想起自己当时洗桑拿时嫌手表碍事，随手摘下来放在了旁边，结果离开时一时疏忽，没想到把自己的手表落在了这里，他更没有想到会被这个认真负责的服务生给捡到，这真是太让人高兴了。看到丢失的手表又回到自己的手中，中年男人兴奋得两眼放光，急忙伸出胖乎乎的手，握着姚远连声说，谢谢你，老弟，真是太谢谢你了，谢谢你帮我找到这块手表！

不用谢，这是我们应该做的。只要是你丢失的手表就好，姚远看着他如释重负地解释，总算找到失主了，这样我们也就放心了。

中年男人把手表习惯性地套在自己的左手腕上，接着急忙从口袋里摸出钱包，从里边掏出一大把钞票，往姚远的手里塞着说，小兄弟，一点小意思，你拿上吧！可是却被姚远摇着手拒绝了，他把钱重又放在中年男人的手里告诉他，先生，你不用这样，再说这是我们应该做的！推让几次，看姚远不收，中年男人只好又把钱装进口袋，和颜悦色地看着姚远，这样吧老弟，我看你也是一个很真诚的人，晚上我请你吃饭，去白天鹅吃海鲜怎么样？姚远知道白天鹅是南都比较高档的大饭店，但他想了想，急忙拒绝道，不用了，先生，真的不用感谢，再说这是我们分内的工作。说完，他就要到其他地方忙自己的工作。看他要走，这时中年男人走上前，拉住姚远的胳膊，递上自己的一张金卡名片，同时嘴里叮嘱道，老弟，难得你这样对我，没什么可感谢你的，这样吧，我给你留个电话，今后有需要帮忙的地方，尽管给我联系，我会帮助你的！看中年男人既然把话说到了这里，姚远只好拿着那张制作考究的烫金名片，点点头同意了。

中年男人叫李建峰，名片上印着他的职务和头衔：中国（南都）富达投资有限公司总裁，下边用中英两种文字打着他的地址和电话。捧着这张制作考究的名片，姚远的脑海里马上浮现出了“大款老板”和“高贵富有”这样的词汇。其实，在此之前，姚远在天河城的名表专柜前曾经看到过这种手表，款式和牌子一模一样，只是不知道什么牌子。为了进一步验证真伪，他还把那块表带去让营业员辨认一下。接待他的一名营业员，面带微笑地接过手表，拿在手里反复看了看，掂量一下重量，接着又拿出自己柜台上的手表做了一番比较后，语气肯定地告诉姚远，不错，这是一块“VASTO 瑞士”手表中的珍品，上边镶有十二颗钻石，市场价为十二万元人民币。啊——这么值钱！听了那名营业员下着结论报出这块手表的价值，姚远当时僵在那里抽了口凉气，怪不得现在李总对自己这么客气，原来是一块价格不菲的世界名表。其实姚远并不知道，李建峰那天丢失在金地会所的瑞士表，是制造商为了纪念千禧年的到来，于一九九九年十月限量推出的全球一百块珍藏款之一，价值在三十万元左右。

从那之后，李建峰每次来会所消费时，都会冲姚远友好地打个招呼。时间一久，姚远也从侧面了解到他的一些情况。李建峰，年近五十岁，家就住在前边的小区里，湖北人，原来在当地一家国营单位上班，后来辞职下海外出闯荡，在南都经商多年，手中已经积累了亿万资产，他的集团公司除了在南都投资开发一个地产项目外，目前正在从事进出口商业贸易。由于工作性质，经常到外地出差，只要隔一段时间没到会所里来，他准是出差去了外地。不过，只要一回来，他就会来到会所锻炼身体，到桑拿间里洗一洗，在跑步机上跑跑步，直到把自己折腾得满头大汗时，这才安安静静地坐在一边休息。到了这个年纪，李建峰知道该怎样保持自己的身体健康。

一次，李建峰在会所的健身房里跑了会儿步，洗完桑拿后，来到会所的多功能镭射影厅里休息，服务生给他泡了杯水，然后拿起报架上的杂志翻起来。这时正赶上姚远来这里检查工作，李建峰马上冲他招着手，把他叫到身边，关心地问起姚远的情况。

小老弟，你老家什么地方的？为什么这么大年龄了还在给人打工？

见李建峰主动问自己，他知道李建峰欠着自己一份人情，姚远马上面带微笑地就把自己的情况大致讲了一下。李建峰一边喝茶，一边听姚远介绍自己，听到后来，他不觉皱起眉头，把茶杯放在茶几上沉思一下，接着问道，小兄弟，到这个年龄还出来打工不容易，你有没有在南都长久干下去的想法和打算？

有啊，听他如此打听，姚远急忙回答，李总，我一直想在南都干，可是一直找不到什么机会，只好来到这里工作。

哦，听到这里，李建峰不由点点头，用一只胖手摸着下巴略微思考一下，这样吧，你既然有在南都长期干下去的打算，我可以帮助你。有什么事情，你尽管说，也许我能帮上一把。

那我就先谢谢李总！

不用客气，李建峰摆摆手，继续问道，你在这里干得怎样？如果想换个地方的话，可以到我公司的行政部工作，那里的工作环境要比这里好一点，要不你可以先去那里看看。

你让我去那里具体做什么工作？姚远不解地望着他问道。

工作当然很轻松，就是让你到我的公司里，协助我的行政部主任处理事务，也就是做好办公室的日常工作。

你觉得我这样可以吗？

有什么不可以的？李建峰看着他说，如果你到我公司里工作，我一个月给你开三千！

一个月三千的工资的确够诱人的。姚远心里动了一下，可是看着李建峰思考一下，他还不想这么快就去他那里，这是因为李建峰的话说得太突然，他还没有做好思想准备，更不想就这么轻易利用李建峰的关系，满足自己暂时的需求。姚远现在想的是，今后自己会有用得着他的地方，所以现在先不麻烦他，于是便婉言推辞，谢谢李总好意，可是我这方面的经验还不足，怕自己去了干不好，影响你的工作。

去了以后可以锻炼嘛，再说谁也不是先天就会的。李建峰鼓励他，我看你的聪明程度，一看就会，那里的工作简单得很，不像你想象的那么复杂。

李总，既然你把话说到这里，这样吧，你让我先考虑一下，毕竟我刚到这里工作不久，总得干段时间才好说话，不然对不住这里的老板。

哎呀小兄弟，听你这么一解释，你这个人考虑问题还是挺周到的嘛！不错不错，你的人品很好，我很喜欢！李建峰拍着他的肩膀夸赞着姚远，不过这样也好，你先在这里干一段时间，等以后有了机会，你再去我那里也可以。

就在他们说话的时候，会所里有人叫姚远，于是他急忙和李总打个招呼说，李总，不好意思，别人找我有点事情，你先在这里休息一下，有什么需要服务的，你让服务生叫我。说着快步向外边走去。

29

金地会是一家对外开放经营的服务性会所，不但为小区的业主服务，同时也对外开放经营，只要在这里办理消费卡的顾客，都可以来这里消费，这既是老板定下的规定，也是老板当初开办会所的目的。因此，姚远的工作之一，就是除了协助会所经理干好平时的正常工作外，还要做好对外营销，多拉一些客人到这里消费，给会所增加一些经济收入。尽管老板对此不是太提倡，然而姚远还是希望把这件事情办得更出色一些，所以空闲的时候，他就会号召大家利用各自的人脉资源关系，走出去拉一些这样的业务。为会所增加收入的同时，也能给自己多带来一些业务提成。在姚远的带动和努力下，会所的营销工作已经出现良好势头，有不少客人开车来这里消费后，对会所的设施和服务态度都很满意，无形中就会带来一些新的客户。这样一来，会所的人气有了，收入增加了。从最近到会所消费的情况来看，会所的经营状况已经连续两个月都处在大幅度上升状态。姚远的努力不但得到了会所经理的称赞，而且也得到了老板的认可。

来会所消费的人很快多了起来，自然会所的管理就会出现问题。为了跟上发展步伐，为此，姚远加大了工作力度，开会、培训、讲解服务常识，提升服务理念，使会所服务人员的素质得到了明显提高，会所的整体面貌也得到较大的改善。按照姚远当初的设想，只要大家共同努力，不出半年，会所的营业收入就会实现翻番，到那时，不但大家的收入增多，就是奖金也会大幅度提高，于公于私都是有好处的。

不想当将军的士兵不是好士兵，不想挣钱的员工不是好员工，大家说是不是？

是！

好！既然大家都这么认为，我们还有什么理由不好好干呢？

一次，姚远在一次例行培训会后给大家发出了这样的动员令。在他的带领下，会所里的几个人更加努力起来。

然而，就在姚远指挥大家干好工作、多拉一些外边的业务时，会所里发生了一次意想不到的事故——一名外面新来办理消费的顾客在这里洗桑拿时，因缺乏经验，加之上了年龄，没有按照会所的有关规定事项去做，结果在桑拿间里因温度过高突发高血压犯病，并导致脑血栓复发，晕倒在会所的桑拿间里。

出事时，姚远并没在会所，而是在外面拉一个业务。当他得到这个消息，急匆匆地赶到会所时，那名犯病者已经被送往医院进行抢救了。后来，根据医院带回的消息说，那名犯病的家属就此事非常不满，什么全南都最高档的设施，什么服务一流，全是骗人的！就这样的会所还敢对外经营？简直是在拿消费者的生命开玩笑！患者家属骂骂咧咧的，把随着跟去的两个会所服务员骂得狗血喷头。这还不算，听患者家属的口气，他们对此事决不罢休，并决定要向金地会所索要医疗费、精神损失费等，如果会所不答应，他们就要向法院起诉。

消息传到会所，大家都感到很委屈，纷纷在那里议论，咱们会所开了几年，那么多人来这里洗桑拿都没事，他为什么偏偏就犯病了？按说患者出现这种情况，与会所的关系并不大，但是根据有关规定，凡是患有高血压、心脏病、酗酒、体质差等容易诱发犯病的消费者，是严格禁止洗桑拿的。一个经常洗桑拿的，不会不知道这个简单的道理，一个看上去那么有身份的人，为什么还要明知故犯呢？大家站在那里也得不出个最后的定论。

会所里发生的这个事情不算小，全会所的人都重视起来了。在老板的亲自追问下，经过细致勘查，事故原因很快查明：不知道为什么，一向正常的桑拿间温度控制器那天突然失灵，结果导致桑拿间的温度超过平时规定的八十度，一下子蹿到了一百度，在这种高温下，难怪那个上了年纪的消费者犯病。事故原因虽然被查明，但是大家谁都没有说出去，毕竟这是会所管理方面出现的漏洞，细究起来是要负主要责任的，所以大家便都噤了声，决定把这一问题隐瞒过去。

人是在会所里犯的病，因此会所就要负起这个责任！待患者病情稳定后，病人家属开始上门向会所讨要说法。他们站在那里，口口声声地说着自己的理由，我们的人来你们这里消费前好好的，可是为什么一到这里消费就犯病？分明是你们会所的工作失误造成的，不然，好好的一个人怎么会晕倒在桑拿间？说这些时，患者家属带着一大帮人，摆出一副不依不饶的架势，与会所的负责人理论起来。

我们会所对外开放多年，这是全南都都知道的，更是从来没有发生这种事情，怎么你们的人一来消费就会犯病？这不是我们会所的责任，是他的体质有问题，要么就是还有其他原因。会所负责人是个三十多岁的女人，口齿伶俐，说话干脆利索，她并没有轻易接受对方的诘问，而是坐在那里，有板有眼地说出了自己的观点，她给对方的态度很明确，你们这样做，不是想讹诈我们又是为了什么？

一方口口声声地说是会所的失误造成的病人犯病，一方则以会所设施高档正规，服务质量没问题，坚持自己没有责任。

双方就此产生了矛盾。

一方要求赔偿由洗桑拿、犯病住院所产生的一切医疗费、误工费、护理费、交通费、精神损失费等，一方认为患者没有注意好自己身体，没有按照会所有关规定，擅自进入桑拿间洗桑拿才导致这样的后果，因此产生的医疗费应由患者本人承担，与会所无关。双方因达不成协议，于是很快就把事情闹到了法院。

患者家属聘请的代理律师，以金地会所没有提供相关证明高血压病人不能洗桑拿为由，帮助患者家属向会所索要医疗费、误工费、精神损失费、护理费、营养费、交通费等共计一百万元的经济赔偿。一纸诉状，就把金地会告到了天河区人民法院，要求金地会赔偿患者的经济损失。

接到法院通知，金地会老板心里非常恼火，他在领导层的会议上发着脾气，我们的会所开了这么多年，怎么会出现这种事故？不可能！现在唯一的可能是，对方想借此进行讹诈。所以，我们也不能就此罢休，难道还怕了他们不成？打就打，我还就不信这官司会输！如果这件事情不处理好，将来说不定还会发生其他事情，我们决不能让人给钻了空子，占我们金地会的便宜！

他的话得到大家的支持，纷纷谴责那名患者是有意想揩金地会所的油，对此，大家坚决不答应，纷纷表示，要和患者家属斗争到底。

为了打赢这场官司，金地会所的老板下了大功夫，就连会所经理和姚远也提了大劲儿。大家心里都清楚，这场官司关系着会所的声誉，弄不好就会在南都高端消费者当中亮相出丑，如果那样，损失的就不是钱的问题。其实，老板本来是想通过息事宁人的方式，拿出几万元钱给对方，私下解决这件事的，没想到对方狮子大开口，张嘴就是一百万。他怎么能容忍得下去？打就打，不见得官司谁输谁赢呢。再说自己的会所开了五六年，还从来没有发生过这类事情，未必这官司打起来自己真就会输。何况自己的会所也聘请有常年法律顾问，该理论的时候，自己也得学会用法律武器保护会所的合法权益，自己在南都混了这么多年，不是谁都能占到会所便宜的。

开庭那天，在天河区法院的审判庭上，会所老板在法律顾问陪同下，坐在那里架起胳膊，满以为自己会稳操胜券的，可是他怎么也没有想到，打到最后，官司还是输了，尽管有会所聘请的律师出面辩护，但在一审判决中，对方律师以“患者和会所之间是合同关系，消费过程中会所应该履行安全保障的附属义务，据此认定会所有违约行为，故此应该负主要责任”为依据，并提供了当日的消费凭证和有关记录，法院依据这些证据，判决会所作为主要事故责任人，应承担百分之七十的责任，赔偿受害者医疗费、误工费、营养费、精神损失费等各项费用共计二十万元。

对于这个判决结果，会所老板并不接受，而是很快提起上诉，官司打到了南都市中级人民法院。南都市中级人民法院经过一番调查取证后，驳回上诉，维持原判。得到这个终审的判决结果时，老板心里很是恼火，更让他恼火的是，擅长炒作社会新闻的南都市多家有影响的媒体记者们，竞相以此为突破口，大肆渲染报道，让金地会所很快卷入到南都市第一起因洗桑拿出现损害消费者利益的事情。会所老板怎么也没有想到，就因为会所里没有明确张贴出“高血压、心脏病患者不能洗桑拿，老人和儿童不宜洗桑拿”的告知书，就被法院判决赔偿二十万元，真是智者千虑，必有一失，这个教训太大了。

接到法院判决书那天，金地会所老板在公司的例会上发起了脾气，他非常恼火地当着大家的面说，这场官司打输了，对我们金地会所来说，简直是一种耻辱。这不仅仅是一种失职行为，而且还严重损害了我们金地会在公众心目中的形象，由此造成的负面影响，可以说相当恶劣，因此，我们对此事的处理，一定要高度重视，决不能就此罢休。

接下来，在公司对会所的层层事故追查责任中，很快就把问题查明，作为会所负责人的经理和业务主管，两人都具有不可推脱的责任。尤其是业务主管姚远，平时只顾拉业务，却忽视了会所里的安全设施检查、各项规章制度的张贴和悬挂，以至于发生这起消费者洗桑拿时的犯病事故，并由此产生了这场打输的官司。

事故原因和责任划分出来后，金地会所老板经过公司董事会研究，针对此事很快做出处罚决定：对会所经理，除写出书面检查外，扣发一个月工资，扣发半年奖金；对事故负有主要责任的业务主管姚远的处罚决定是，除写出书面检查外，扣发两个月工资，扣发半年奖金；而对会所其他人员的处罚，则变成了扣发一个月奖金的处理结果。处罚决定，除了书面通知到公司财务执行外，还下发到会所里作为警示。

他妈的，怎么会这样？看到这个处罚结果，姚远的心里很凉。他本以为到金地会所工作后，通过自己的不懈努力，有机会得到升迁的，可是没想到会出现这种事情。事到如今，还是没有达到自己的目的。升迁无望不说，而且还要搭进去两个月的工资和半年奖金，这就意味着，自己来金地会所工作几个月算是白干了。

心里很不痛快，晚上回到车陂住处，姚远打电话约赵爱军等几个老乡，找了家河南饭馆，简单点了几个小菜，在一起喝了两瓶北京二锅头借以浇愁。他本以为自己酒量尚可，可是没想到，左一杯右一杯的，不知不觉就把自己给灌了个烂醉如泥，以至于第二天早上睡过了头，结果耽误了正常的上班时间。

按照会所规定，迟到一次，罚款十元。看着又被扣掉十元的迟到款，姚远心里震了一下，对自己在这里的工作更是觉得心灰意冷起来。

30

春节放了七天假，赵爱军和他妻子要回老家看望父母和孩子，而且赵爱军的妻子已经怀孕七个多月，快要生产了，他们此次回去，就是要在老家生孩子的，所以过完春节也不打算再到南都来了。其他老乡也都想趁着春节长假回去看看，于是急急带着大包小包，一个个归心似箭地准备着往老家赶。

春运的火车票不好买，所以每个人都在收拾着自己的东西，时时打听着南都火车站的售票情况，那样子就像一个即将投入战斗的军人，在那里忙碌着做起战前的准备。

就在赵爱军两口子走前的头天晚上，姚远和他们在一起喝了次酒。在座的还有几个河南老乡。由于喝得高，赵爱军不顾妻子在一边劝阻，只顾在那里大着舌头，豪情万丈地述说着自己的理想和抱负：妈的，老子来南都几年，为了啥？还不是为了挣钱？可是几年下来，钱没挣到多少，倒让我对这里留恋起来，如果不是我爹妈劝我赶快回去，不是我老婆天天在背后叨唠，说不定我就在这里扎下根了。可是现在，我却不得不回去，唉，我真是不甘心啊！赵爱军说着，仰起脖子又干了一茶碗五十六度的高粱烧，接着把茶碗蹾在折叠桌上，脸上表现出一种说不清道不明的沧桑。听得出来，他的话里有着几分对南都的不舍。

爱军，你其实干得还是很不错的，老婆孩子都有了，马上又要当第二个孩子的爹，你说你还有啥不满足的？哪像我们，出来混了几年，一事无成，到现在还是两手空空，比起我们你强多了，知足吧你！几个老乡劝着赵爱军，可是赵爱军只顾瞪着血红的眼睛在那里发愣，刚才喝酒时洒在嘴边的酒，此时还在往下淌着。

爱军，你这几年在这里混得不错，看看我，说起来是个考上学的中专生，到现在混得什么都不是，和你相比，简直惭愧死了，姚远也在旁边羞愧地劝道，你回去后好好过日子吧，那里没有竞争、没有压力，说不定将来比在南都过得还要舒服。

别说了，姚远！赵爱军回过神来，他擦了把淌在嘴边的酒，抬手拍着姚远的肩膀，勾下头不认识似的瞅着他，加重语气说，你和我们不一样，你是念过书的人，在学校喝了那么多墨水，将来肯定会有更大的出息。

切，爱军，你别笑话我了，你看我现在过的日子是啥？跟在大街上要饭吃的乞丐有什么区别吗？

你不要说了，我知道，赵爱军眼睛盯住姚远，吐着满口酒气，你是机会没到，机会一到，你马上就上天了、发达了……

是啊，是啊，几个老乡也在旁边附和着赵爱军的话，反过来劝姚远，爱军说得没错，你和我们不一样，你是读过书有知识的人，你将来肯定会有出息的，等你有出息了，说不定将来我们还要去投奔你呢，到时候，你可别不认识我们啊！

哪能呢，不会的，姚远说这话时不由仰面长叹一声，唉，只怕这辈子我是没有那一天了。

看你说的啥话？不相信自己是咋？努力吧！你肯定会有飞黄腾达的那一天，说不定到时候，我们都会跟着你沾光哩！

姚远已经笑不起来了，他知道几个老乡和赵爱军一样，是在拿话安慰自己，于是便不再说话，只是狠着劲儿坐在那里抽烟。

第二天，姚远坐着公交车送赵爱军几个老乡去南都火车站坐火车回河南。火车站的人可真够多的，用“人山人海”来形容一点都不为过。所有的人都在那里闹闹嚷嚷的，场面像是一锅煮开的水。几个人站在那里引颈观望，一边不时开着玩笑在等着坐车。开往河南的列车到时间了，可是不知道为什么，当看着几个老乡在人山人海中挤上火车的那一瞬，姚远心里突然感到空荡荡的，有种说不出的离愁别绪，眼睛也禁不住跟着湿了起来……

老乡们走了，可是姚远却没有走。他现在已经没有自己的家了。没有牵挂，母亲走了，老家是几间了无生气的老屋。离婚后，妻子女儿已经不再属于自己，如今只有姐姐是自己唯一的亲人，但是他又不想回到姐姐的家。他心里明白，姐姐对自己再好，可她毕竟是嫁出去的人，新年团聚，他不想去打扰姐姐一家。何况又是在自己落魄的时候，回去干什么呢？姚远没有回去，他感觉自己现在没有脸去见家乡亲人。

没有老乡的日子里，姚远觉得自己就像一只失群的大雁，一下子找不到自己的方向了。实在没地方可去，他就照例到会所上班，照例到各处查看一遍，回到车陂的出租房里，就把自己彻底放倒在床上，蒙着头睡起大觉。

整个春节，姚远都是在极度失落和寂寞中度过的。

除夕之夜，就在姚远窝在出租房里准备给自己煮一碗面当作年夜饭时，晚上七点钟，姐姐从内地打来长途电话，问他在南都的过年情况。姚远知道姐姐关心自己，又不想让她为自己担心，便撒着谎故意装出一副快乐的样子告诉姐姐，姐，我在这里生活得挺好的，你不用担心。这不过年了嘛，我和几个朋友们在一起，买了鸡、买了鸭，还有其他一些菜，另外还买了几瓶酒，几个人正准备在一块儿好好乐一乐呢！说完，他接着又在电话里问起外甥和外甥女的学习情况。姐姐告诉他，两个孩子都表现得很好，学习成绩优秀，在班级里都是前几名，春节放假回来，照样带回来学校发给的奖状。姐姐说这话时透出喜悦，看得出来她对两个孩子的学习成绩还是很满意的。

刚和姐姐通完电话，姚远的心情还没有平静下来，这时余静的电话就像追光灯似的打了过来。她在电话里问起姚远在南都的过年情况。姚远一一做了回答。听姚远说他一个人在南都过得不错，余静放了心，不过让她感到遗憾的是，姚远没有回到内地和自己一起过春节，因此说话的语气中便带着些伤感。听着余静在电话里黯然神伤的样子，姚远的心里也感到很不好受，但是他没有办法，只好故作坚强地在电话里安慰她一番。刚挂上电话，余静很快就给他发来一条祝福短信。看着温暖的祝福语，姚远心中升起一丝说不出的温暖。

姐姐和余静两个人的电话，唤起了姚远强烈的思乡之情，他稳定一下自己的情绪，于是便给内地的女儿打个电话，想问问她在家的过年情况。电话拨通了，没想到接电话的是前妻，听说姚远找女儿，她在电话里没好气地大声说，你等一下，我让瑶瑶接电话！

谁啊妈，听筒里很快传来瑶瑶在客厅里蹦蹦跳跳的声音，她接过妈妈手里的话筒，一听是爸爸的声音，女儿嘟着嘴马上变得不高兴起来，爸爸，人家过年都在往家赶，你倒好，过年怎么不回来看看？是不是把我们给忘了呀……死鬼货，他不惦记你，你惦记他干啥？还没等姚远说话，前妻的声音就在旁边恶狠狠地叫起来。听着前妻刀子似的话，姚远心里很生气，不过为了不在这个时候伤及女儿，他强压住心头的怒火，而是在电话里故意装出一副和颜悦色的样子，语气亲切地安慰女儿，爸爸哪能忘了你呢，你是爸爸的宝贝女儿，我忘了谁也不会忘了瑶瑶呀！等爸爸回去时，一定给你买很多很多的礼物，好不好？听到这里，女儿不由咯咯地笑着撒起娇来……父女两个在电话里说了几分钟话后，就不知道该说什么了。停了一会儿，当女儿在电话中问到爸爸什么时候回去时，姚远握着手机沉默下来，他无法回答这个问题，于是话锋一转叮嘱女儿，你在家要听妈妈的话，好好学习，努力完成作业，在家里做个懂事的好孩子，等爸爸回去就去看你好不好？听着女儿依依不舍的话语，挂断电话的一瞬，姚远心里酸酸的，哽着嗓子差点掉下泪来……

正在湖南老家度蜜月的吴倩，给姚远发来条新年祝福短信：心底有个朋友心情就会飞翔；心中有个希望笑容就会清爽；人生有个缘分梦想就会绵长；时常有个问候友谊就会起航！在这新年的春光里，就会收获更多理想！姚远看了看，知道这种千篇一律的短信没什么新意，便没有回。大概觉得姚远在冷落自己，过了一会儿，吴倩的第二条祝福又来了：远也好近也好，只要牵挂就好；平常也好富贵也好，只要健康就好；电话也好信息也好，随着我的祝福幸福就好，天天快乐！看着这两条新年祝福和问候短信，姚远却怎么也高兴不起来。

大年初一早晨去上班时，姚远收到不少业主送给他大大小小的新年红包，十元、二十元、五十元，甚至一百元，都是新崭崭的票子，用红包封着，看上去好不喜庆。就这样，一个上午下来，算了算差不多有一千多块钱的额外收入，尽管是笔小小的意外之财，但是都无法让他激动起来。此时，姚远心里感到有种说不出的失落和空虚。

工厂放假，民工回家，在外打工者一下子少了，少了外地人的南都，城市一下子变得空落起来。不知是谁说的一句话，如果外地人全部撤离南都，南都将会变成一座空城。这话虽然说得有点绝对，但确实有一定道理。

那几天，姚远抽空去市中心转着看了看，看着那么多所谓的精英人士，开着名车在大街上兜风，衣衫整洁地在逛街压马路，满脸笑意地在商场里购物，他心里就感到很不是滋味。来南都一年多了，自己现在仍然孤身一人，钱没挣到，却惹来无穷烦恼，真让人感到郁闷不已。由于心情不好，后来，姚远连街也懒得逛了，干脆把自己放倒在出租房里睡起了大觉。

春节刚一过完，姚远就做出一个大胆的决定：辞职，筹集资金开公司。我现在已经是三十大几的人了，总不能就这样给人打一辈子工，我一定要有自己的事业！

姚远想起去年自己在鹏达公司做业务的情形，那是东北哈尔滨“中国鹏达化工（实业）集团公司”驻南都分公司，主要靠代理业务推销产品，在南都发展了两年，结果非但没有把市场做起来，反把总部驻南都分公司给撤了，他觉得有些可惜。根据他的观察和了解，不是南都市场不行，而是缺乏一些必要的因素，特别在管理方面还有待提高，比如公司的经营思路存在一定误区，营销策划上还有待进一步加强，更重要的是在用人机制方面再调整一下，如果把这些问题全都给解决掉，应该说前景还是很不错的，毕竟南都有这么大的消费群体，怎么能做不好呢？

在南都那家公司干了几个月，后来虽然没有随着去公司总部设在郑州的分公司，担任中原地区业务经理，但是自己已经积累了一定经验，姚远心想，如果在南都开家这样的公司，只要有一定的经营头脑，发挥所长，想必是个不错的选择。

就在几个月前，姚远还给郑州那位负责中原地区的前业务经理刘晓东打过电话，知道他所在的公司在中原地区运行得不错，心里便有了几分把握，但是刘晓东所在公司在郑州的经营情况究竟怎样，自己并不完全了解。为了弄清郑州分公司现在的经营情况，他给刘晓东打电话时便多了个心眼，探听消息。已经是中原地区分公司总经理的刘晓东告诉姚远，由于总公司调整经营思路后，加上国家大力扶持开发中西部地区的优惠政策，现在郑州分公司的经营情况一片大好，经过半年多的努力，现在公司代理的化工产品基本已经占领中原地区近三分之一的市场份额。听刘晓东这样说，姚远的心里更有底了。

31

开公司需要资金，可是钱从哪里来？姚远首先想到了姐姐，不过姐姐家里太穷，外甥上高中，外甥女读初中，除了一家人平时的吃喝花销，还要供养两个孩子上学，平时就靠姐夫一个人在外打工挣钱，又会积攒下来多少？算了，自己说什么也不能向姐姐伸手。对，还有余静。姚远知道余静离婚时法院判给她一部分财产，听说有十万，如果没猜错的话，除了平时花销，她手里现在应该还有七八万，如果能让她把这部分钱投过来，加上自己手里平时积攒的几万，差不多有十万，再想想办法筹集够二十万，就可以开上一家小点的公司，先慢慢运转起来再说。姚远思来想去，最后他想到了那个以前对自己表示乐意帮忙、住在金地小区的业主中国（南都）富达投资有限公司总裁李建峰。姚远心想，我曾经帮他找回价值不菲的手表，他当时很感激，并表示如果今后我有什么需要，可以随时找他，现在自己开公司急需要一笔资金，他是不是会帮自己一把呢？

姚远先把电话打到余静那里，此时余静正趁着还没有过完的春节长假，带着女儿陪父母在县城里逛街。一听姚远的声音，她很兴奋，马上走到一边接电话，可是听说姚远打电话想向自己借钱时，她就有些不高兴起来，特别是当她听姚远说到借钱的数额比较大，她更加疑惑，当即在电话里问道，你借钱干吗？开公司？姚远，你不会是脑子有问题吧！余静在电话里提醒他，公司是好开的？尤其是在南都，那么大的城市，竞争压力那么大，骗子那么多，你以为开公司那么容易？你别不是又有其他想法了吧？

余静，看你想到哪儿去了，我怎么会骗你呢？姚远心里明白，一下子让她给自己拿这么多钱，搁谁都会产生怀疑，不理解，可是不向她借钱又不行，于是只好在电话里给她解释，是这样的，余静，我现在看好一个项目，有人愿意给我投资，但是手里还欠一部分钱，想来想去，实在没办法，我就想到了你，所以才想向你借一些救救急。

什么项目？谁给你投资？你可不要上了别人的当！

化工产品代理销售，姚远充满信心地向她汇报，这个项目不错，我以前做过这方面业务，我知道里边的行情，而且最近我还经过一番市场调查，市场前景不错，还是可以做的。

哦，原来是这样，余静在电话里沉吟一会儿，你选择的项目可能不会错，但是我听说南都那地方比较乱，不是人人都能当老板的，尤其不能上别人的当，不然到时候后悔就来不及了。余静怕姚远吃亏上当，她在电话里不放心地一再提醒姚远，南都是啥地方，那地方的人个个精得像猴子似的，你难道就能玩得过他们？再说外地人那么多，什么样的骗子没有？所以我劝你还是小心为好，至于开公司的事儿，最好要慎重考虑。

放心吧余静，我在这里待了这么久，难道还能不了解这里的情况？应该不会像你说得那样可怕，更不可能轻易被人骗的。

借钱的事，你让我考虑一下，听姚远这么解释，余静静下心来小声告诉他，毕竟你说的不是小数目，这个忙我可以帮，不过你需要的资金数额太大，我可能帮不了你那么多。临挂电话时，不知怎么，余静又对姚远开始耿耿于怀地提高声音，姚远，我问你，原先过年时你说要回来的，结果却找不到你的人，究竟怎么回事？现在需要钱了，你才又想到我，可真有你的，你说你算什么人呢？

看看你又误会了不是，我是说过今年回去过年的话，可是这里的情况不是有变化，情况特殊吗？领导安排我值班，我能怎么办？姚远在电话里笑着哄她，好了好了，余静，你多谅解一下吧，理解万岁！回头我专门向你赔礼道歉好不好？

谁要你赔礼道歉了，我只不过说说而已，别不把我往心里装就行。余静说这话时，声音忽然又低了下去，语气里带着幽怨的味道，姚远，离开这么久，难道你就不想我吗？

想啊！谁说我不想？看你说的什么话，我不是离你太远了吗？不然，我早就回去看你了。姚远在电话里听出余静的意思，自我解嘲地劝慰道，好了余静，你快想办法帮帮我吧，我现在正急需用钱呢！

好吧，你让我再考虑一下，能帮我会尽量帮。余静说完就把电话挂了。

元旦过后，余静从南都回到家里，她没有说姚远在南都的出租房多么小，生活条件多么差，日子过得多么不堪，而是说他在那里创业不容易，不过经过一番努力，他现在已经在那里安下身来。为了安慰父母，余静告诉他们，到春节，姚远就要回河南看他们，结果春节时，姚远却没有回来，这让余静在父母面前很没面子，觉得自己欺骗了他们。余静的父母为此还对姚远很有看法，认为姚远的人品有问题，不把自己的女儿当人看，这样的男人太不负责任，根本不值得自己的女儿去爱他。一看父母生气，余静急忙给他们解释了姚远不能回来的原因，这才把父母给搪塞过去。现在姚远主动给自己打电话，让她感到很兴奋，但是她怎么也没有想到，姚远这次给自己打电话的目的竟然是为了借钱，而且借的数额又是那么大，不觉有些疑惑，但是考虑到姚远现在的情况，一心扑在他身上的余静，在没有征求父母意见的情况下，心里还是动摇起来。

一个多星期后，余静给姚远打来十万元钱。余静在电话里告诉姚远，自己手里原来只有七万，而且这些钱除了当时的离婚财产折合外，还有女儿的一部分抚养费，余下的三万是自己从父母那里借来的。她知道姚远现在急需用钱，所以就瞒着父母，说自己想用一部分钱办其他事情，要不了半年就还他们。两个老人不知道女儿要做什么，但是看到女儿着急的样子，他们也没多问，就信以为真地拿出了自己多年的积蓄。

听着余静的表白，姚远沉默了。看着存折上打过来的钱，一时百感交集。他没有想到这个女人会对自己这么好，先是为自己离了婚，再是抽空到南都来看自己，现在听说自己急需资金，她又毫不犹豫地拿出自己的离婚财产，和从父母那里借来的钱主动帮助自己，这样的好女人天底下哪里去找？如果她对自己不是真心相爱而又爱得太深，她会这么做吗？余静，我的好女人，此生我决不能辜负你的一片好意，等我的公司开起来挣到钱后，我一定要加倍还你，不，除了还钱，我还要答应你的请求，尽快娶你为妻！

此后的几天里，余静因为姚远这借钱的事儿，弄得神思恍惚起来。毕竟这不是一件小事，她为此犹豫不决，倒不是怕姚远借钱不还，而是觉得姚远有没有做大事的能力，思来想去，最后考虑到姚远眼前的处境和两个人将来的生活，最后决定还是帮他一把。再说也许他将来成功了呢，这里边不是也有自己的付出吗？

姐姐不知道从哪里听说姚远要开公司的消息，知道弟弟手里缺钱，经过一番努力，她还是给弟弟汇来了两万元钱。姐姐在电话里告诉姚远，母亲“走”后，我现在自己已经没有什么亲人了，只有你一个弟弟，现在听说你急需用钱，所以就把我平时积攒下来，准备给儿子上大学的一万多元拿出来，不够，又把家里的两头牛和一口猪给卖掉，才凑够了两万，你不要嫌少，该用就用。

姐，你、你怎么能这么做？姚远在电话里责怪姐姐不该这样，再怎么说你家里还有两个学生，也是马上就要急需用钱，你怎能给我汇款？万一他们用起来怎么办？

你不要考虑那么多，姚远，姐姐在电话里安慰弟弟，知道你急需用钱，再说儿子还有半年时间才参加高考，就是上大学用钱也要等到九月份开学，女儿读初中的花费还不是太大，所以暂时不用花什么钱，即使等到用钱，你开的公司也该挣到钱了，到那时你再还我不就得了？

姐姐的话让姚远感动得几乎要流下泪来。他怎么也没有想到，家里穷得一贫如洗的姐姐，为了让自己干事业，竟然会这么无私地资助自己这个不争气的弟弟。他暗暗下定决心，等挣到钱后，一定要好好报答姐姐。

有余静打来的十万和姐姐的两万，加上自己手里的三万，已经凑得差不多了。以自己手中现有的资金，加上南都对开公司的门槛要求不是太高，他想，开家小公司应该不成问题。

接下来，姚远又去找从前那个主动说要帮助自己的中国（南都）富达投资有限公司总裁李建峰，看看能不能再从他那里借一部分资金过来。电话通了，没想到李建峰正在成都出差，要半个月后才能回来。听说姚远想投身商海，李总在电话里告诫姚远，经商是好事，但并非那么好干，因此不论干什么都要先选好项目，要有对市场比较全面的分析把握和了解，做到心中有数，这样才能做到万无一失。有了这些还不够，接下来还要先注册一家公司，这样无论下一步做什么都会好办一些。

根据李建峰的劝告和叮嘱，开公司之前，姚远马上又对市场做了番调研。依据当前的经济发展情况来看，他认为南都最好做的生意是服装、电子产品、建筑材料等行业。为了保险起见，他还先后到东莞、深圳、佛山等几个广东经济发展比较好的城市看了看，而后又跑到东北哈尔滨“中国鹏达化工（实业）集团公司”实地考察一番。由于自己有推销方面的经验，因此姚远想从事产品代理销售这样的业务，所以成立公司之前，他先对市场做了番考察。注册公司时，经过慎重考虑，姚远在天河区工商局注册了一家带有自己名字在内的企业——“南都市天远经济技术开发公司”。

南都人的办事效率就是高，不到一个星期，姚远的公司就办全手续，开始纳入正常的运转之中。根据经营范围来看，这是一家主要经营代理产品的商贸公司，既能代理销售产品，也能从事经济贸易往来，而且投资小、见效快，比较适合那些缺乏资金实力的人。

公司是形象，也是招牌，同时也是实力的象征。为了便于开展业务，经过对地理位置的一番挑选，姚远在距离天河城附近的广梅汕铁路大厦写字楼二十二楼租了几间房子，作为公司的办公地点。一切准备工作就绪后，临到公司开始招聘员工时，姚远这才想到几个在南都的老乡，但是考虑到这些老乡的文化程度和办事能力，姚远最终还是放弃雇佣他们的打算，而是通过登报方式，在南方人才市场招聘了几个业务和行政人员。就这样，短短的时间里，姚远的“南都市天远经济技术开发公司”就算宣告成立了。

32

南都毕竟不同于内地，南方亚热带气候下的大都市，就像一幢幢造型别致直插云天的高大建筑物那样，节节攀升的气势令内地望尘莫及。南都的市场确实很大，大得就像不断向外扩张壮大中的南都城市那样，让你摸不到它的边儿。生活在这样的环境里，你会觉得自己就像一条小鱼游进了大海，就像一只小鸟飞入了蓝天，让你有种海阔凭鱼跃、天高任鸟飞的博大与高远。

在李建峰的帮助下，姚远很快解决了手里的流动资金，有了这些钱，他什么都不怕了。俗话说，家里有粮，遇事不慌。此时他就像一个殷实富足的农民那样，家里囤积了大量粮食，干什么都不会感到担心。余下的事情就是自己如何开展业务，把公司经营得红红火火的，为下一步的发展打基础。

正像当初李建峰劝告的那样，开公司的确不容易，特别是在竞争激烈的南都，稍有不慎，就会有失败破产以致血本无归、债台高筑的危险，因此考虑问题要周到全面，遇到事情要冷静对待，什么都得想到，什么都得从零开始，业务、经营、管理，哪一样都要认真面对。出来闯荡江湖时间不短了，又在其他公司待过一段时间，姚远深知这一点，只不过那时是给人家打工，自己不用那么担心，只做好自己的业务就行，现在情况不同了，自己开公司当起老板，什么人都指不上，一切都得靠自己。

公司刚成立那段时间，姚远天天在外边跑，把自己忙得像个陀螺似的，又是跑业务，又是找人打通关系，既是老板，又是业务员，天天忙得不可开交。没办法，创业初期，就得这么艰苦，所以姚远难得有在办公室里待的时候，即使人到了办公室，他又要忙着打电话，安排工作，管理公司，考察业绩，让公司属下外出做业务，而他自己则要身先士卒地冲锋在前。每天当他拖着疲惫的双腿回到公司办公室时，公司的员工都下班了，只有几间空荡荡的办公室，和办公室里那些静默着的隔间、电脑和桌椅。每到这个时候，姚远就会点上一支烟，一边抽，一边坐在那里认真思考着总结自己。今天跑的结果怎样，都有什么成效，明天要去哪里，找什么人办什么事情……两支烟下去，脑子里就有了思路和眉目。

功夫不负有心人。在公司全体成员的努力下，不到一个月时间，公司很快做成了两单业务，当然这个业务还是姚远亲自出马拿下的。虽然利润不是很大，但是已经有两三万的净利润到手。当坐下来盘点手中的收入时，姚远心里感到由衷地欣慰。谁说化工产品在南方不行，只要业务做得好，在南都照样有市场，从自己经营这一个月的情况来看，市场前景还是很不错的嘛。哼，我就不信，只要努力去做，还能挣不到钱！

姚远的经营思路是选准项目，找准自己的市场定位，加大攻关力度，以诚信待人，靠服务取胜，这既是他的经验之谈，也是他来南都后在原先那个公司学到的经验。在姚远的带领下，公司全体员工再接再厉，共同努力，两三个月后，姚远的天远公司业务即已开始向外扩展，并呈现出四面开花之势，走上了良性循环的发展轨道。

手里有了一部分盈余，姚远开始考虑购买交通工具的事情。在南都，一个开公司的老板，如果没有一辆属于自己的车，是无论如何说不过去的，没有车就不能算老板，连个白领都不如，顶多算是一个高级业务员。车是门面，车是招牌，同时也是一个人实力的象征。别的不说，单南都的城市面积就有这么大，如果不买辆车作代步工具，开展工作是很麻烦的。在南方这种快节奏的地方，时间就是金钱，更何况做营销这类工作，整天要和那些分散在城市各处的客户打交道，就更需要一辆车了。不过按照自己目前的经济条件，买好车显然不现实，只有退而求其次。几经考虑，姚远在二手车市场上“淘”了辆七八成新的小别克。他打算等过几年，挣到钱后再换台新车，目前先有辆二手车用着即可。

交通工具解决后，紧接着，他又在距离公司较近的石牌村租了套一室一厅的房子，把家从城市东南角的车陂搬过来。离公司近了，这样上下班自然就会方便许多。

毕竟是在大城市待过的，结婚后在湖南老家待了几个月早已厌倦了农村老家的生活、依然对南都产生依恋的吴倩，和她丈夫一商量，再次来到南都打工了。

也许是旧情难忘，吴倩的心里一直挂着姚远。回到南都的第二天，吴倩还没找好工作，于是就给姚远打来了电话。结过婚的女人就是不一样，就连说话的语气也没了少女的羞涩和矜持，而是多了点风情和暧昧，细细听去分明还有那么一点风骚。

姚远，你在哪里哦？

在外边。

外边是哪里？听着姚远不冷不热地回答，吴倩在电话里意味深长地提醒他，怎么，咱们分手这么长时间，难道你就不希望和我见上一面？

我正忙着呢，回头我们再联系！姚远推辞着想挂掉电话，他不想和吴倩这样一个结了婚又回过头来想找点盼头的女人交往。

哟，几天不见，说话的口气也变了哦，还真是让人不敢和你接近了似的，吴倩一时没有听出姚远话里的意思，依然有点执拗地在电话中说着酸话，嘴里不无调侃地问道，说吧，什么时候？我真的很想见你一面哦，几个月都没有看到你了，我想看看你现在是瘦了还是胖了，是黑了还是白了，变化究竟大不大。

我有什么好看的。还不是老样子？再说我又不是孙悟空，还能变到哪里去！

好了姚远，你别再给我绕弯子，分手这么长时间，你真的就不想我吗？没等姚远回答，吴倩就在电话里嗲着声音说，我很想见你一面哦，劳驾你安排个时间吧，我等着你。

听着吴倩在电话里有些发嗲的声音，姚远有些讨厌地沉默一会儿，推了两次都没有推掉，最后只好勉强同意和她见上一面。

两个人本来说好要去天河城里的星巴克见面的，可是姚远突然临时接了个电话，一个小时后，他要去花都区见个客户。他看了看表，还有一个多小时，于是趁着这段时间，他决定在办公室里见吴倩一面。

二十多分钟后，在广梅汕铁路大厦写字楼二十二楼的南都天远经济技术开发公司总经理办公室，吴倩终于见到了坐在板台后面高背靠椅上的姚远。

哟，士别三日，当刮目相看哦，看着焕然一新的办公环境，吴倩望着仍然瘦削的姚远，不禁有些惊讶起来。她红扑扑的脸上不自然地笑了一下，带着一丝讨好的歉意，同时还带有几分艳羡的口气，没想到几天不见，你发展得竟然这么快，都已经当上大老板啦。

什么大老板？还不是出来混口饭吃！

公司都开起来了，怎么还说自己不是大老板哦！吴倩在姚远的办公室里变得不安分起来，她来回走动着，这里看看那里摸摸，心里百感交集的，有种说不出的复杂感，啧啧啧，真不敢想象，你这么快就当上了老板！

咳，这有什么？姚远用一次性纸杯在饮水机前给吴倩接了杯纯净水递过来，揄揶了一句，我能有今天应该感谢你呀，如果当初不是你离开我，刺激我创业，说不定我现在还是一个流落街头的乞丐呢！哪里会有今天？

噢，真的吗？这么说，你应该感谢我才对，吴倩说着笑起来，半真半假地开起玩笑，既然这样，你该请我的客才对哦，大老板。吴倩接过姚远递过来的纸杯，瞪着一双美丽的大眼睛，似笑非笑地看着他戏谑了一句。

没问题，不就是请客嘛，小意思啦。不过，你可不要再损我，什么大老板。我不还是老样子？单身，事业无成，还不是在南都这地方像个乞丐一样，混碗饭吃而已，说白了，还不是烂仔一个！

姚远，你别得了便宜还卖乖，把话说得这么难听好不好，难道我还不了解你？

你了解我什么？

哼，这还用说？说过这话，吴倩马上把脑袋探过来，不由惊奇地问，哎，姚远，你刚才说什么？怎么，你还没有结婚哦？吴倩再次瞪大眼睛不相信地看着面前的老相识，似乎想从他脸上找出自己想要的答案。不可能吧，姚远，像你这么优秀成熟又有魅力的男人，又是当老板，又是事业有成的，怎么可能会单身？有女朋友没？

还没呢！姚远嘴里抽着烟，心不在焉地摆弄着手里的火机，揿着打火机的按键打开又合上，让它发出清脆的“啪啪”声，一边摆弄，一边继续着自己的调侃，我哪能那么快就有女朋友？再说谁能看上我呀！一个半大老头子，猪八戒背套子——要人没人，要货没货，像我这种在南都混日子的烂仔，哪个女人会喜欢上我？做梦去吧！

哎哟，看你说得这么可怜，真让人同情。吴倩结束自己的走动，欠着屁股坐在旁边的商务黑色皮沙发上，打量着姚远的办公室，接着叹了口气，说句实话，我真的后悔了，不该回去和他草草结婚！

男大当婚，女大当嫁，结婚是人生大事，有什么可后悔的？再说结了婚，以后就该安安稳稳地过日子，还有什么不满意的。

你不要这样说好不好？你越说我心里越难受。姚远，难道你对我就没有任何想法吗？吴倩撮起樱桃小口，故意做出优雅的样子饮着杯子里的纯净水，不时拿眼睛瞟着坐在那里的姚远，咱们俩在一起生活了那么久，应该留下些什么吧！如果你不嫌弃的话，我可有离婚的打算，离完婚就跟你过，你看怎么样哦？

你别，吴倩，你不要吓我，听了这话，姚远突然像被烫了似的，急忙摇着手打断她，我可不想当你们的第三者，弄不好你丈夫还不得跟我玩命！

他敢——料他也没有这个胆！吴倩放下手里的纸杯，撇着嘴，不屑地说，实话告诉你，就他那个死样子，根本就没有这个胆量！

他有什么敢不敢的，在这个社会上，什么事情做不出来？白刀子进去，红刀子出来，打打杀杀的事情多了去了，我可不想让自己卷进这种事情里。再说我现在还不想这么快就结婚，还是先把公司干好后，再考虑个人问题吧！

你没听人家经常说嘛，一个成功男人的背后，必定有一个理解和支持他的女人，所以说男人干事业离不开女人，你不觉得这句话说得很有道理？

嗯，但我现在还不是考虑个人问题的时候，关于这个事情，还是等以后再说吧！

结不结婚无所谓，先找个女人帮助照顾你的生活不也可以吗，你干吗要把话说得这么不近人情？吴倩低下头叹了口气，其实和他结婚后，我很快就后悔了。我不该和他结婚。你不知道我现在的老公是什么样的人，他婚前的坏毛病又开始犯了，喝酒、赌博、打牌，动不动就在我面前发脾气，根本不像个大男人，现在我真的后悔哦，如果他再这样下去，我肯定会和他离婚的。说到这里，她鼻子里哼了一下，接着急忙从挎包里扯出一张心心相印的纸巾拭起眼眶。

其实人生都是这样，你也不必为过去后悔。看吴倩伤感的样子，姚远不禁望着她安慰道，现在你们已经结了婚，不要再有其他想法，还是好好过你们的日子吧，今后如果有什么需要，尽可以和我打电话，我会尽力帮助你的。至于刚才你说和你老公离婚的事情，你可千万不要再提，你看我离婚后的日子过得多惨！唉，离次婚就是脱层皮，你可不能学我，所以婚姻这种事情，能不离还是不离的好！

姚远，你根本不理解我的心，自从去年离开你后，我就后悔不已，如果不是我父母逼得紧，如果不是我男朋友一直在背后纠缠，我说什么也不会和他结婚的，现在，我真的感到很后悔哦。

既然你们结了婚，就不要再轻易提离婚的事，再婚生活不容易，也许当你离婚后，可能还会觉得离婚会很不值……

好了，你不要再说了！不等姚远说完，吴倩突然打断他，语气坚定地说，姚远，只要你不嫌弃，我离婚后就跟你在一起生活，今后说什么我也不会再离开你了。

吴倩，我知道你是个好姑娘，清纯、漂亮，善解人意，我打心眼儿里喜欢你，可是我也很理解你，如果不是你那次意志坚定地执意要走，我真的想和你结婚，可你总是不答应，后来你还是离开了我。看到你离开我的那一刻，你知道我当时有多恨你吗？姚远看着吴倩，充满伤感地说，后来，我慢慢想通了，我知道你有自己的想法和难处，你的老家和我不在一个省，和我的年龄相差又那么大，不要说你的父母，换了谁也不会同意咱们结合的。现在你已经有了新的家庭，我不可能再有什么非分之想，再说，我好不容易才从婚姻的围城里走出来，已经解脱了，在南都待了这么长时间，经过这么多的人和事，我是不会轻易再提结婚的事情。现在我最想做的，就是努力干好自己的事业，对得起我母亲的在天之灵，对得起我在河南农村乡下的姐姐，对得起我那还没有成年的女儿。今后如果有可能，我也许会随便找个女人结婚生子，过完一生。但是现在，我不会这么做，毕竟我肩上的任务太重了，因此我要努力奋斗，不然，我这短暂的一生很快就会过去的，你说是不是？今天我们说了这么多，我想你会明白我的意思。

我不明白哦，我真的不明白，吴倩摇着头，表现出一副痛心疾首的样子，咱们分开仅仅才几个月的时间，你的思想就变化得这么大，难道就因为你现在开了公司，有了自己的事业，就看不起我，嫌弃我了吗？

吴倩，你误会了，我不是这个意思，不论我的事业做得有多大，我都不会嫌弃你，因为你是一个值得珍惜的好女孩。不过你再好，我现在也不可能对你再有什么非分之想，因为你已经结了婚，有了新的家庭，而我也有了新的追求。说到这里，姚远有些不好意思地坦白道，实话告诉你吧，吴倩，我现在心里已经有了别人，她对我很好，就在你没离开我之前，她一直都在和我保持着联系，当时因为我身边有了你的存在，我才一直没有下定决心。那时候，我一直考虑着怎样能够和你生活在一起，根本就没有过多地考虑过她，可是后来，你毅然决然地离开了我，在这种情况下，我只好答应了她，而且这个女人对我一直很好，她为我付出了很多，包括一切。有她在，我不可能再去爱别人，否则我的良心会不安的。

什么什么？你心里有了别人？吴倩吃惊地抬起头看着姚远，不相信地问道，那个女人是谁？我怎么从未听你提到过她哦？

是谁你不要问，我不会告诉你的，我只能这样给你说，她和你一样，美丽、善良，但是和你比起来，她还有许多地方不如你，比如年龄，比如善解人意……

不会是你的前妻吧？吴倩胡乱猜测起来，要么就是你曾经给我提起的，是你二十年前的同学、初恋情人？

吴倩，你不要瞎猜，你不会猜到的。

既然你把她说得那么好，又听你说得这么神神秘秘的，我有些好奇，倒真是想见见她哦。

没那个必要，再说你想见也见不到。姚远摇了摇头，她现在内地，人不在这里，不要说你，就是我想见她一面也难。

哦——我明白了，你是在骗我，你是在用一个编造出来的虚无的人来拒绝我对不对？吴倩盯着姚远，好像突然恍然大悟过来，你说的这个人，可能根本就不存在，原来你是在骗我哦！

真的，吴倩，我没有骗你，我干吗要骗你呢？姚远认真地看着她，不管怎么说，我们两个在一起生活过、快乐过，曾经留下过一段美好的回忆，我怎么能骗你呢？我不会骗你的，我说的是真的，但愿你能明白我说的话……

我不明白，姚远，我真的不明白哦，为什么我们两个离开仅仅几个月，你现在就这样狠心地对待我？就因为我结过婚了吗？

这与你结不结婚毫无关系，姚远安慰道，我们都是过来人，我不在乎，不过你应该明白我现在的处境，市场竞争这么激烈，而我的事业又正处于爬坡阶段，稍有不慎，就有可能会身败名裂，甚至一败涂地，最终被淘汰出局，所以，我不想在事业刚刚起步时，就遇到什么不测……

我不会影响你的事业，相反有可能还会帮助你的哦，吴倩听他这么一说，心里有些发急，抢过话头固执起来，别的不说，我给你做个办公室的文员总可以吧？只要你同意，我马上就和他离婚！

你不要吓我，吴倩，你以前可不是这种人，现在怎么变得这样？姚远打量着她再次阻止道，你们刚结婚不久，现在就要和你老公提出离婚，如果别人知道怎么说，你不是让我当第三者吗？我可不想让别人对我说三道四的。

你不是第三者，是我心甘情愿的好不好？

不行，怎么也不行，姚远看了下墙上的挂钟，离自己和客户约定见面的时间已经不多，于是站起来抱歉地说，吴倩，真对不起，我今天下午还有个约好的客户要见，对于你刚才说的这个事情，还是希望你能冷静地考虑一下，千万不要感情用事，更不能莽撞，尤其是离婚的事情，更是要不得，不然，你会后悔一辈子的。

我不会后悔的，这样吧，姚远，我也给你一个考虑时间，几天后我们再联系！吴倩说着站起来解释，我这次来南都，除了舍不得离开这里的环境，还有一个重要的原因就是离不开你哦，如果不是因为有你在这里，我也许就不会从湖南老家千里迢迢地来到南都。

先谢谢你对我的好意，就凭你这番话，我会感激一辈子的。姚远劝她，如果你这次是来南都打工，我没有什么意见，但是如果你这次来还有别的想法和意图，或者说与我有关，我劝你还是尽早放弃，别再对我抱什么幻想，毕竟这里比不得你们湖南，那是什么地方？毛泽东的老家，真正的鱼米之乡啊！

我可不留恋老家，什么鱼米之乡？听起来像诗一样，但是有谁知道我们那里的贫穷和落后？

走出电梯，姚远从地下停车场开出自己的二手别克说了句，走，去哪里？我送你一程！

哇，你还有车？一看姚远开着那辆象牙白的别克停在自己面前，吴倩再次惊讶起来，她瞪大眼睛盯着姚远，看了好一会儿，这才有些不相信地张大嘴巴，惊讶着叫起来，行啊，姚远，不但开起公司，而且现在连车都坐上了，难怪你这么神气！真是让人不敢相信哦！

姚远也不看她，而是左手把着方向盘，右手推开副驾驶的车门示意她上车，看到姚远已经为自己打开的车门，吴倩迟疑一下，但是很快便低下头欠着身子坐了进去。直到坐在车子的副驾驶位置上，她还在侧脸盯着已经发动起车子的姚远，嘴里轻轻地说道，麻烦你把我送到区庄立交桥下吧，现在我和他就租住在那里。

看着吴倩双眼放光的样子，姚远就知道这个湖南妹子的眼热了，心里不由涌出一种说不出的滋味。他知道自己这样做，并不是有意在吴倩面前摆阔，更不是为了炫耀自己，而是迫不得已。因为他要赶着去会见客户，现在时间已经所剩不多，自己总不能打出租过去，更不可能再和吴倩玩什么捉迷藏的游戏。

象牙白的小别克在天河南路绕了个弯，拐上去区庄立交的黄埔大道，接着很快就像一条无比灵巧的小白鱼那样，身子一摆，就滑入到无边滚动的车流里。

33

在郑州的刘晓东给姚远打来电话，向他透露一个秘密信息：由于物价上涨过快，加上生产化工产品的原材料上涨，生产厂家有可能要提高产品价格，如果手中有闲余资金，现在不妨可以多备些货，待物价上涨时出手，这样就能赚上一笔。

得到这个消息，姚远心里一怔。当时他正在番禺一个客户那里谈业务，双方谈了几次，总是不太理想，眼下谈判已经进入攻坚阶段。为了让那名客户尽快签订合同，在这个关键时刻，有刘晓东这条振奋人心的消息，挂上电话，他马上“将”了那位客户一军，把身子往后边的沙发上一靠，底气十足地说，王总，你现在签不签这份合同已经无所谓了，我也不再勉强，大概你也听到了，我刚刚接到厂里电话，由于原材料上涨等因素，产品马上就要涨价，如果你签完这份合同后，将来产品一涨价，说不定我的损失就会更大。

什么？你说什么？产品马上要涨价？被称作王总的人叫王德伟，坐在宽大的办公桌后，听了姚远这句不轻不重的话，刚才还一脸严肃的他，这时把一张紧绷着的面孔放下来，并且逐渐笑成了弥勒佛。他看着一脸沉静的姚远，心里一直在琢磨着这条消息的真实性，不过看着姚远接过电话后，突然表现出一副签不签这份合同都无所谓的样子，心里似乎预感到了什么，但他并没有马上就范，而是狡黠地眨了眨眼睛，以他商人独有的敏感意识，心里马上有了数，但他还是故作矜持地停了一会儿，当他再次开口说话时，语气便不像先前那么强硬了，而是有些松动，不过他对姚远这么快就转变应对自己的态度，仍然有些不太放心，于是故作镇静地呷了口面前杯子里的茶，盯着姚远不动声色的脸看了几秒钟，这才倾过身子试探着问，姚总，你从哪里得到的消息？谁说化工产品要涨价了？我可没有听到这方面的信息呀，虽说咱们正处于合作前的磨合期，你该不会是在给我耍什么手腕子吧？

王总，你这话说得就有些见外，不要说我们刚刚准备开始合作，就是与我们合作多年的老客户，我也不会给你耍什么手腕，何况为了区区一份一二十万的合同，我根本就犯不上那么做。谁都知道做生意讲究的是诚信，你说我又何必为了与你签下这份合同，耍什么手腕子呢？姚远从口袋里摸出烟盒，递过去一支，然后自己跷起腿也把烟点上，一边抽，一边摆出一副姜子牙钓鱼——愿者上钩的样子，过了一会儿，看王德伟仍然心存疑虑，于是就拿眼睛去瞟王德伟身后那幅“马到成功”的横幅行草，而后无比放松地吹出一口烟雾，眼睛看也不看他就幽幽地说，王总，信不信由你，可能你也听到了，这是刚才厂家一个朋友给我透露的内部信息，至于产品涨不涨价，我也说不准，只能说有这种可能！说到这里，他眯起眼睛望望他，不过王总是聪明人，你不会看不到这一点吧！根据目前的市场行情来看，我觉得化工产品上涨的可能性还是有的，你想想看，从去年猪肉价格上涨之后，什么东西没有涨价？股票、钢材、房价、生活用品，哪样不是在一路飙升，疯涨不停？

嗯，你说得有道理，王德伟歪过头瞟着姚远，用犹豫不决的口气征求他的意见。照你这么说，我还真的应该签订这份合同？

合同签不签无所谓，你看着办！姚远说着又换了个姿势，重又驾起二郎腿，眯起眼睛，一边淡淡地吐着烟雾，一边摆出一副欲擒故纵的样子，要不，王总再考虑一下？不行的话，我们改天再签合同也不迟，不过，我只能这么说，改天再签时，也许就不一定会是这个价格了。

好的，就这样，我不用考虑，那就签吧！王德伟被姚远这最后一句话给彻底说服，马上从案头的笔筒里拿起一支签字笔，盯着姚远平静的脸思考一下，终于下定决心，大丈夫做事敢做敢当，既然事情谈到这一步，我也没什么再考虑的，签！说着，握着笔“唰唰唰”在面前的合同书上写起来。

本来原先谈好二十万的供货合同，一听说产品要涨价，王德伟马上就要签订合同，可是就在双方正要签订的一瞬间，王德伟脑子一转，突然又临时做出一个重大决定，在执行原价格基础上，再增加二十万的货款合同。

签完字，看着合同书上供货数量又增加一倍，姚远不由大喜过望，但他在王德伟面前仍然表现得不动声色，而是强压住内心的狂喜，拿起刚签好的合同看了看，这才放心地塞进手提包。哈哈，原以为只要能签下这二十万元的合同就是胜利，没想到朋友刘晓东关键时候的一个电话，就让自己多收获二十万，这不是一件让人高兴的事情吗？

驾车回公司的路上，姚远两眼紧盯着前面的道路，一手把着方向盘，一手拿起手机给郑州的刘晓东打电话，除了表示感谢，还不忘向他了解刚才产品涨价消息的准确性。

自从开办公司做起经营代理销售化工产品的业务后，姚远就和自己的前业务经理刘晓东联系得紧密起来。毕竟自己在他手下干过，而且又深得他的器重，虽然后来两人因为志向不同，最终没有走到一起，但是人各有志，不能相强。现在两个人各自为战，虽是竞争对手，其实也是战略上的合作伙伴，所以没事的时候，他经常会给刘晓东打个电话问候一声，一直保持着联系。就在上个月，刘晓东到南都出差时，还应姚远之邀，在南都多待了两天。在姚远的安排下，入住在白云宾馆。那天晚上，两个人开着车去南江边上吃了海鲜，回来后，他们又在迪欧咖啡厅里谈了一个多小时，刘晓东对姚远公司目前的经营情况给予一番指导，所以现在两个人的关系一直处得很好。

开公司之前，姚远曾经征求过刘晓东的意见。听说姚远要开公司，当时刘晓东曾经告诫和提醒他说，开公司是好事，自己当老板说了算，但是从性质上来说，你和我们不同，我们是总公司设立的分公司，一切都由总公司兜着，而你就不同了，你是在做代理和销售，所有问题都需要你自己来扛，所以在今后的工作中要多加小心。姚远对他的话表示赞成，但实际上他心里并不以为然。

姚总，你现在问这个涨价消息的准确性，让我给你怎么说呢？刘晓东在电话里告诉他，这消息是我们行政部刚刚从公司总部那里得到的，放心吧姚总，绝对可靠。据公司总部内部消息说，为了抓住这次机会，眼下公司总部正在全力以赴地筹集资金备货，如果不是和你私下有这份交情，我怎能给你透露这个机密？

听你这么说我就放心了，谢谢刘总！你下次来南都，我一定要好好感谢你！听刘晓东说得言之凿凿，姚远相信了，并对刘晓东对自己的关心和帮助表示感谢。挂上电话，姚远又急忙给厂里的销售部打电话探听虚实。主抓销售的一个科长告诉他，自己也是刚刚听厂里人私下议论的，说是因为生产原材料涨价，厂里正在考虑提价问题，至于涨不涨价，涨多少，目前还是个未知数。

听他这么一说，姚远释然了。根据以往经验，为了防止生产厂家私自涨价，代理经销商往往会在得到内部消息的情况下，紧急筹集资金持仓备下一批货，这样就可以保证自己的利润最大化。已经有了一定业务经验的姚远明白这个道理。按照物价上涨的规律，一般不会超过一个月，有时甚至半个月左右，市场上就会出现上涨趋势。哼，到时候，就等着自己坐收渔利吧！这样想着，姚远兴奋得无以言表，一边开车，一边打开 CD，放起一首歌，随着优美的旋律在车厢里响起，他张开嘴巴也跟着车载音响哼了起来。

在地下停车场泊好车，乘坐电梯一回到公司，姚远急忙把综合部主任叫到自己的办公室，让他吩咐公司文员，赶快上网查询有关这方面的信息。十几分钟后，当公司文员把没有查到化工产品上涨信息的内容汇报给姚远时，姚远还有些不信，他嘴里咕噜着说了一句，咦，这是怎么回事？他以为文员查寻的信息有误，于是又急忙打开自己的笔记本电脑亲自上网查询，可是在百度和 360 网站上查来查去，也没有查找到这方面信息，他接着又在其他网站上也认真搜索一番，还是没有，他不禁感到困惑起来，难道市场有变？还是自己得到的信息有误？姚远点上一支烟，平和一下心态，手里还在不死心地用鼠标点着化工类网页一条一条看下去，查来查去，他发现网上的信息基本上没有大的变化，但是下边也有一部分跟帖说，市场经济涨价是大势所趋，也是早晚的事，等等。这时他又想起刘晓东的话，现在是市场经济，涨不涨价这种事情，一般都是生产厂家私自做主，现在都市场经济了，谁还能控制得了谁？想想刘晓东说得也是，无风不起浪，既然连他都这么说，肯定有一定道理。何况自己和他关系一直保持得不错，而且两人又分别是在不同的两个地方开拓市场，应该不存在什么市场竞争问题，当然也就犯不着欺骗自己，所以他的话应该不会有错。

离开电脑，姚远马上叫文员通知公司员工开会，针对这方面的情况进行研讨。本来办公室改成的会议室并不算小，可是当公司的十几个员工往那里一坐，立刻就感到房间的促狭。看看除了一个员工请假，其余员工都到齐了，于是姚远开始讲话。他先讲了当下的经济形势，又谈了目前化工行业的情况，接着就把刘晓东透给自己的消息讲出来，让大家讨论。

讨论会上，员工们的意见分为两种，一种意见说涨价是大势所趋，我们应该立即跟进，不能坐失良机；另一种意见说，化工产品不像生活用品那样说涨就涨，而是要根据市场行情而定，因此，还是等待一段时间再说。但是再往深里说，两种意见却又没有更为确凿的证据加以说明，讨论到后来，大部分人还是持涨价理论，和姚远当初想象的一样，他们也偏向刘晓东关于产品涨价的说法，毕竟物价上涨是大势所趋，这由不得某个人说了算。会议讨论的结果终于形成一致，这时姚远的心里也有了底。

员工们散会后，姚远开始一个人坐在办公室里考虑筹集资金备货问题。备货首先需要大批资金。根据市场预测，结合自己公司的目前情况，不备上一二百万元的货，就不能在下一步的产品涨价中赚取更多利润，可是去哪里才能筹集到这么多资金呢？手里刚有了二十多万的货款，加上自己账面上的三十多万，两下加起来也就五十多万，离一二百万还差得太远。怎么办？姚远在办公室里一边抽烟，一边急得团团转。这时他忽然想到那位曾对自己给予帮助的中国（南都）富达投资有限公司总裁李建峰。他心里一动，不由想，这可是个有一定经济实力的人物，过去自己有恩于他，而且他一直对自己不错，现在遇到资金问题，看他能不能帮自己一把。就在调出电话号码准备打过去时，姚远又犹豫起来，这毕竟不是个小数，何况自己与他萍水相逢，仅仅因为自己捡到他的一块表，难道他就这么信任自己？再说他已经帮过自己，现在又去麻烦他，他可能会一而再再而三地帮助自己吗？万一他一口回绝怎么办？可是不找他帮忙又能找谁？自己能借钱的人几乎都借过了，余静那里不可能再借，她也没钱了，姐姐那里更是不能指望。唉，看来只有李总才是自己目前唯一能借钱的人，既然没有其他办法，看来我还是先给他打个电话再说吧！

好的，没问题，李建峰是个爽快人，知道姚远的公司一开始就运作得还不错，现在已经走上了良性循环的轨道，心里比较高兴，正在他寻思着姚远下一步的发展究竟会走到哪一步时，可巧就接到了他的求救电话。当他在电话里听说姚远眼下急需一部分备货资金，看自己能不能帮他一把时，李建峰没怎么犹豫，当即就在电话里答应道，姚总，我现在外地，先给你一部分吧，钱不多，你先用着，等以后有机会再说。

好的好的，谢谢李总！姚远先前怀着的那颗忐忑不安的心，因为李建峰这句答应帮忙的话，一下子变得平静下来。

挂上电话，李建峰马上安排人从他公司账面上给姚远拨过来五十万，算是临时借用，也算是自己对姚远的支持。

可是备货资金还是不够，为了备下更多的货，姚远不得不又去找原先那个开本田的杨亚彬帮忙。姚远以前曾和杨亚彬打过交道，他们的关系就是从那次清理欠款时建立起来的。自从姚远所在的原公司撤离南都后，杨亚彬就从另一家代理公司手里拿货，等到姚远的公司开起来后，经过一段时间的交往，他又成了姚远的客户，现在他一直是姚远的下一级销售商。

格老子的，物价涨涨涨，涨得都快让人受不了了，如果再这样继续涨下去，就没有我们销售商的日子过喽。听说化工产品要提价，杨亚彬在电话里不由骂了起来，杨亚彬是外地人，一着急说话时就爱用家乡话，不过牢骚归牢骚，他知道姚远不会骗自己，合作这么长时间，他知道姚远的为人，所以听了姚远的内部“消息”，经过简单考虑，他开口就要了五十万元的货，说好货到付款。

有了这一百五十万的备货资金，姚远信心更足了，很快就把钱打到东北总厂，全部提成现货，囤积在自己租来的仓库里，单等产品涨价后，自己好从中赚取更大的利润。他已经在心里计算好了，如果按照当前产品的涨价情况来看，每涨价一元，自己的利润就是五十多万，如果涨得再高，自己的利润就会更加可观，要不了多久，自己马上就会成为一个名副其实的百万富翁。

哈，苦了这么多年，也该老子时来运转，属于自己的发财机会终于来了。坐在公司办公室，姚远兴奋地转了下屁股底下的转椅，随着椅子的转动，姚远的身子也跟着转了起来。等转动的椅子停下来后，姚远用手敲着自己的脑袋瓜子，不由兴奋得想干点什么，可是干什么呢？一时又觉得无事可干，但他已经无心坐在那里，于是心情激动地站起来走到窗前，透过宽大的落地玻璃窗，望着对面高高竖起的中信大楼，他觉得此时自己的心情，就像那座一柱擎天的中信大楼那样，一下子高涨起来。

嗯，自己马上就要发财了，我现在应该把这个激动人心的好消息告诉给自己最亲近的人，让他们也来分享一下自己即将成功的喜悦。可是告诉给谁呢？姚远首先想到了余静，于是他掏出手机，想也不想就把电话拨了出去。

余静，我告诉你个好消息。电话刚一打通，姚远就按捺不住内心的兴奋，在电话里向她报告起来。

什么好消息？

我要发大财了！听着余静甜美的声音，姚远一激动，就把声音提高了八度，嘴里叫道，知道吗？我马上就要发大财了！

发、发什么大财？姚远的话一下子把余静给弄蒙了，一时不知道他话里的意思，不由平静地问道，你倒是给我说说究竟怎么回事？

事情是这样的。于是姚远就把事情的前后经过讲了一遍，末了说道，余静，你说我不是要发大财是什么？

哦，原来是这个情况呀，听姚远在电话里讲这些话时无比兴奋的样子，余静倒有些不放心起来。她警觉地提醒道，姚远，你别高兴得太早，现在市场这么乱，你可千万不能掉以轻心，万一出现什么闪失怎么办？

姚远在电话里自信地说，放心吧，余静，我不会像你说的那么傻，现在物价上涨这么快，什么东西都在涨，化工产品也不例外，我有这个把握。只要这次能抓住机遇，大赚一把没问题！余静还要说什么，可是还没等她开口，姚远就在电话里眉飞色舞地继续描绘起自己的远大理想和宏伟蓝图，有了钱，我就可以在这里买房买车，过幸福的生活。再说这里气候也好，四季如春，将来我让你们都来南都生活，怎么样？再说这不也是你的心愿吗？

看姚远这么自信，而且正在兴头上，又发现自己劝说无效，余静不好再说什么，只是在电话里一遍又一遍地提醒，商场如战场，凡事要小心，千万不能麻痹大意，免得将来发生什么意外。

给余静打完电话，姚远又给姐姐联系。他强压住自己激动的心情，没有说自己现在备货的事情，先是问候几句，接着便关心地问起外甥和外甥女最近的学习情况。

姐姐给弟弟说了近况后告诉他，儿子马上就要参加高考，女儿也已经初中毕业，眼下正在准备中招考试，现在全家都在做好各种努力，争取让两个孩子都能如愿以偿地考出好成绩，将来都能考上一所好学校。

应该的应该的，应该让两个孩子都上所好学校，这样对他们的将来有好处。听姐姐这么一说，姚远马上明白了，外甥和外甥女现在都面临毕业，这就意味着，他们如果一旦被大学或高中录取，就是一笔不小的开支，他一边劝慰姐姐，一边在心里想着。这时他的脑子里突然闪过一个念头，不由吓了一跳，当即变得紧张起来。如果外甥和外甥女儿一旦需要钱怎么办？自己怎么就没有想到过这个问题呢？不过转而一想，他马上又放心了，自己手里有那一百多万的货怕什么，只要化工产品一涨价，难道还怕自己手里没钱？再说姐姐家的两个孩子高考中考过后，离他们开学的时间还有两个多月呢！在这两个月里，只要货一出手就是大把的赚头和利润。手里有了钱，外甥和外甥女的学费不就有了着落？想到这里，他把身子靠在宽大的椅子上，眼睛望着雪白的天花板，长长地吁了一口气。

姚远还想把这个消息告诉给远在内地河南老家的赵爱军。很久都没有和他联系了，也不知道赵爱军现在老家的情况怎样，可是他拿起手机拨了几个数字后，马上又停了下来。他想，在自己还没有大功告成之前，如果把这一消息告诉给他和另外的老乡们，还是有些不妥当，万一出现什么意外呢？别到时候竹篮打水一场空，画虎不成反类犬，让他们笑话。有道是，存住气多打粮食，还是再等一等吧！于是姚远压住心头的那一份喜悦和欲望，想等到成功那一天到来时，再告诉他们也不迟。再说他们和自己又不是一路上的人，自己又何必要表现得如此张扬？

自从办起公司后，姚远和老乡们的联系就少了许多，毕竟身份变了，自己是老板，他们是打工的，身份有别，和他们在一起交往起来多有不便。再说自己实在是太忙了，平时难得有休息的时间，偶尔找个空闲，和几个老乡约在一起吃个饭，也总是被这样那样的业务电话给打断，所以每次都是匆匆忙忙的，害得几个老乡都很不满他的做派。

唉，真是人在江湖，身不由己！姚远想，什么时候，我能和老乡们在一起痛痛快快地玩上一场就好了，可是为什么总是没有机会呢？也许现在自己还处于创业阶段，心理上和他们产生了距离，还是等到今后有机会时再说吧！

34

吴倩来找姚远了。

自从第二次从湖南来到南都，知道姚远开了公司后，吴倩的心里就开始变得酸溜溜的。她没有想到这个来自河南的姚远，人都到这个年龄了，居然还能咸鱼翻身，开公司当老板，并且开上了车子，这是她怎么也没有想到的。

在吴倩的印象中，姚远是个永远都不会得志的人，自己当初离开他时，他都落魄到难以为继的地步，眼看就该卷铺盖走人了，可是没想到仅仅过去了几个月，他怎么会有这么大的变化？这个河南侉子，他究竟有什么本事？是有贵人相助，还是发了意外横财？她在脑子里转了几圈，最终也没有想出个所以然来。不过，她不想去弄清姚远的发迹史，现在她只想赶快抓住姚远，抓住这个和自己曾经有过一段同居生活的男人，就会让自己的心里感到踏实。更何况，这个男人的相貌长得并不差，而且为人也还算不错，不然，自己也不会从一开始就主动盯上他，尤其是和男朋友闹别扭后，一气之下，自己就主动给姚远打了求救电话，于是这才有了后来的事情。那段时间，虽说不是私订终身，起码两个人在一起生活了几个月，这是铁的事实，是任何时候都不能否认的。因此，已经感到后悔的吴倩决定不想再失去这个机会，她要紧紧抓住姚远，抓住姚远，就等于抓住了自己将来的幸福。也是从那以后，她到姚远公司来的次数逐渐多起来。

过去我是他的同居女友，现在我要做他的情人，不论他愿不愿意，我都要这么做。所以现在吴倩每次来公司找姚远时，已经没有过去淑女的样子，装扮也不似先前那样薄施粉黛，清纯可爱，而是有了少妇的样子，描眉、涂唇、画眼影，狐媚、风骚，穿吊带裙，着黑色网眼袜，蹬双式样翻新的高跟鞋，新收拾过的波浪卷发型，把自己打扮成一个摩登女郎，那样子要多迷人有多迷人。刚开始她到姚远的公司时，公司接待还会常规性地问一问，来得次数多了，接待文员知道她和老板的关系，也就不再多问，见了面，而是冲她莞尔一笑，礼节性地打个招呼，就让她径直向里边进。而吴倩也常常昂着头，如入无人之境，从公司的大厅里穿过去，高傲得鹅似的背着小挎包，袅袅婷婷地进了姚远设在公司最里边的总经理办公室。

姚远此时正在和刘晓东打电话。看吴倩进去，顺手指了一下老板桌对面的沙发，示意她先坐，自己继续在那里熟络地打着电话，谈论业务上的事情。手里存了一大批货，他现在最关心的是，这批货的市场行情和下一步的销路问题，所以那电话就打得比较专业。

刘晓东告诉姚远，要他尽管放心，不要急躁，因为自己的公司也备了一大批货，所以你又何必那么着急呢?俗话说，心急吃不了热豆腐，再说涨价的事情哪里会有那么快？按照市场规律，涨跌之间一般要在半年左右，再少也要两个月时间，何况你前边刚备好货，后边就盼着涨价，天底下哪有这等好事？所以我劝你还是再耐心等一等吧！沉住气，老弟，不要着急，迟早会让你赚上一鼻子的。刘晓东的话说得既轻松又幽默，说到后来，他在电话里的语气，差不多是在和姚远调侃。

好的刘总，我听你的，有你这些话我就放心了。

放下电话，姚远心里高兴了一下，有刘晓东这番话在背后做支撑，就好比让自己吃了颗定心丸一样。刚开公司做生意，就让自己碰上这等好事，不是令人高兴的事情是什么？姚远于是由衷地发起感慨，哎呀，这世间的万事万物啊，该是你的，推也推不走，不是你的，争也争不来。放下电话的一瞬，他脑子里还在飞快地转动着，沉浸在即将到来的巨大成功之中。

姚远，你说我该怎么办呀？看姚远的电话终于打完了，吴倩这才自己去饮水机前接了杯水喝起来，边喝边对兴奋中的姚远抱怨起来，我现在是一天也不想和他在一起待下去了，我这次来，就是想听听你对这件事情的看法哦。

你们夫妻之间的事情，我能有什么看法？刚才还一副好心情的姚远，突然被吴倩的这番话给冲淡成了一杯白开水，有些不满地靠在皮椅子上，无限慵懒地点起一支烟，塌下眼皮漠然地说，既然你们两个婚都结了，我还有什么可说的？好了，你不要再瞎折腾了，还是回去继续过你们的小日子吧！

可我真的不想和他在一起生活了。吴倩闪着一双哀伤的大眼睛，眼巴巴地望着眼前的男人，希望能听听他的意见，也好给自己一个明确的答复，可是听了这句话，不由失望地叹着气，无限幽怨地说，你不知道啊，他现在婚前的所有毛病都出来了哦，赌博、喝酒、在家里耍大男子主义，动不动还会冲我发脾气，所有这些都让我实在忍无可忍……

其实结了婚的人都这样，这怨不得他，姚远在板台上的烟灰缸里弹了弹手里的烟灰，调侃着笑了笑，你没听人家说嘛，一个男人，没对象时是色狼，到处盯着人家女孩子看；有了女朋友后是哈巴狗，时时处处都看着女友的眼色行事；等结了婚以后就变成了狼狗，所有的本性都暴露出来了。男人嘛都这个德行，换了谁都是这样，只不过你没有发现这一点罢了。看吴倩听着自己的话不言语，便又补了一句，世界上所有的婚姻都没有你想得那么完美无缺，没进去的想进去，进去的人想出来，多少年来，大家不都是这样过来的吗？

哟，想不到你现在这么幽默！真让人觉得你更加可爱了。吴倩显然被姚远刚才的形象比喻给逗笑了，于是马上绝地反击，你既然这么聪明，当初为什么还要离婚？难道你的生活不完美吗？

我曾经说过，我和你不一样，我是因为前妻有了外遇才这样的，你说我一个大男人，又怎么能容忍这种事情？紧接着姚远话锋一转，而你就不同，虽说你老公的身上有些缺点，这很正常，但还没有发展到让人忍无可忍的地步，所以，我还是希望你们能和和美美地生活下去，也许等你们将来有了孩子，你老公就不会是这个样子了。

哈，我和他有孩子？简直是天大的笑话！我宁愿和你生孩子，也不会和他生！吴倩拧着脸，先是苦笑一下，而后几乎是咬牙切齿地发着狠说，就他那个龌龊样子，一看见他就让人生气，我怎么可能和他生孩子哦。他这辈子休想！

孩子是你们的依靠，有了孩子，你老公就不会再像以前那样对待你，这样一来，你们的生活自然也就会慢慢好起来的。

姚远，我今天来可不是想听你说这些的，我来是向你讨教我和你之间的问题，你这样口口声声地劝我，我真不知道你心里是怎么想的哦。难道你真的不想和我重归于好，生活在一起吗？

咱们两个不合适，一个湖南，一个河南，隔着那么远的距离，怎么可能生活在一起呢？

好了姚远，你不要再这么说了，我知道你一直在记恨我。吴倩垂下眼皮，后悔不已地自责起来，以前是我不好，不该用这样的理由拒绝你，可我当时也是没有办法呀，都是我父母家人的意思哦，现在我真为自己当初的草率结婚后悔莫及，我真的好想好想和你生活在一起哦，难道你就不明白我的心吗？

吴倩，你不要再说了，其实我心里什么都明白，可惜我不能答应你。再说我现在还有许多事情要做，怎会有时间考虑个人问题？姚远用手敲了下右边的太阳穴，有些疲倦地坐在椅子上打起哈欠，定了一会儿神，这才有些无可奈何地指着办公桌上的一堆资料，你没看公司刚刚起步，什么事情都需要我去跑，我怎会能有闲心去考虑儿女情长的事情？等公司稳定下来后再说吧！我现在还要出去办事呢，姚远说着站起来，他手里已经抓住了那只牛皮手包和小别克的车钥匙。

我一来你就走，难道真的那么忙吗？还是在找借口？姚远，你不会是在有意躲避我吧？看姚远要走的样子，吴倩站起来有些不情愿地埋怨，我知道以前对不住你，可你也不该这样对我哦。要知道，这一次我是真心的。我三番五次来找你，难道你还不明白吗？今天我又和你说了这么多，你难道不应该向我表示些什么？何况我们又在一起生活了那么长时间，你该不会不理我吧？

看你想哪里去了吴倩，我并不是在找借口，而是真的很忙，又怎么会躲避你呢？面对吴倩怨妇似的倾诉，姚远变得不耐烦起来，他说着话人已经离开办公室，大步流星地向外走去，他边走边随口客气地让了一句，你去哪里？我送你一程！

我、我哪里也不想去，我只想和你在一起。

那怎么行？姚远打断吴倩，我现在急着去见一个客户，身边总不能带个女人一块儿去吧，别人看了会怎么说？

这有什么？在南都，带女人见客户的老板多了，再说这也是很正常的事情嘛，怎么会不好说哦？吴倩跟在姚远后边苦笑着坚持自己的理由，这有什么可难为情的，如果别人问起来，你就介绍说我是你的秘书不就得了，或者干脆说我是你的办公室主任也行，这样总可以吧！

别，你可别这样，还一个秘书呢，人家拿眼一看，就知道咱俩的关系不一样，还女秘书呢。姚远坚决不同意吴倩和自己一同前往，用毫无商量的语气拒绝道，至于办公室主任就更要不得，再说办公室主任一般都是男的担任，哪有一个女人出面做办公室主任的。你别再给我添乱了好不好，快说去哪里，我送你？

我真的哪里也不想去哦，吴倩噘起小嘴撒着娇央求，要不，你把我送回你住的地方吧，我给你烧菜、煲粥、做饭、洗衣……

算了，我可不敢劳你大驾，你现在是有家有丈夫的人，再说你又不是我雇的保姆，我怎么敢随随便便地用一个有夫之妇？如果别人知道了，会说我是个道德低下的第三者，我可不想担当这个破坏别人婚姻的罪名，姚远急忙打断她，你既然不想让我送你也好，要不这样，你坐公交车走吧，赶快回去！免得你的丈夫等得着急，又要和你闹矛盾，再说我真的还有重要事情去办。

我本来是想来和你多说会儿话的哦，没想到你会这么绝情！吴倩理了下两边垂下来的鬓发，不满意地嘟起嘴，你怎么能这样对待我？说不上两句就要赶我走，我真有那么讨厌吗？

好了好了，快别说这些了，改天有时间我再约你怎么样？姚远被逼得没有办法，只好断然推辞说，我今天真的有重要事情，已经约了人，我现在要赶着去和客户见面呢，去晚了不好。

姚远，咱们今天可说定了，我等你电话，改天一定和你在一起多说些话哦。

好的好的，回头我请你喝咖啡！

从公司出来，甩掉吴倩后，姚远开着别克去了临江大道，他想到外边放松一下，去南江边上看一看，多天没有去了，他想一个人在那里待上一阵子。为了公司备货的事儿，这段时间真把他累得够呛，又是资金又是信息，又是组织货源的，天天马不停蹄地在外边奔波，难得有闲暇时候，现在总算有了着落，自己也该趁此机会出来散散心。

南都的私家车真是太多了，多得简直就像过江之鲫，一辆紧挨着一辆，全都赶会似的挤在道路上，堵在那里让你想快都快不了，干着急没办法，无奈，只好跟在其他车辆后边，像只爬行动物一样，亦步亦趋地慢慢随在后面向前爬着。不过南都的城市道路建得就是好，车辆行驶在上边，就像行驶在光滑的镜面上一样，连点颠簸都没有，平稳得不由让人生出无限的感慨。从天强路出来，车子上了中山大道，两边的建筑物开始像森林里的树木一样，成为一种风景站在那里，竖起南都的高度与时尚和富有。看着车窗外那一大片一大片丛林般的建筑物，和身边不时向后倒去的椰子树，姚远的心情得以像泡开的茶叶那样，开始无限伸展地放松下来。

车载 CD 里正在播放着孙传辉的《你是我一生最爱的人》，手里把着方向盘，听着舒缓的歌声和优美的旋律，姚远的脑子里开始平静得像一面湖水，把刚才在办公室里所有的不快，统统都抛在了脑后。现在他已经不再把心思用在吴倩身上，尽管她三番五次来公司纠缠自己，可是有了自己事业的姚远，已经看透了这个社会，什么是真心相爱，什么是虚情假意，经历了那么多，看一眼什么都明白了。吴倩在自己落魄的时候离去，现在又回来了，不管她是朝秦暮楚也好，还是良心发现也好，总之，经过那次分别之后，他已经对这个朝三暮四的女孩不再有什么好感，如果不是还念及和她曾经在一起同居过一段时间，也许自己早就远远离开了她，甚至连理也不会理她。这种嫌贫爱富的女人，根本就不值得自己去爱。

这段时间，余静虽然和姚远联系得很少，但他知道余静的性格。余静是那种高贵的牡丹，在姹紫嫣红的百花园中独自开放，不会为了取悦别人而卖弄风情，更不会为眼前的浮华和权贵所倾倒，她就那么孤傲地独立着，临风而舞，望月而唱。她有时又像一棵八月的桂花树，安安静静地独处一隅，默默地释放着自己的芳香，成为别人永远的牵挂……姚远明白余静是真心爱自己的，不然她不会为了自己，放弃自己原有的家庭执意离婚，不然她不会在自己正需要帮助的时候汇来十万元资金，这是让自己什么时候都不会忘记的事情。尽管她现在和自己联系得少，正是因为她太爱自己了，所以才很少给自己打电话，她这样做的目的，其实还是为了不打扰自己，好让自己专心致志地干自己的事业。虽然平时联系得少了，但是姚远丝毫没有觉得自己离她的距离有多远，相反，经过这次爱情的考验，他现在终于发现，自己的心已经和余静紧紧连在了一起。什么也不要考虑，也不用再犹豫不决，等公司的经营好转起来后，自己一定要把她带到南都来生活，让她陪伴在身边，和她结婚、生子，过快乐的人生。

姚远早就在心里计划好了，等这次挣到钱后，打算把公司的规模再扩大一些，然后在南都买套三居室，高层也好，复式也罢，只要地理位置好，视野开阔就行，把自己和余静的爱巢建在一个比较理想的地方，这是比什么都重要的事情。经过一段时间的筛选，如今姚远已经把房子的位置选好了，就在临近南江的边上，富力房地产公司开发的南国花园已经列入首选之列。他曾经去那里看过沙盘和效果图，还有楼书、宣传页等其他资料，房子的设计挺漂亮的，框架式结构，传统建筑加上欧式风格，让房子的品质一下子提升了不少，而且房子周围的绿化做得也漂亮，尤其是地理位置优越，房价也可以，每平方米一万多元，先首付，再分期按揭，十年后就是自己的产权。这样一来，从自己这一代开始，自己的子孙后代永远成为地道的南都人。从中原到南方，只几年的时间就成为南都的移民，想一想，这是多么幸福而又美好的事情呀！

南江到了，看着开阔的江面，姚远感到心情无比舒畅起来。在繁华的大都市里，能有这样一湖清凌凌的水真是太好了，既荡涤心灵，陶冶情操，又能开阔自己的视线。姚远把车子泊在一处小树林里，步行着向江边走去，他要好好地看一看南江的风景，让自己多日劳碌的心情，在这里得到些许轻松的安歇。

印第安人说：别走太快，等一等灵魂。姚远记不起自己是从哪本书里看到的这句话，虽然并不完全明白这句话的意思，但却一直记在心里。此时此刻，眼睛望着面前平静的南江，姚远的心情一下子变得无比轻松愉快起来。

35

如果一切都能天遂人愿该有多好，如果心想事成该有多好，如果所有的事情都能按照自己的计划和意愿，顺顺利利地发展下去该有多好！可是所有的意外都会发生。就像人生无常，世事易变那样，天灾人祸在所难免——

五月十二日，这是一个让全世界人都应当铭记的黑色日子。

那天，天空晴朗，万里无云，与往日相比，整个上午都风平浪静，好像没有什么更特别的地方，本以为时间就这样平静地延续下去，没想到刚过中午，整个世界便发生了逆转，让所有人全都惊呆了——上午姚远在海珠区和一个客户谈了半天生意，中午吃过饭后，两个人在宾馆里开个房间休息。下午两点半钟左右，躺下已经睡着的姚远，迷迷糊糊中突然感觉像是有人在轻轻地摇动自己的床，事情仅仅发生在几分钟之间，睁开眼睛四下看看，房间里没有别人，桌椅、沙发、台灯、衣服架……房间里的摆设全都好好地待在固定的位置，一切都是老样子，但是他却感到有些不太适应地头晕起来。正不知道怎么回事，在隔壁休息的那名客户也有这种感觉，他大概突然意识到了什么，慌乱中连鞋也顾不上穿，急忙敲开门跑到姚远的房间里，惊恐万状地说，姚总，刚才你感觉到了吗？我刚才正躺在床上睡觉，像是突然被谁摇了一下，头感到有点晕，是不是哪里发生地震了？

地震？姚远心里一惊，马上接着说，我也有这种感觉，是不是地震说不清，不过，在此之前，我们可没有得到任何消息呀！

地震是突发事件，谁能事先知道？我们还是先到外边看看去吧！

两个人整好衣服急忙跑出房间，发现走廊里有人开始跑动的身影，大家乱糟糟地坐电梯到一楼，这时宾馆外边已经聚了不少人，大家散乱地站在宾馆门前空地上，有的趿拉着鞋子，有的连衣服也没有穿好，此时还在那里收拾着衣服上的扣子，人人面露惊恐之色，相互打探着谈论自己的感受，推测着发生了什么事情。听着大家站在那里纷纷议论着刚才的反应，却不知道怎么回事，面对这种情况，姚远和那名客户也只好一头雾水地站在那里。

正在大家莫衷一是地议论，这时人群中不知谁突然得到消息说，四川汶川发生了地震，而且地震的级别也挺高，七点八级，赶上一九七六年的河北唐山大地震了。这话像枚炸弹一样，顿时震惊了在场的所有人，大家站在那里个个面露惊疑之色，同时面面相觑着，心有余悸地说，怪不得感觉不一样呢，好好的，这地震怎么突然就发生了呢？

是啊，这地震是怎么发生的？现在那里什么情况？

谁知道呢，我们还是赶快打电话问问吧，看看家里或者亲戚朋友那里有什么情况吧！

听着这些乱糟糟的话，每个人都表现出不同的反应，一个个在那里掏出手机开始打电话。看到这里，那名客户已经无心继续待下去，急忙掏出手机拨了个电话，接着就匆匆和姚远打了个招呼，驾着车就往外跑。

姚远的心也无端乱起来，刚才看到那名客户匆匆离去的身影，他也无心在这里待下去。回到宾馆房间，简单收拾着自己的东西正准备离开，恰在这个时候，余静的电话打了过来。

姚远，四川发生地震了，你知道吗？

我也是刚刚知道的消息。

你那里情况怎样，有什么反应吗？

南都离四川比较远，反应不是太大，不过地动了一下，其他倒也没有什么大的反应。

可把我给吓坏了。余静在电话里轻轻拍打着自己的胸脯，不无担心地说，你不知道，咱河南也有反应了，刚才我在家里正准备去单位上班，突然感觉地动一下，紧接着，房间的电灯和吊扇都莫名其妙地晃动起来，后来才知道，原来是四川发生了地震，现在不少人跑到大街上，都在传着这件事呢，说有可能还会再发生地震。

不可能的事情，哪会有那么多的地震？电话里姚远能够想象得出，余静正一手握着话筒，一手捂着胸口，给人一副劫后余生的样子。其实她在梅海中专学校上学时就是这样，一个性格内向、善良温柔的女性，一遇到重大事件，总是会习惯性地掩饰自己内心的惊慌。

我惦记你那里，所以才急忙打电话问一下情况。

我这里没事，你那里应该也没什么事吧？

没有，就是大家传得厉害，闹得人心惶惶的。

没事就好，很快就会过去的，你也不要紧张。地震是天灾，怕也没用，还是从容面对的好。

话是这么说，可我心里还是感觉不太踏实，余静继续平复着自己惊恐的心情，但她很快话锋一转，突然问到姚远公司的经营上来，姚远，这段时间，你公司运转的情况怎样？没有什么事吧？

没什么事。一切正常，我现在正坐等着产品涨价呢。

噢——没事就好！余静松下一口气，涨价不是一朝一夕的事情，还是做好自己的日常工作为好，不要孤注一掷等着涨价，万一出现其他意外情况怎么办？我觉得你还是应该根据具体情况，看准时机，该出手时就出手，免得发生什么变化，不然到时候后悔就来不及了。

你放心吧余静，不会有什么事的。我有把握，会处理好这里的一切。

放下电话，余静的短信很快跟了过来：突来的地震，让我心中有些许的恐惧，虽然有惊无险，却顿感到生命的渺小与宝贵，也是在这个时候，让我倍感到亲情和爱情的珍贵，名和利的卑微。借此短信问候一声，祝一切安好，快乐每一时刻。爱你的静！

看着余静发来的短信，姚远心中再次涌出一丝暖流，看来在这个世界上，现在最关心自己的只有余静这个女人。他于是想了想，很快拿起手机，也用同样关心的语气回复过去一条：谢谢你的安慰，不要想那么多，照顾好自己，平安是福，让地震成为我们对爱情的考验吧！同样爱着你的：远！姚远回复这条短信的目的是想告诉余静，让她放宽心，自己在外面会照顾好自己，同时他也借助这条短信，希望余静在内地要注意身体，照顾好自己。

发完短信，姚远给姐姐打电话，接着又给女儿打电话，给赵爱军打电话，给几个老乡打电话，给所有的好朋友打了个问候电话，直到所有的电话都打了一遍，他的心情才开始变得平静下来，然后这才坐在宾馆的床上，点上一支烟抽起来，开始暂时休息。随着袅袅升起的一缕烟雾，他的心开始平静下来。窗外的天空那么湛蓝，空气那么新鲜，不觉感叹人的生命是如此珍贵，人生是这样美好，于是姚远的脑子里又想起了余静。

多好的女人呀，为了自己她什么都不顾了，在地震发生后的短短几分钟时间里，先是打电话，再是发来问候短信，哪个女人能做到这点，能这样一心一意地对自己？吴倩能做到吗？吴倩做不到，虽然她和自己同在一座城市生活，应该说是离自己最近的知心朋友，可是从发生地震到现在，已经过去半个多小时了，也没有收到她的任何电话和短信，就这平时还口口声声地说爱自己，要和丈夫离婚嫁给自己呢。怎么一到关键时刻，就考验出一个人的品行来了，她为什么要这样做呢，这样做的目的又是什么？

姚远随手打开一瓶凉茶一口气灌下去，立时觉得嗓子里好受多了。由于天气炎热，工作量大，体内水分流失太多，加上业务太忙，休息不好，这两天体内上火，需要时不时地喝些祛火的东西。趁喝茶的时间，他打开房间里的电视，这时屏幕上开始连续不断地滚动播出四川汶川地震的字幕消息，看着来自电视上不断更新的报道，心里不由变得揪心起来，正在这时，他忽然听到外面一阵喧哗，拉开门一看，原来是不少客人正在那里忙碌着收拾东西准备离开，听着他们在各自的房间里边收拾边说话的声音，刚刚平静下来的姚远，突然也变得紧张起来，于是胡乱收拾了一下，就随在别人身后从宾馆里匆匆忙忙出来。

开车走在回公司的路上，姚远的脑子里一片空白，他一直在思考着余静的电话和短信。我决不能让她失望，有这么好的女人在远方等待着自己，我还有什么不满足的？人们常说“夫妻本是同林鸟，大难来时各自飞”，可余静就不是这种人，按说自己和她还不是真正的夫妻呢，她就这样时时刻刻地关心自己，为自己着想，我还有什么可说的？想到这里，姚远在心里默默地祈祷起来，余静，我的好女人，请你安心等着吧，等做完这笔生意，我就马上回去和你办理结婚手续，让你感受到我对你的爱，不是停留在口头，而是要落实在行动上。而眼前最要紧的是，赶快处理好手头事情，不能就这么等下去了，我要认真经营好自己的公司，决不能掉以轻心，说什么我也得把这次的生意做好。只能赢，不能输，不然就太对不起你，也对不起自己，因为我实在输不起了。想到这里，姚远一踩油门，闪着白光的小别克猛地向前一蹿，车子已经箭一般地行驶在海珠大桥上。

36

奥运会来了，就像家里要办一件天大的喜事似的，等待这么多年，才终于盼来这一天。啊，想一想，这场四年一届的世界上最大的国际性体育盛会，却让中华民族等了一百年，才终于来到北京，凝聚了中国人所有的热情，全世界的热情。

这些天，作为中国改革开放的前沿城市南都也不例外，就在北京奥运会举办的过程中，这里虽然不像北京那样近距离地表现过多的热情，但是大家也用同样的方式表现出应有的热情。就在奥运会在北京举办的同时，远在几千里外的南都也成了人们狂欢的海洋。南都的大小街头都挂上了“为奥运加油，为祖国争光”的红条幅，不少地方还插上了国旗，置身在这充满热情的红色海洋里，人人都成了奥运会赛场外的呐喊者和助威者。

姚远并不是一个十足的体育迷，他不爱足球，不爱乒乓球，因此他心中没有太多的偶像明星，如果说有，就只有美国篮球明星迈克尔·乔丹，他喜欢乔丹的性格，还有他那句并不为人所知的名言：要想让人尊重你，只有打败他。可惜现在的乔丹，因为年龄关系已经不能披挂上阵，更多时候，他只能在场外看着美国的 NBA 篮球明星们，在赛场上叱咤风云横扫世界的风采。不过，没有乔丹的这届奥运会仍然让姚远充满了期待，他要看一看早就摩拳擦掌的中国体育健儿们，是如何在自己家门口抢金夺银的，所以，在北京奥运会比赛的这段时间里，中国体育运动员在体育竞技场上势如破竹，频频夺金的风采，随着中国金牌总数的不断上升，和那傲视群雄一路领先的势头，极大地鼓舞了国人的士气。偶尔有机会，坐在电视机前看场比赛的姚远，看到这些喜人成绩，也禁不住心花怒放起来。中国跳水梦之队胜了，乒乓球队胜了，中国羽毛球队大获全胜了，即使赛前并不被人看好的中国女子击剑和女子举重，也把金牌牢牢地拿到了手中。随着金牌榜上中国金牌总数高居榜首的数字和不断上升的势头，姚远仿佛看到了自己的希望，也在同一时间里得到最大化的升值。是啊，那些囤积在库房里的一大批化工产品，不正像中国的金牌总数一样在不断升值吗？看吧，北京奥运会的成功，中国体育健儿的突出表现，不就是我们整个国家的成功，不就是我们每个中国人的成功吗？北京奥运会的成功举办，让世界看到了中国，了解了中国，这标志着中国的 GDP 将会迎来新一轮的增长。二〇〇八是一个吉祥的数字，也是所有中国人的好运之年，只要这种上升的势头不断持续稳定地增长下去，自己这批货的升值空间就会越来越大，那么这次期待已久的巨大利润，就会成为自己来南都后的所有价值体现。

啊，为了这一天，我已经期待了这么久！姚远已经在心里蓄积起所有的力量，对未来做出了最美好的设想和规划，他不禁感慨万端地说，到那个时候，我就会成为世界上最有价值感和成就感的人！

那段日子里，姚远的心情兴奋到了极点，既不惊慌也不焦虑。正如俗语说的那样，“是你的推不走，不是你的争也争不来”。当初刘晓东就曾说过，涨价不是一朝一夕的事，而是一个缓慢的过程，经商做生意的，你又怎么能指望今天进货明天涨价？不可能嘛，甘蔗没有两头甜，这事急不得，还是慢慢地坐等升值吧！因此除了处理好公司里的正常事务，不是会朋友就是找老乡，要么就是约上几个朋友，在办公室里的大茶几前品茶聊天，打发时光，要么就到位于天河体育中心的保龄球馆里打上两场保龄球，或者到暨南大学对面的赛马场上，看南都人早已熟悉、今年又被列入奥运会比赛项目的马术比赛，或者开着自己的小别克，到南都的郊外看风景。那段时间里，胸有成竹、踌躇满志的姚远真正成了一个事业有成的人，他不但有了自己的打算，而且还有了更大的庞大计划，那就是做成这笔生意后，自己首先就是要在南都买一套漂亮的大房子，把余静接到南都，办理结婚手续，安排好自己的生活，过幸福的日子。他在心里已经计划好了，在南都找一家比较高档的大酒店，约上在南都的亲朋好友，把自己的婚礼搞得热烈而又隆重，让所有人都为自己献上最美的祝福，让余静成为世界上最幸福的人。至于度蜜月，他打算应该像南都人那样，带着余静到港澳转上一圈，如果再有可能，两个人也会到新马泰走一走。至于去欧美，尽管暂时还没有列入计划，不过也已经成为将来的愿望。妈的，老子有了钱干什么？不就是图个享受吗？人生在世，我也不能太苦了自己，再说辛辛苦苦几个月，自己也该对得起自己了。

就在姚远徜徉在未来的畅想之中，期待着国内化工产品涨价好坐收渔利、尽情享受绅士生活的日子里，吴倩的骚扰电话还会时不时地打过来，弄得姚远不胜其烦，有几次他真不想接，可是听着吴倩的电话铃声一遍又一遍地响起，在耳边像聒噪的蝉，叫得让人难受不已的样子，他有时不得不应付性地接上那么一两次，算是对她的一种安慰。

在南都，值得去玩的地方实在太多了，不要说那些出了名的风景名胜古迹，就是南都一些高档休闲娱乐场所，多得就让人玩不过来，还有那隔段时间就要举办一次的大牌歌星演唱会，或者有人从国外最先引进过来的新玩法，更是刺激得整个南都血脉偾张。不过，姚远可没有全去，而是在做好公司事务的同时，读书、品茶、喝红酒，到咖啡厅里一边喝咖啡，一边在曼妙的音乐声中发上一会儿呆……开始有滋有味地品味起自己的小资情调来。就这样过了一段时间，感觉市内实在没什么地方可玩了，该去的地方也差不多已经去过，于是他就想到找一个更好玩的去处，好好放松一下。

那天上午，姚远约上杨亚彬、王德伟几个客户一起去寻找开心的地方。这样做，也算是对客户们的回报，自己不能总是赚别人的钱，该放血的时候也得放点血，不然别人会说你太小气，太抠门，如果别人一旦认为你小气，就意味着你的生意快做到头了，所以姚远准备了几天，才想到这么一个好玩的地方。

按照事先约定，出去游玩那天，每个人都要带上自己的车。为了表现自己，杨亚彬和王德伟还分别炫耀似的带了个靓妞儿，姚远正处于感情的平稳期，他没有靓妞可带。为了壮行，出门后能有个跑腿的使唤人，他想了想，最后只好让公司的接待文员随同前往。

杨亚彬和王德伟几个人开着车提前到了约定地点后，开始从南都市中心的天河城出发。车子上了黄埔大道，一条条鱼似的汇入到拉成长链似的车流里，经过将近一个小时的努力，才钻出被盘成鸟巢又像扭成麻花似的立交桥。一出市区，顿感心胸开阔起来。没有了高楼林立，没有了城市的喧嚣，一切都开始变得平静下来。抬眼望去，进入视野的尽是一处接一处的厂房，厂房的尽头是一片一片被当地人开发后架起来的蔬菜大棚，里边种上了反季蔬菜和珍稀果蔬，除此之外，就是宽大的南方植物，一株一株默默地站在那里，在蓝天白云下，站成风姿绰约的样子，给人以无边的遐想。

如果有时间，还是经常到外边看看好啊！看这天多蓝，云多白，大地上的风景又是多么漂亮，姚远由衷地发出感慨。为了生意上的事情，前段时间，又是跑资金，又是组织货源，腿脚都跑细了，才终于有了这样一个发财机会，怎能不让人感到振奋呢？待在市区已经有多长时间没有这样好好地看看外边的大自然了，连他自己也说不清楚，因此，看着眼前的一切，姚远开着象牙白的小别克不由赞美起来。

就在几个人开着车、你追我赶地行驶在去往深圳的广深高速上时，吴倩的电话就像影子一样追了上来。可是姚远手里把着方向盘，一任手机不管不顾地响着就是不接，他在有意冷落吴倩，更何况自己正在和几个客户去观澜，是怀着极好的心情去那里的高尔夫球会的，他不能让吴倩的电话败了外出游玩的兴趣。

关于观澜高尔夫球会，姚远曾经听人介绍过，这是一个经常举办世界顶级球赛的地方，其宾馆里的服务设施一直在追赶当今世界最新的一流水平。据说里边连冲马桶的水都是有标准的，那草坪上的叶片都是用卡尺量过的，那推车递包的球童都是有大专文凭的，这样的设施和条件，消费起来自然价格不菲。当然那里的风景也不错，由于离海近，而且地势高，站在这样的高尔夫球场上，哪怕能望一眼远处的大海，也是一种非常惬意的享受，更不要说在球场上打上几杆球了。

此时，姚远的脑子里在一遍遍地想象着这样的情景，晚风习习，月上树梢，正是良辰美景时分，他看见在一柄精致得几近完美的球杆击打下，一只白色的小球就像一只鸽子那样，飞过高尔夫球场上起伏的山包和草地，沿着小河慢慢地跳跃着向前奔跑着，最后停在草丛里一动不动，等待着主人的到来。这个时候，他甚至看见刚过而立之年的美国高尔夫球星老虎伍兹，身着一身休闲的高尔夫球衣，戴着一顶棕色球帽，稍微屈着左腿，前倾过身子，一边潇洒地挥起高尔夫球杆，一脸自信地冲自己微笑着，而在他的面前，就停着一只洁白的小球，正在等待着他那自信的一击。姚远忽然注意到，这个大名鼎鼎的黑人球星的左手腕上，竟然戴着一块价格不菲的瑞士手表，款式和李建峰李总手腕上戴的那块极为相似，此刻正在这个成功人士的手腕上闪烁着金质的光芒。关于这个经典的画面，不是姚远在胡思乱想，也不是他的个人杜撰，而是他在金地会所上班时，从一本时尚杂志上看到的。当时看到这个经典画面时，姚远就曾经动心过，看看成功人士的休闲生活，就是和别人不一样，要派头有派头，要气质有气质，举手投足都让人难以忘记，自己什么时候才能过上像这个高尔夫球明星一样的生活就好了！不过那时的愿望仅仅止于幻想，没想到今天自己就要和几个客户亲临高尔夫球场，体验这一被贵族们称为“高雅而又体面的运动项目”了。

就在姚远欢快的心情被无限放大之时，他放在车前操作台上的手机，突然铺天盖地响了起来：天青色等烟雨/而我在等你/炊烟袅袅升起/隔江千万里/在瓶底书汉隶仿前朝的飘逸/就当我为遇见你伏笔/天青色等烟雨/而我在等你/月色被打捞起/晕开了结局/如传世的青花瓷自顾自美丽/你眼带笑意……顺着优美的旋律，周杰伦的《青花瓷》跳进姚远的脑海。欣赏了一会儿手机铃声之后，趁开车的间隙，姚远这才拿过手机看了看上边的来电显示，嘿，又是吴倩打来的。她这时打电话干什么？姚远的脑子里闪了一下，马上就明白了，这个女人可能此时正无聊得空虚，所以才给自己打来电话，目的还不是天天在缠着自己？想到这里，他没有接，随手又把手机放在车前的操作台上，继续开自己的车。谁知吴倩的电话却不罢休，像个执拗而又任性的孩子那样，仍然接二连三地打过来，大有不接电话誓不罢休的意思。没办法，姚远只好左手把着方向盘，腾出右手拿过正在一声接一声响着的手机，按下了接通键。

喂，姚远，你为什么不接我电话？电话刚一接通，吴倩就在手机里劈头盖脸地质问着，表示出极度的不满。

我在外面有事，不方便接你电话。姚远懒洋洋地回了一句，你现在打电话有什么事吗？

没事难道就不能打你电话？

哦，对不起，我不是这个意思，姚远听出她话里的不满，只好赔起笑脸解释，刚才不是已经给你说过了嘛，我现在在外边有事，你说吧，到底有什么事情？

其实，也没什么事情，听他这么一说，吴倩的口气软下来，我就是想给你打个电话，想知道你在什么地方，干什么嘛！

就为了这个呀！听出她的无聊和空虚，姚远语气里有了些不满，故意板起脸说，我在什么地方干什么你能管得着吗？

我怎能不管？吴倩在电话里不由笑了起来，老实招来，你现在到底在什么地方？不会是在外边会情人吧？

咳，你怎么能这样胡乱猜疑？我能去会谁？再说我这么忙，又怎么会有那份闲心？

哈哈哈……看你生气了，吴倩在电话里撒起娇来，我和你逗着玩呢，看把你急的，说吧姚远，你到底去什么地方了哦？

还能去哪里？不就是带着几个朋友去观澜。

去观澜干什么？吴倩马上诧异起来，跑那么远！

还能干什么？不就是去打高尔夫。

什么？去打高尔夫？那可是个好玩地方，你怎么不带上我呢？我还没见过高尔夫球是什么样子哦，你说你怎么就不带上我去呢？

我刚才不是已经给你说过了嘛，我是带着客户来的，这种情况下，我怎么能带上你呢？再说带上你别人会怎么看？

想怎么看就怎么看，这有什么哦！吴倩在电话里满不在乎地叫起来，不就是老板带了个女人嘛，有什么大惊小怪的？

你怎么能这样说话？姚远显然不满意吴倩这种说话语气，于是便有些生硬地纠正，你是我什么人？我带着你，别人还以为我和你是什么关系呢！

什么关系你还能不清楚？吴倩又一次咯咯笑着撒娇起来，你给他们明说不就完了，我们是情人关系呗！

算了算了，什么情人关系？亏你能说得出口？说到这里，姚远斜眼瞟了一眼身边的公司文员。把手机换到左手，右手开始把起方向盘，嘴里制止道，你别，吴倩，我可给你说明白了，你婚都结了，还一口一声地说什么情人关系，听得我身上都起鸡皮疙瘩了。看吴倩不说话，姚远在电话里继续强调，我们之间可是早就没有一点关系，半毛钱的关系都没有。现在咱们两个各奔东西，你走你的阳关道，我过我的独木桥，以后你不要总是这么缠着我不放好不好？

美得你，吴倩像条蛇似的，在电话里紧紧缠着姚远，你和我在一起同居那么长时间，怎么说没关系就没关系呢？

不要说这些话来要挟我好不好？说吧，你到底要怎样？

不怎么样，嘻嘻，我就是想和你继续处下去……

不可能的事！

怎么不可能哦？

我已经有人了，我不可能脚踏两条船，做对不起别人的事情。

我不管你是不是脚踏两条船，我只想和你在一起，我吃定你了！说到这里，吴倩的声音突然低下去，用一种港台腔调讨好似的说，好了，阿远，我真的好想好想和你在一起，你不知道，没有你的日子里，我是茶不思饭不想，夜里睡觉都不香……

打住、打住、打住，你不要再给我灌那么多迷魂汤了，我现在正在高速路上开着车呢，如果你有什么事情，还是等以后再说。

姚远，你……

不等吴倩再说什么，姚远啪地挂上电话，把吴倩那句说了半截的话扣进了手机。

真他妈的烦人！姚远在心里不由嘟囔着骂了一句。如果换成余静，以她的性格，余静决不会这样，死缠烂打，看她成什么人了？看来吴倩真是一个让人讨厌的女人。想到这里，他不由掉过头去看坐在副驾驶位置上的女文员。女文员正面无表情地绷着脸，抱着怀里的一只宽大女士包，两只眼睛紧紧盯着前方，此时什么话也不说。

过了虎门镇和平湖，车子在高速公路上转了一个大弧度的弯，又驶向左前方。看看高速公路旁边路牌上的提示，前方再有五十里就是观澜。杨亚彬和王德伟的两辆车相互追赶着，在前边风驰电掣般地一路飞奔，姚远定下心来，驾着别克车，开始专心致志地向观澜驶去。

37

市场就像一个巨大的魔方，谁是控制他的操盘手？正当你看准时机准备赌上一把时，可是机会转瞬之间就丢失了，随之而来的是很快又跌了下去。就像刚刚发生在四川汶川的大地震一样，不到几分钟时间，风景如画的一切就变得面目全非起来。又如二〇〇七年上半年的股市，一直上涨，涨得深市、沪市都快收不住了，可是到了五月底，国家印花税一出，拐点马上来了。就在不少人还抱着一线希望，让那条决定财运的 K 线越过七千点大头甚至更高，盼望着自己能在机遇面前多赚一把的，可是眨眼之间，整个股市就满盘皆绿了。

谁也没想到，奥运会过后不到一个月，世界经济就发生了谁也不愿看到的变化，一场席卷全球的金融风暴从世界最富有的美国爆发了。先是美国华尔街的雷曼兄弟，他们经营的百年企业开始出现危机，股票就像从山上滚石头似的往下掉，而且跌幅很大，很快就到了底，已经到了濒临破产的地步。然而面对国内出现的这种由次贷危机所引发的经济危机状况，为了争夺下一届的总统位置，奥巴马和小布什只顾在那里你争我夺、互不相让地拉选票，政府却在坐山观虎斗，不但不出面救市，反作壁上观，这样直接导致华尔街经济危机的冰山一角越露越大，以致出现大面积的连锁反应。接着是邻近的欧洲，再是亚洲，并很快波及整个世界。经济危机就像一场来势汹汹的龙卷风似的，眨眼之间来到了中国。面对这场瘟疫似的经济危机，作为东南沿海主要经济城市的南都和深圳，就像开着一辆过山车似的，一下子坐在了风口浪尖上。工厂接不到订单，开始一家家取消加班。有的则压缩生产成本，关门停产，员工开始返乡回流，一场声势浩大的金融风暴正在向内地渗透。

姚远平时不怎么关心政治，根本没有意识到这场经济危机竟然会来得这么快，更没有想到会危及自己的利益。当他有一天突然从梦中醒过来时，这才发现原先那些居高不下的钢铁价格和煤炭价格，开始呈断崖式下跌，紧接着，其他产品价格也跟着像下饺子一样“扑通扑通”向下掉。当他从网上去了解国内化工产品的价格时，心里不由“咯噔”一下吓了一跳，啊——怎么会这样？他怎么也没想到一直向上攀升的化工产品价格也在急剧下降，他原以为在这场经济危机中，受影响最大的是东南沿海地区，没想到远在东北的重工业基地哈尔滨也会出现这种状况。姚远一下子急了，这该怎么办？目光离开电脑屏幕那一刻，他的脑子里突然变得短路了。

根据市场反馈过来的资料情况来看，由于受美国经济危机影响，全世界的经济也在不同程度地受到了冲击。原材料下降，生产成本降低，导致产品过剩，一切都变得不可逆转了。股市是一个国家经济的晴雨表，可是再看现在的股市一路下滑，已经让股民的脸上出现了死灰。如今国内化工产品只要好一点的，已经从两个月前的每公升三十多元下滑到十多元，仅此一项，就让姚远损失一百多万。看到这里，一种不祥的预感，如黑云压顶一样笼罩在姚远的心里，他不由得着急起来。

市场就是这样冷酷无情，当供需平衡被彻底打乱时，一切都发生了逆转，望着出现在眼前的下滑数据，姚远简直不敢相信自己的眼睛，面对这场灭顶之灾，他不知道下一步该怎么办。于是急忙给郑州的刘晓东打电话，然而刘晓东的电话却出了问题，不是无法接通，就是占线，一连拨打几次都不通，好不容易电话打通了，刘晓东也不是以前那种客气的语气了，而是正在那里焦头烂额地苦寻对策。接到姚远的询问电话时，他在电话里哑着嗓子把娘都骂了，但无济于事。

这市场是怎么搞的，他妈的，正是物价上涨的时候，怎么会给老子突然来这一手？这市场怎么了？以往一直斯文严肃的刘晓东，这时也在电话里一个劲儿地骂道，妈的，完了完了，这下全完了，我们中原地区的损失可太大了，几千万呢，你让我怎么办？

你不要和我诉苦了，刘总。我现在已经被套牢了，你说我该怎么办吧？姚远已经不知道该怎么给刘晓东诉说自己此刻的心情，电话一打通，他就感觉自己有说不完的话，刘总，说句不该说的话，当初如果不是你给我透露化工产品要涨价的事，我还不至于走到今天这一步。

姚远姚总，我的老哥哥呀！事到如今，你也不要抱怨了，我现在连死的心都有！平时说一口流利普通话的刘晓东，此时在电话里的声音都变了，他几乎是带着哭腔对姚远说，谁他妈的不想多赚点？可市场怎么会是这个样？不升反降，违背了市场的供求规律嘛！经济危机来了，从他妈的美国刮到了咱们中国，而且来得防不胜防，你说让我怎么办？再说这也不是你我能左右得了的事情啊！怕姚远不信，刘晓东又给姚远解释道，你知道我们总公司这次损失了多少？不瞒你说，仅我们中原地区压的货，据粗略估算，损失就已经在三千万元以上，你说我急不急？我、我他妈的现在都快急疯了……

无论怎么损失，也不管损失有多大，那是你们总公司的事，再说你们公司多大的企业？那是大集团，是大树，有靠山，可我呢，我是小个体，经不起风浪啊，听了刘晓东如此丧气的话，姚远就像被感染了一样，连说话的声音也像是在哭，又像是在无奈地诉苦，我的点子怎么这么背呀？刚刚办公司就遇到这么大的事情，走到今天这一步，让我怎么办？屁股后边那么多人围着我要账，这不是要我的命吗？

姚远，我也没办法，真的！刘晓东说这话时就像站在悬崖峭壁上似的，无可奈何地抱怨起来，现在公司总部正在调整经营思路，撤不撤我们中原地区分公司还说不定呢！如果损失过大，说不定，我这个分公司老总也干到头了。唉，这市场谁他妈的说得准呢？经济危机，他妈的，这该死的经济危机！

听着刘晓东在电话里边咒骂边不住叹气的样子，姚远也不知道该怎么办才好。

刚挂上电话，公司老业务户杨亚彬就把电话打了过来。

姚总，到底怎么回事？不等姚远说话，他就在电话里责问起来，看看你办的什么事嘛！你当初说国内化工产品要涨价，结果害得我五十万打了水漂，你说怎么办？

你不要急，杨总，我不正在想办法吗？姚远在电话里充满歉意地安慰道。

想个屁！事情走到今天这一步，你说还让我怎么相信你？那可是一大堆钱呀？

杨总，我们之间也不是一两天的交道，难道你还不相信我的为人？你不要着急嘛！面包会有的，我们很快就会有办法的……

姚总，我不和你说笑话，杨亚彬在电话里告诉他，你知道，我这个人性子比较直，咱们合作这么长时间，不是我这人不讲义气，现在我遇到了难处，你说什么也得帮我渡过这个难关，赶快把钱还给我吧，不然我真的就要死了。

杨总，不会像你说得那么严重吧！市场经济，本就是上上下下，起起伏伏，很正常的自然规律，现在物价跌了，要不了多久，还会涨上去的……

你不要说了，姚总，我知道这个道理，可是眼前我就过不去这一关，你说我该怎么办？看姚远不说话，杨亚彬全然不顾他和姚远前几天去观澜打高尔夫球时称兄道弟的情面，说到后来，他几乎是在无可奈何地威胁姚远，如果一个月之内，你不解决好这个问题，我就到法院去起诉，通过法律途径来解决，我要让你的天远经济技术开发公司赔偿我的经济损失，因为我实在赔不起了！

姚远正要和他解释，可是这个时候，杨亚彬已经毫不客气地把电话给挂断了。

屋漏偏遭连夜雨。第二天上午，曾经在资金上帮助过姚远的南都市金地会业主——中国（南都）富达投资有限公司总裁李建峰也给姚远打来告急电话。姚远知道，早在几个月前，李建峰开发的楼盘，在国家出台的一系列关于房价政策的调控下，遇到了降价寒流，原来每平方米两万多元的房价，一下子降到了不足一万。最近他正在运作的投资项目也出现了经营问题，现在又遇上全球性的经济危机，使他的公司陷入困境，急需投入大量资金进行自救。没办法，他只好在成都向姚远打来电话告急。

从电话中的声音判断，姚远知道李建峰的心情很坏，如果不是遇到难处，如果不是他的集团公司经营业务上出现问题，李建峰是不会轻易给自己打电话的，现在他既然打来告急电话，就说明情况比较严重。可是眼下自己就像一个被套牢的炒股者那样，怎么也无法在股市大跌中解套出来，就那么无可奈何地看着股市一路下跌，跌得让人心惊肉跳，心里只有着急的份儿。李建峰的电话，他不好推辞，但是面对眼下的情况，姚远无法明确表态，也不好表态，只有在电话里一次又一次地向李建峰道歉，李总，对不起，实在对不起，我……我现在手头正紧张着呢，你看能不能再缓几天？待我处理掉库存商品后，马上就把钱给你打过去。

李建峰在电话里哑着嗓子无奈地叹着气，姚远，我知道你不容易，刚刚创业就遇上这种事情，这就是残酷无情的市场呀，可你无论如何也要慎重考虑一下，现在我可是正急需用钱，不然，我也不会轻易向你张这个口。

我知道李总，请你放心，我一定会处理好这件事情，争取尽快把钱给你打上。姚远在电话里赔着十二分的小心，说这话时，他的脑子里已经乱成了一团乱麻。

李建峰的电话刚挂上，那个曾经和姚远签订四十万销售合同的王德伟，就如一只被猎人追赶的兔子似的，着急心慌地给姚远打来了电话。王德伟是个急性子，看问题比较片面，人也容易激动，电话打着打着着急起来，后来干脆亲自开着车跑到姚远的公司，急于寻求解决问题的办法。

王德伟苦着一张脸，坐在姚远办公室的沙发上，嘴里一迭声地责怪姚远当初不该骗他，说什么化工产品要涨价，刚做生意，就害得他一次签了四十万元的合同，结果把自己一下子给坐死了，怎么办？你说让我怎么办？

我也没办法呀！为了安抚他，姚远无奈地摊着手，把王德伟让到一侧的茶具前，隔着面前一套硕大的原木茶具，坐在那里故作镇静地给王德伟泡上一壶铁观音，来平息他心中的怨气。姚远一边泡茶，一边面带歉意地向他解释，王总，我也不想这样，谁知道市场就是这么难以琢磨，咱们都是一样的心理，本想捞上一把的，没承想却把自己给害苦了。事到如今，你不要着急，慢慢就会有办法的。来，喝茶！可是王德伟哪里听得进去，尽管姚远按照茶道上的一涮、二冲、三泡的复杂程序，把自己亲手泡好的铁观音端过来，在面前萦绕出缕缕茶香，王德伟也无心端起面前精致的小茶杯，而是盯住姚远的脸，毫不留情地发起了脾气。

姚总，尽管我们双方合作的时间不长，可是合作得还是很愉快的，不过我怎么也想不到，咱们第一次合作，你就给我来了一个下马威，这一鞭子抽得我喘不过气来，他用手指敲着面前的原木茶具，逼着问，说吧，你让我怎么办？现在我连吃饭的钱都没有，你让我一家老小怎么活？王德伟越说越激动，茶也不喝，缩着脸，把五官扭曲在一起，变成了罗丹手下的雕塑“思考者”。看姚远不慌不忙地坐在那里，只顾摆弄手中的茶具，他坐在那里可没有沉住气，而是把憋着的一肚子怨气朝姚远身上撒。看他暴跳如雷的样子，差点就要在姚远的办公室里跳起来了。不过不管他怎么发脾气，姚远都不和他计较，而是继续满脸赔笑地一再向他道歉。

王总，无论如何，你再等一等，市场就是这个法则，既风云变幻，又充满了很大变数，这是谁也左右不了的事情，何况是我们？股市跌了吧，地震发生了吧，经济危机来了吧，而且还是全球性的，你说谁又有办法？

因此，我们说世界上不总是山穷水尽，总有柳暗花明的时候。姚远望着一脸急躁的王德伟，慢悠悠地一边劝着，一边向他保证，王总，你还是再坚持一下吧，你没看我正在想办法呢，要知道，我现在承受的压力比你大多了，我那可是好几百万呢？和你相比，应该不算少了吧？

你不知道，姚总，如果不是你当初找我谈这项业务，不是你们业务员去了多次，而且又把产品销路说得天花乱坠的，我能和你签这么大的合同吗？王德伟苦着脸，斜了一眼姚远，你得理解，我刚开始做生意，就遇上这种事情，你说我倒霉不倒霉！王德伟盯着姚远，解释着自己的理由，你知道我这钱是从哪里弄来的吗？全是我爸我妈的养老钱，他们都是七十多岁的人了，把积攒一辈子的血汗钱全拿出来让我做生意，图的什么？还不是为了能多赚几个钱，让他们的晚年生活过得更好一些？如果这次生意做砸了，你让我怎么面对两个老人？所以无论如何你赶快想想办法吧，不行，我求求你了，赶快把货款退给我好不好？

不要急、不要急，王总，办法总会有的。你再耐心等一等吧！

我不能等了，我一会儿也不能等！王德伟擦拭着头上的汗，嘴里一再催促，你知道我有多急吗？我那可是一堆血汗钱呀！你不为我考虑，可你总得为我父母考虑吧！他们那么大年龄了，可受不起这样的折腾呀，如果他们知道我做生意做赔了，养老钱没了，他们心里不定怎么想呢……

我理解你的难处，王总，可是你知道的，这个时候我也没有办法呀！

我不管你想什么办法，你得尽快还我钱，不然，你也知道我的情况……

王总，你这话说得就不够朋友，谁做生意不想挣钱，可是遇到这种情况，你让我怎么解决，我自己不也被套住了吗？姚远一眼就识破了王德伟的假话，这个以前和自己在一起谈话时，口口声声说自己父母双亡，现在什么时候又冒出了两个七十多岁的父母？尽管他明白讨债者的心态，为了把自己的账尽快讨回来，就会编出各种理由追逼欠债者。王德伟也带着这种心态，现在听他又说出这个话，姚远就有些不大满意起来。他尽管理解王德伟的心情，可是自己也没有什么办法，现在又听他这么刻不容缓地威逼，于是不满地回敬他，王总，你这话说得可就有点不对，你要求我给你退货款，可是我又找谁退货款去？找生产厂家？人家根本就不吃我这一套，卖出去的货，泼出去的水，覆水难收，你该不会不明白这个理吧！既然事情已经发生了，谁还能指望把自己的损失补回来？

我不管你想什么办法，姚总，事已至此，我也不想说什么，我的要求也不太高，只希望你能赶快帮我解决我们一家老小的生活问题。

这怎么可能？姚远冷笑一声，王总，要知道，遇到这种情况，我现在也是泥菩萨过河——自身难保，正在焦头烂额时候，又怎么能帮得了你？所以你也不要逼我太紧，我们还是共同想想办法来解决吧！

两个人正在那里纠缠，这时有人给姚远打来电话，就在姚远坐在那里一手持着茶壶一手接电话的时候，有点失去理智的王德伟突然站起来，恼怒地冲姚远说道，姚总，我现在已经走投无路了，如果你不帮我这个忙，哼，可就别怪我不客气！要知道，我可是拿着自己的生命在赌。说完，不等姚远有何反应，他就气呼呼地拂袖而去。

王德伟走后，办公室里一下安静了下来。看着面前倒好的茶水，姚远愣在那里，过了一会儿，这才点上一支烟，开始坐在那里低头抽起来，此刻他的脑子里嗡嗡的，像有一群蜜蜂在那里飞舞。他怎么也想不到，公司开了不到一年时间，竟然会走到今天这一步，是自己无能，还是市场冷酷无情？他说不清楚，只是就那么无力地瘫软在椅子上。

姐姐给姚远打来了电话。姐姐掩饰不住内心的激动向弟弟报喜说，儿子的录取通知书已经下来，儿子考上了浙江大学，是全国重点，她同时还给姚远带来另一条好消息，女儿也考上了县重点高中，儿子女儿连中两元，他们都实现了自己的愿望，这真是值得庆贺的事情。如今，全家人都在盼着姚远给两个孩子解决上学的费用呢！

听着姐姐电话里掩饰不住内心的喜悦，姚远也打心眼儿里高兴，心里不由默默地说，姐姐苦了这么多年，终于把日子熬到头了，两个孩子出息了，这是比什么都高兴的事情。但是很快，姚远就高兴不起来了，外甥和外甥女双双考上自己心目中的学校，这是一件天大的喜事，可是接下来他们上学的费用怎么办？姐姐在电话里说得很清楚，他们在家里正眼巴巴地等着自己赶紧给他们打钱交学费呢！现在余静还没有打来电话，如果她也给自己打电话，找个理由用钱怎么办？这不是要人命吗？走投无路，四面楚歌，我怎么会走到今天这一步？想到这里，姚远身上的汗水一层一层地下来了，目前到了最危急的关头，看来自己不想想办法是不行了，不然自己还真过不了横在眼前的这道坎！

38

姚远动用自己所有的关系进行自救，可是结果并不理想。半个多月的时间很快就要过去，国内化工产品的价格就像遭遇寒流似的，一直在下滑，至于下一步能下滑到哪一步，自己也不知道，所以如果再不处理掉手里库存的商品，说不定将来自己的损失就会更大。

四面楚歌，如坐愁城。姚远坐在办公室里大口大口地抽着烟，不，他已经坐不下去了，他站起来，开始勾下头，不时在房间里来回踱着步子，样子像是一只放在热锅上的蚂蚁。办法是没有的。他走过去看了看板台上的台历，离几个人提出的还款时间越来越近，这可怎么办？姚远踱着步子来到窗前，抬起头无奈地望了望窗外低沉的天空，此时整个天空灰蒙蒙的，正在下着一场细密的小雨，就像自己此时的心情那样，压抑得令人窒息。

万般无奈，姚远掏出手机又给几个朋友打电话，看看能不能从他们那里寻求到一点帮助，电话通了，可是当他们听了姚远的意思，马上叹着气，表现出一副爱莫能助的样子，看来他们也帮不了自己。

唉，事到如今，看来我只有忍痛割肉地抛售商品，否则自己根本过不了这一关！想到这里，姚远最终狠下心来，不得不做出处理库存商品的决定。

当初化工产品每公升三十多元进的货，现在市场价只有十多元，照这个价格计算，每处理一批货就是拿钝刀子在割身上的肉，那滋味真让人难受。可是不这样做又能怎样？姚远咬着牙，不得不痛下决心。

堆积商品的库房，在一个偏远郊区的物流公司旁边，由于一直在等待物价上涨，已经多日都没有打开了，门前不免显得有些荒凉。姚远开着车赶到那里时，手下的几个员工已经先他而到。此时打开的库房门口，看上去更像是一张无奈的大嘴，了无生趣地张在那里。姚远下了车走上前去，看了看整整齐齐地码放在那里的化工产品，像是一群无助的孩子，他不由伤心起来。

唉，这可是自己当初像宝贝一样从东北进回来的货，囤积在这里，一直盼望着能在物价上涨的过程中，给自己带来巨大利润的，可是没想到却成了砸在自己手中的罪魁祸首，想想真让人痛心啊！

姚总，我们现在开始处理吗？销售总监走过来请示，你安排我的事情已经谈妥，现在他们的车辆就在旁边等待，说着指了指停在那里的车辆。

好吧，你们开始处理吧！姚远没有去看他指点的那些车辆，而是低下头冲他挥挥手，做出一个无奈的动作。

开始搬货！随着销售总监一声令下，停在旁边的车辆开到门前，接着员工们走进库房，开始搬起那些尚未启封的化工产品往车上装。

姚远站在库房门口，看着大车小车把库存在那里的化工产品拉出来贱卖处理，想到当初高价进的货，现在却要打对折处理，他的心在滴血……

公司办公室的员工们注意到，仅仅一个星期的时间，姚远的头发全白了，脸色枯焦枯焦的，没有一点光彩，而且脸色也变得越来越灰暗凝重起来。

姚总，你赶快喝上一点吧！办公室主任不忍心看着自己的老总愁坏身子，为了给姚远补充身体能量，悄悄给他买了一大袋营养粉让他喝，并主动给他沏了一杯放在办公桌上。

姚远抬起头，失神地看了他一眼，又面无表情地看了看放在办公桌上那杯营养粉，摆摆手，什么也没有说。

几天过去了，当办公室主任再次到他的房间时，意外地发现，放在那里的那杯营养粉姚远连动也没动，就知道他的心绪坏到了极点。不由轻轻叹了口气，就又悄悄关上门离开了。他哪里知道，虽然离石牌的出租房很近，但是姚远已经连续几个晚上都没有回到那里休息了，他一直把自己困在房间里，像是在等待什么。

这怎么行！办公室主任心里不忍，刚刚离开便重新走回去，把那杯放了几天的营养粉倒掉，又给姚远沏了杯新鲜的，希望他能赶快趁热喝下去，好给消瘦下去的老总补充身子。然而下午当他去姚远办公室时，发现那杯营养粉仍然是满的，动也没动，早已变得没了温度，而这时的姚远，已经疲惫不堪地趴在办公桌上睡着了。

心情不好，无比苦闷，直到这时姚远才意识到该找个人说说话聊聊天了，可是又能找谁呢？直到这个时候他才意识到，在南都这个大得无边的城市里，自己竟然没有一个可以推心置腹的朋友，这不由得让他感到一阵悲哀。唉，还是给自己最亲近的人打个电话吧，只有她们才是自己最可信赖的人，至于别人，他现在是想也不敢想了。姚远想，只有和自己最亲近的人说说话，让她们听听自己内心的苦闷，也许才能得到片刻的安宁，让自己的心里好透一透气。他打开手机想了想，现在自己最亲近的人应该是姐姐，可是他又觉得此事不能让姐姐知道，如果她知道自己眼下的处境会怎么想？她能承受得了吗？算了，还是给余静说一说吧。他觉得现在最能理解自己的，也许只有这个和自己有过肌肤之亲，又愿意和自己同甘共苦的女人。

那天晚上，当姚远一个人坐在南江边上，一边抽烟，一边望着迷蒙的江水，怀着无比沉重的心情，把公司失利的情况告诉给余静之后，自己的心情反倒变得平静下来，平静得就像面前的江水。他希望自己这个濒临绝望的溺水者，能从这个温柔善良的女人那里得到暂时的释缓。

余静好长时间都没有说话。听了姚远报告的消息，她一直保持着沉默。此时她已经说不出一句话。姚远的生意赔了，这个远在南方的狠心男人把自己的十万块钱打了水漂，事情到了这一步，自己还有什么可说的？要知道，这十万元钱可是自己的全部财产啊，就这么说没就没了，完了，全完了！余静不由在心里哀叹起来。她在心里一遍遍地想，那么大一笔钱怎么说没就没了呢？余静有种欲哭无泪的感觉，她知道这笔钱的意义和重要性，除了自己离婚时所得的财产，其中有一部分是女儿的抚养费，还有爸爸妈妈的借款，现在这些就像打水漂一样，说没就没了，对此自己还能说些什么？她本来计划着用这笔钱在县城里买房，将来和姚远结婚用的，没想到仅仅几个月的时间，就在姚远的手中化为乌有。余静怎么也不相信这个事实，所以当姚远给她打电话时，起初她还以为有什么好消息向自己汇报的，所以充满了期待，以至于让她都有些按捺不住喜悦的心情了，没想到却等来了公司经营失利的坏结果。这消息犹如晴天霹雳，一下子把自己击倒在那里。

怎么会这样呢？过了许久，余静的嘴里才叹着气喃喃地说了这么句话。

你不要生气，余静，更不要难过，姚远抽了口烟叹着气幽幽地说，其实，我也不想这样，可是事情走到今天这一步，我也没有办法！

你说我生气有什么用？我难过又有什么用？姚远，事情到这里就完了吗？难道就没有一点挽救的办法吗？

没有，真的没有，能想的办法我都想了，可是仍然没有，我现在已经走投无路了……

咳——你、你、你、你让我说什么好呢？余静叹了口气，一时激动得再也说不出话来。

别看长久待在北方内地，其实余静一直在关注着姚远在南都的情况。当初，她把自己连同借父母的十万元钱打给姚远时，她就知道自己这辈子已经把心交给了这个让她钟情了二十多年的男人。她相信姚远是优秀的。在梅海市读中专时，姚远就是一个品学兼优的学生，和他谈了两年恋爱，她知道这个男人身上具有许多优秀的品质，即使困难再大，他也会执着地做好每一件事，要不然，他也不可能从偏僻的农村，一下子考到市里的中专，那是只有非常优秀的学生才能做到的。余静一直忘不了自己去年元旦到南都看望姚远时的情景。在那里的时间虽然不到一个星期，但是那时候的姚远壮志凌云，胸怀天下，处困境而不气馁，身处那样的环境不向命运低头，而是乐观向上，始终保持着不达目的誓不罢休的样子，这种顽强拼搏的精神就已经深深打动了自己，所以才对他爱得义无反顾，爱得翻天覆地。余静不指望姚远将来能在南都有多大发展，也不指望他能给自己带来多少财富，她甚至不希望姚远成为一名多么优秀的成功人士。作为一个深深爱着他的女人，她只是希望让这个怀揣着梦想的男人，在南都那个大都市里尽情展示一下自己的能力，哪怕失败了也在所不惜，但是她怎么也没有想到，姚远失败的这一天会来得这么突然，突然得让她措手不及，一下子没有缓过劲儿来，而且竟然会一败涂地，血本无归。

沉默，长久地沉默，仿佛时间凝固了似的，整个世界都陷入一派僵死的状态之中。余静在电话里的沉默，让姚远心里慌了一下，突然不知道该怎么办了。这是一个心地善良的女人，怎么能让她为自己担惊受怕呢？也许她的内心现在正承受着巨大的压力，如果自己的公司这次破产了她会怎么想？

望着南江水面上的一河星光，姚远握着手机坐在那里，一边大口地抽着烟，一边静静地等待着余静说话的声音。

回来吧，姚远。过了很长时间，余静才在电话里终于叹着气安慰道，事情已经过去了，在外面闯荡两年，走到今天这一步，现在你也该收收心了。要知道，失败并不可怕，可怕的是一蹶不振。世界上没有过不去的火焰山，只要有你人在，我就放心了。不就是欠下几十万的外债吗？只要有信心，我们慢慢还！

还？我拿什么还呀？余静的安慰反而让姚远的嗓子堵得更厉害了，他突然哽咽着说不出话来。这时有一丝凉风掠过，带来了城市夜晚的丝丝凉意。他抬头去看天上的月亮，月亮隐在一片厚厚的云层里，几颗星星在那里寂然地眨着眼睛，不知何时，姚远的眼眶里已经蓄满了泪水。可是他梗着脖子吞了下口水，努力几下，终于强硬地说道，余静，难得你说出这样的话。要怪你就怪我吧，是我无能，我没有听从你的话，没有把公司经营好，现在走到今天这一步，我感到心中有愧，我对不起你……说着他像个悔恨的孩子在向母亲哭诉那样，再一次哽咽得说不出话来。

好了好了，你快不要这么说了，我怎么会怪你呢？再说我们是谁和谁呀，余静知道姚远此时的心情，生怕自己任何一丝埋怨都会让这个男人失去理智，所以急忙以妻子的身份和亲人般的语气，轻柔地安慰着姚远，我们两人之间没有对起对不起的，只要你人没事就好。常言说，事在人为。今天你失败了，也许明天你就会从失败中获得成功，再说没有失败，又哪里来的成功？还是振作起精神吧，姚远，我等着你，等着你回来后重整旗鼓，东山再起！

谢谢你的安慰和鼓励，姚远受到了鼓舞，感动得一时不知道说什么才好。过了一会儿，他才终于说出自己的内心话，余静，我听你的，你放心吧！我会处理好这里的一切，然后，回到内地，和你结婚，和你生一个属于我们自己的孩子，过我们幸福的生活！

姚远，你不要考虑那么多，我知道你现在心情不好，在处理好公司事情的同时，一定要照顾好自己，千万不要把自己给累垮。如果你有什么需要，及时给我打电话，我会想办法帮助你的，如果需要帮忙，我也可以请假赶过去。

不用、不用，不需要帮忙，再说你来了也没用，我自己会处理好这里的一切，你就安心在家里等着，我很快就会回去的。

第三天上午，天河区法院发出的传票被送到姚远所在的南都市天远经济技术开发有限公司办公室，看着杨亚彬的起诉书上，要求自己归还五十万元赔款的数字，姚远感到一种无形的压力，像一把利剑似的向自己迎面劈来。

就在前一天晚上十点钟左右，从外边办完事回来的姚远，刚进门就接到一个电话。那个曾经到姚远办公室找他要账的王德伟，不等他说话和解释，就在电话里恶狠狠地威胁道，姚远，事到如今，我什么也不想说了，限你三日之内，必须把我的损失补出来，否则，哼，就别怪我对你不客气！

不等姚远反应过来，电话就被恶狠狠地挂断了，直到过了好久，王德伟的声音还在耳边轰轰地响着，姚远握着手机一下子僵在那里。他知道王德伟在南都混了多年，黑道白道上都有人，是个有一定背景和社会关系比较复杂的人，与这种人不好相处。当然和这种人打交道时，有好处也有坏处，不过这种人也往往容易感情用事，关键时刻，往往还会做出让人吃惊和匪夷所思的事情。

如果不还钱，他就要对自己不客气！他究竟想怎样？难道会采取暴力手段不成？想到这里，姚远后背一阵发凉，不由担心起来。心里不由得说，这人是怎么了，不就是欠了他几十万块钱吗？不还他钱，他能怎么样，难道他要对自己下手吗？

已经没有任何退路了，就像一个走夜路的人撞了鬼一样，不知不觉地走进了死胡同，怎么努力也找不到自己的来路和出口。本来还想向人呼救的，可是被呼救的人又在什么地方呢？姚远看不到希望，就那么呆呆地站在那里，就像一个迷途的孩子，一下子不知道自己该怎么办了。此时，他脑子里在一遍遍地想，何苦呢？自己从北方那个叫梅海的城市南下，本以为走得远远的，在南方这个大都市扎下脚根，好成就一番事业，实现自己的人生梦想，没想到几经努力，非但没有达到自己的目的，反而把自己的人生也给涮了进去，想想真是太得不偿失了。现在北方是回不去了，自己已经像擤鼻涕似的，甩甩手丢掉了那个叫作梅海的城市，现在那里已经没有自己的牵挂。

“点儿背，不能怪社会。”要怪只能怪自己无能，不能很好地把握自己。走到了今天这一步，自己又该怎么办？有道是“三十六计，走为上策”，可是姚远心里清楚，就现在这社会，信息如此快捷，交通如此发达，即使自己逃到天涯海角，债务也会像影子一样跟到那里，何况这又是一笔不小的债务！面对的又是两个穷凶极恶的债主，他们不是自己的灾星和劫难是什么？逃避不是办法，与其过那种东躲西藏、惶惶不可终日的躲债生活，还不如痛痛快快地做个了断。

难道自己真的无路可走了吗？当他的脑子里突然萌生出这个念头的时候，姚远被自己的想法吓了一跳。我才三十多岁，正是年富力强的年龄，怎么突然就走到今天这一步呢？但是如果不这样做，又能怎样？这时姚远想起不少影视剧中看到的场景，为了欠债还钱，打打杀杀，血肉横飞，上演的一幕幕血腥场面，想一想就让人不寒而栗……这时他又联想到报纸上不断报道那些触目惊心的社会新闻，他的心不由凉了。是的，在这个社会上，大丈夫有泪不轻弹，可是不轻弹又能怎样？还不是把所有的问题都扛在肩上？一个人不到难处不落泪，不是走投无路，谁也不会选择轻生。如今自己就是这种处境，面对巨额债务，自己又能怎么办？姚远心里清楚，跑是跑不掉的，与其就这样天天被债主催逼，倒真不如一死了之！可是一想到女儿、姐姐还有余静，他又变得犹豫起来。毕竟她们都是自己最亲近的人啊！女儿是自己的亲生骨肉，姐姐和自己一母同胞，她们和自己都有着割舍不掉的血缘关系，自己怎么就能狠心抛下她们弃之不管？还有余静，这个虽说和自己没有什么血缘关系，但是把自己最真挚的情感都倾注在自己身上的女人，真正做到了以身相许，这是什么关系？这是超越世上一切的血肉关系，我又怎么能负她而去？啊啊，可是自己不这样做又能怎么办？姚远就这样思前想后，犹豫不决，心里矛盾得就像一个两面人，这个逼着他去痛痛快快地一死了之，那个却又拽着他往生路上拉，就在这种拉来拽去的撕扯中，姚远感到自己马上就要散架了，在这种痛不欲生的两难境地里，他像个精神分裂的患者那样，把自己弄得人不人鬼不鬼的，已经到了崩溃的边沿……

时间过得飞快，眨眼就到了该给王德伟还款的期限，这时王德伟突然打来电话，问他钱准备得怎样了？一听说姚远这里丝毫没有动静，他当即就在电话里威胁道，姚远，你给我记住啊，我限你明天最后一天，如果再不还款，我可就带着人去上门找你了，哼哼，到那时可就不要怪我对你不客气了！

姚总，我让你准备的钱怎样了？这边王德伟的电话刚刚挂上，李建峰催款的电话就打了过来，我这里急用，如果再弄不来钱，我就只有死路一条了……

姚远握着手机一时变得恍惚起来，他不知道刚才王德伟打来电话的真正用意，是要打上门来向自己索债，还是要怎样。李建峰的电话也让他听得头皮发麻，还有那个不停向自己要账的杨亚彬呢，也在背后像影子一样跟着自己，看看离天河区法院开庭的时间越来越近，姚远突然变得安静下来，心里不由得想，余静、姐姐和女儿，虽然她们都是自己最亲近的人，但是她们各有各的生活，离开自己，她们也许会过得更好。如果在这个时候自己还在思前想后犹豫不决，也许永远也不是个头，说不定，还有可能在接下来的时间里，给自己带来更多的麻烦和苦恼。那一夜，姚远躺在床上，辗转反侧的，像翻一张烧饼，久久都没有入睡。

罢罢罢，事到如今，我也顾不上那么多了，与其就这样优柔寡断、儿女情长、婆婆妈妈，还不如痛痛快快做个了断，岂不快哉！后半夜的时候，姚远终于痛下决心，做出了最后的决定！

第三天上午，姚远带着产品处理后得到的十万元钱，加上自己卖别克车和笔记本电脑的钱，勉强凑够了十二万，看着摆放在眼前的这些钱，他心里开始盘算着如何分配这些钱的方案。姚远心里明白，这区区十二万实在是太少，无论去还哪个人的账都是杯水车薪，看来现在唯一的办法只有搞平均主义，挑最重要的事情来办。

帮过自己的李建峰李总财大气粗，实力雄厚，自然抵抗风险能力要比别人强，所以欠他的钱，可以向后边放一放。姚远尽管知道他虽然急需用钱，但是依他现在的实力，还不至于急到难以为继的地步。瘦死的骆驼比马大，再怎么也不至于走到穷途末路的地步，念及他对自己的帮助有恩，现在只能给他留出两万元钱。杨亚彬是自己的老业务，自从开办公司以来，他没少在业务上帮过自己，现在他遇到了难处，自己应该想办法才对，虽然现在他把自己告上了法庭，但这是没办法的事情。人之常情，可以理解，谁让自己欠下他的一批货款呢？现在不要说他，即使换了谁都会这么做的。算了，给他留下两万吧，算是多少对他的一点补偿！至于王德伟，姚远本来要计划给他象征性地留下一万元的，可是后来想想，心里一横，突然就决定放弃了，谁让他用威胁的方式对待自己呢？姚远心里明白，自己长这么大，最烦有人威胁，好像自己是被吓大似的，有事说事，有问题解决问题，有话好好说，天大的事情怎么就不能坐下来好好商量一下，干吗非要采取这种极端方式对待自己？这样的人，不理他也罢，看他还能怎样！正好公司员工们发工资的钱不够，就把给他留的钱，加上自己预先拿出的员工工资，加起来还是一并发给员工们吧！姚远想，员工们跟着自己打天下不容易，在公司干了这么长时间，没有功劳也有苦劳，欠谁也不能欠他们，更不能拖欠他们工资，毕竟这是他们的劳动所得，不然自己于心不安。

余下的七万，姚远做出这样安排：给姐姐三万。姐姐家不富裕，两个孩子上学要用，眼下外甥和外甥女可能正在家里，眼巴巴地等待自己给他们寄钱回去缴学费呢！就在几个月前，自己还向姐姐拍着胸脯做出承诺，保证不耽误他们上学用钱，可是没想到仅仅几个月的时间，自己竟然走到今天这一步。唉！看看自己这个舅舅当得多不称职，作为长辈，应该给他们有所表示才对，所以尽管给他们留的钱不多，除了还姐姐当初支持自己的部分，也算是自己对他们的一片心意！

给女儿留下一万，算是女儿的抚养费。姚远想，女儿十一岁，眼下正在读小学，将来她还要读中学、上大学，今后的路子还很长，做爸爸的，自己虽然不能给她留下更多，但是无论什么时候都该为她着想才对，何况她离十八岁的成年还有几年时间，一万元钱不算多，只能算是对女儿的一种象征性安慰。现在妻子虽然已经再婚，想必女儿今后的费用她也要负担一部分的，所以自己也只能这样安排了。不过，现在尽管女儿没有自理能力，只有把这个钱先交给女儿的监护人前妻那里保管支配，也算是个最好的交代。

给余静留下三万。这是一个自己爱了很久同时也被她爱了很久的女人，二十年了，经过一场马拉松式的长跑之后，眼看两个有情人终于要走到一起了，可是无情的现实却像魔爪似的，一把撕碎了两个人的美梦，又怎能不让人伤心欲绝？

余静，我亲亲的女人啊！

一想到余静，姚远的心里就无比疼痛。说起来，她对自己的帮助最大，可是自己最对不起的，却是这个有恩有情有爱有义的女人，是她资助自己十万元钱开公司的，是她用无私的爱支撑着自己、鼓励自己，让自己一步步走向成功的，本想等到挣到一大笔钱后，和这个心爱的女人办手续结婚，相亲相爱地过幸福的生活，可是万万没有想到，自己辛辛苦苦付出了那么多，努力了这么久，到头来却是竹篮打水——一场空，又怎能不让人痛心疾首？唉，现在眼看大势已去，要想实现和余静过幸福生活的梦想，看来只能等待来生了。三万元钱不算多，甚至还不够当初她资助自己的三分之一，但是现在自己再也无法筹出更多的资金了，给她这三万元，权当算是对她的一点点安慰吧！

姚远拿着笔在一张打印纸上列了张单子，等到把所有的资金全都分配完毕后，姚远打电话把办公室主任叫到办公室做了一番交代。吩咐完其他事情后，他不顾办公室主任脸上露出的狐疑和不解，便要求他什么也不要问，什么也不要说，一定要按照自己的分配方案办，把十二万元钱分成五份，叫他通过打电话或者银行汇票的方式，尽快一一送到他们的手中。

姚总，你、你这么安排合适吗？

没有什么合适不合适的，姚远看出办公室主任的疑惑与不解，马上打断他，对，你只管按照我的要求去做，别的，你什么都不要说！

好、好吧！

拜托你了，王主任！看着办公室主任无奈地点下了头，姚远冲他拱了拱手，算是对自己有个完美的交代。

安排完这一切后，姚远踱着步子，在公司前后左右查看了一遍，这才来到电梯间，按了下电梯的下行键。过了一会儿，电梯上来了，他大步跨进去，很快便坐着电梯下楼，大步流星地来到马路边，招手拦了辆出租车，毫不犹豫地钻进去，对司机吩咐一声，车子像箭一样直奔南江而去！

39

海印桥是南都市南江段海拔比较高的一座大桥，距离水面一百多米，这里又高又险，建筑宏伟，是那些绝望失意者选择自杀的首选之地。事先，关于结束自己的地点，姚远曾经考虑过南都大厦、公司办公楼广梅汕铁路大厦，还有新落成尚未投入使用的南都电视塔，这些地方的高度虽然都可以，但都不足以表达自己对南都的留恋和热爱。几经考虑，他最终还是把自杀的地点选在了这里。姚远心里已经计算好了，从一百多米的高空跳下去，只需要十几秒的时间，就能达到解脱自己的目的。

中午时分，姚远乘车来到海印大桥，站在桥栏上，望着桥面上呼啸而过的滚滚车流，又抬眼看了看远处平静的江面，他不由叹了口气，多美的地方啊，过去自己一直迷恋着的南都，差不多就是从这里开始的，可是仅仅过了这么短的时间，如今这里的一切都已经离自己远了，想到这里，他悄悄来到大桥的一端，趁人不备，顺着大桥一侧的铁架子，像只敏捷的猴子那样，手脚并用地一级一级攀了上去，十多分钟后，他就顺利爬上了高高的海印大桥。

风很大，坐在海印桥最高处的一根铁架子横梁上，姚远掏出火机，背着风打了几次才把烟给点上。他悠闲地抽着烟，向四周望去，坐在高处看风景，那感觉真是太惬意了！北边那座一柱擎天的最高建筑是南都大厦，像个小蛮腰似的新地标——南都电视塔已经落成，还有南江上的另一座跨海大桥——猎德大桥马上就要竣工了，现在正在做着最后的收尾工作。再向远处望去，鳞次栉比的高楼大厦一座挨着一座，摩肩接踵地挤在那里，开阔着自己的眼界。风景如画，美不胜收。姚远坐在高高的海印大桥上，由于风大，他不得不眯起眼睛，在仔细辨认着目力所及的地方，哪里是花都飞机厂，哪里是天河城，哪里是天河体育中心，哪里是白云国际会展中心，哪里是北京路，哪里是琶洲会馆，哪里是白云山，哪里是火炉山……透过已经有些蒙蒙的云雾俯视大地时，姚远感慨万端，不由自言自语起来，哎呀，南都实在太大了，大得让自己都看不到它的边沿究竟在哪里，即使处在这么高的地方，也不能看清它的全貌，只能隐隐约约看见这样的景象，高的是楼、绿的是树、蛇一样曲曲弯弯爬行在楼群中间的，是城市的道路，那些一只只像甲壳虫一样的汽车，正在道路上你追我赶地奔走在城市的各个角落。琶洲会馆伏在那里，依然像个庞然大物似的气势磅礴，横跨在南江上的几座大桥都像巨龙似的，躬身迎送着一辆辆南来北往的车子。艳阳高照，风轻云暖，大江奔流，天远地阔……多么美好啊！可是这一切都好像空中飘浮着的白云一样，正在离自己远去。

包里的烟抽完了，姚远掏出手机开始给姐姐打电话。姐姐此时正在家里吃着午饭，不等她问自己的情况，姚远就充满激情地在电话里告诉姐姐，自己在南都生活得很好，经过一年多的努力奋斗，发了点小财，现在完全可以养活自己，不用姐姐关心自己的将来，一切他都安排好了。为了不耽误孩子们上学，如今，他已经把外甥和外甥女上学的学费寄了回去，望她查收。后来不知怎么，姚远又在电话里说到死去的父亲和母亲，说到自己小时候的事情，说到后来，他鼻子一酸，竟然有些说不下去了，其实他本想给姐姐多说一些话的，可是他最后想了想，还是算了，自己是个快要离开世间的人，说多了反而让她为自己担心。不过，作为自己现在这个世界上唯一的亲人，他后来还是无限留恋地给姐姐撒了一个美丽的谎言，姚远说自己最近可能要出一次远门，叮嘱姐姐不要担心，也不要给他打电话，等过段时间后再说。姐姐接着电话，刚开始还很高兴，可是听着听着就觉得不对劲了，她不知道弟弟何以在这个时候和自己说这么些不着边际的话，而且语气显得过于热情和激动，背后仿佛有什么难言之隐似的，姐姐心里想，弟弟现在为什么要给自己打电话，说这些话的用意何在？当等她回过神来想要准备问个明白时，可是姚远已经把电话给挂了。

他接着又给余静打电话。姚远在电话里告诉余静，按照你的意思，我已经处理好手头上的所有事情，我此时正在外出的路上。由于有一件紧急的事情要办，有可能要忙上一阵子，因此短时期内你不要和我联系，至于将来结婚的事情，我现在已经考虑好了，等忙过这段时间，我马上回去和你去民政局办手续领结婚证，今后我们要相亲相爱地在一起，永不分开，将来再生一个孩子，不论男孩还是女孩，我都会喜欢，以后一家人在一起要好好过日子，真正享受人生的快乐……说到最后，姚远的话变得语无伦次起来，他在电话里告诉余静，不管我这次出差多长时间，今后你都要多注意保重身体，有什么事情可以和我姐姐打电话联系，她会告诉你我的情况……

姚远，你现在和我说这些什么意思？你究竟怎么了？听着姚远像是在给自己立临终遗嘱似的话语，余静不禁在电话里疑惑起来，她一遍遍追问姚远在什么地方，今天为什么要和她说这么多话？可是姚远并没有向她明说，更没有回答她的问题。听着余静的担心，他只是安慰她劝着让她放心，等过一段时间后，自己就会回去的。为了证明自己的话，他还让手机逆向对着高空的风声，让余静听汽车在路上奔跑的声音，风驰电掣的声音、空气快速流动的声音。听了一会儿，余静仍然疑惑地问道，姚远，你是不是在骗我？既然你在外出的路上，为何听不到汽车的鸣笛声，而只有呼呼刮风的声音？你不会是在高空或者没人的地方吧？姚远心里一怔，知道余静在为自己担心，于是不等她再追问下去，急忙解释起来，我现在正行驶在高速公路上，由于过往车辆较少，所以你只能听到风声了。可是余静还是有些不相信他的话，尽管她在电话里一遍遍焦急地追问着，然而姚远还是躲躲闪闪支支吾吾地搪塞着，没有给她一个满意的结果，为了不让余静多心，他说话的速度不由快了起来，说到后来，他随便胡乱解释了几句，不等余静再说什么，就赶快果断地挂了电话。

姚远又给前妻打电话，让她通知女儿瑶瑶接电话，可是已经再婚的前妻，此时正沉浸在幸福生活的旋涡里，早已经对姚远没有什么好感了，当她接到姚远的电话时，说话的声音突然变得阴阳怪气起来，不由在那里叫道，好啊姚远，你这么长时间都没有关心过女儿了，现在究竟发的哪根神经？大中午天的，怎么想起给女儿打电话？女儿已经去学校上课了，说吧，有啥事你可以直接给我说！听着前妻冷若冰霜而又像头母狮子咆哮着抱怨不止的口气，姚远刚刚热起来的心情，突然像泄气的皮球那样毫无来由地败了下去。他顿了一下，不过一想到自己给她打的这个电话，可能是临终遗言时，姚远强忍住内心的愤怒，尽量用变得心平气和的语气，在电话里耐心地询问起女儿瑶瑶的学习情况，听着前妻不咸不淡的回答，他知道此时自己再说什么都是多余，所以说到最后，他只好告诉前妻，将来不管走到哪一步，你都要照顾好女儿，并且叮嘱她说，我最近要出一次远差，可能需要较长一段时间，所以为了不耽误女儿的生活花费，我给女儿瑶瑶的抚养费，已经通过邮局寄回去了，到时候由你查收，并请你代为保管使用……

好啦好啦，只要把女儿的抚养费打过来，就没你的事了，你还啰唆那么多干啥？神经病！姚远话还没有说完，前妻就武断地下着结论，重重挂上了电话。

这个臭女人！前妻的态度，让姚远心里感到很不舒服，他在心里生气地说，如果不是距离太远，我真想冲过去扇她几个耳光，好好教训她一番，不过现在自己不是和她生气的时候，于是他只好咬着牙，把心中的一团怒火压了下去。

给吴倩联系，她的手机里一直播放着费玉清的《千里之外》：

屋檐如悬崖/风铃如沧海/我等燕归来/时间被安排/演一场意外/你悄然走开/故事在城外/浓雾散不开/看不清对白/你听不出来/风声不存在/是我在感慨/梦醒来/是谁在窗台/把结局打开/那薄如蝉翼的未来/经不起谁来拆/我送你离开/千里之外/你无声黑白……

一曲缠绵的歌声完了还是没人接，再拨，手机铃声又变成了周杰伦的《青花瓷》，又是响了很久没有人接，第三次再打，凤凰传奇的《自由飞翔》直到快唱完了，里边才传出接电话的声音。原来吴倩正在湖南老家和丈夫办离婚手续，刚才手机放在包里没有听到。

姚远，你现在哪里哦？一听是姚远的声音，不由让她倍感惊喜，吴倩以为姚远要向她报告什么大好消息，于是马上用她那里的家乡话，嗲着声音问道，什么时候有空啊，我想让你到我们湖南老家看一看嘛！

你可能想不到吧，吴倩，我现在南都市的最高处，正在欣赏南都市的风貌呢，听着这个湖南湘妹子的声音，姚远沉默了一下，克制着自己的心情冷静地告诉她说，你猜猜我现在在什么地方？

好啊好啊，那我就认真地猜猜看吧，吴倩在电话那端，没有听出姚远的异常，于是就在那里沉思一下，故作清纯地猜测道，姚远，你现在不是在南都大厦，就是在南都电视塔上，不然，你不会欣赏到南都市的全景。

说到后来，她忽然恍然大悟似的叫起来，啊，我猜出来了，你不会是在飞机上吧？

吴倩的湖南口音让姚远现在听起来，突然变得悦耳起来，他以前恨过吴倩，可是现在他不恨她了，这是一个漂亮而又痴情的女子，尽管她对自己有些反复无常，时而亲近时而疏远，有时还在自己面前撒一撒娇，玩一下小心眼，但是自己已经从心里原谅了她。往事如风，恩怨已了，现在给她打这个电话，他只想和这个与自己曾经同居过、在自己的人生中留下鲜明印记的女人做最后的告别。

吴倩的回答没有引起姚远的兴趣，他不置可否地苦笑一下没有说话。姚远本来想告诉吴倩，自己此时就在高高的南江海印桥上，但是后来想了想，终于没有说出来，他怕自己说出来后会吓着吴倩，让她承受不了这突然的打击和现实，所以他只是在电话里叹了口气，无比沉重地说，吴倩，你知道吗？我现在真的很累很累，真想丢掉一切，找个地方好好休息一场……吴倩不明白姚远究竟要给自己说什么，突然变得安静下来，她就那么认真地听着，任由姚远在那里像朗诵抒情诗一样诉说着，说到后来，姚远突然话锋一转，叮嘱她说，吴倩，你今后不要再给我打电话了，我可能马上要去办一件很急的事情，需要占用一定的时间，但是不管怎么说，我都不会离开南都的……

姚远，你为什么要和我说这些？后来，当听着姚远手机里带着呼呼啦啦刮动的风声时，吴倩马上变得紧张起来，她不由着急地问道，姚远，你现在在什么地方？快告诉我好不好？你现在究竟在什么地方？

吴倩，你不要再问了，我不会告诉你的。等过后你就会明白的。

你、你怎么会这样？我不明白，我真的不明白，吴倩压抑不住内心的冲动，急切地说，你要知道，我现在正在老家和他办离婚手续，等办完手续，我就可以去南都找你了，你怎么突然给我说起这些？快说，究竟怎么回事？

好了吴倩，你不要再努力了，今后不要再有其他想法，还是好好过你的日子吧！

你说这话究竟什么意思，姚远？

好了，你不要再问了，就这样吧！为了不让吴倩继续在电话里纠缠自己，姚远并没有回答，而是说了一句要她保重的话，就毅然决然地把手机给挂了。

安静，暂时的安静。握着手机，姚远忽然想起离开南都已经有好长一段时间都没有联系的赵爱军。

自从赵爱军回河南后，他只和姚远通过两次电话，知道赵爱军的老婆回去后生了个儿子，现在与朋友合伙，在老家的村子里养了几十头猪，办了一个养猪场，生意做得不错，生活得有滋有味的，赵爱军在家乡的成就除了让人无限感慨外，自己已经没有什么可说的了。这么长时间没有和他联系，也不知道赵爱军现在的猪场生意怎么样了。不知道为什么，这个时候，姚远突然特别想和赵爱军通个电话，向他说说自己的心里话，可是当他调出赵爱军的电话号码准备给他打过去时，不料自己的手机已经欠费停机，再打，里边一次又一次，不厌其烦地重复着女话务员相同内容的提示音："对不起，您的电话因欠费停机，请您续交话费！"除了急救电话，现在已经拨不出去电话号码了。看看手中这部已经没有任何使用价值的摩托罗拉手机，姚远无奈地摇了摇头，把手向空中一扬，手机画着一道美丽的弧线向桥下落去。

就在他的目光追随着手机向下落去的过程中，姚远突然发现一个奇怪的现象，身子下面的大桥上不知何时已经聚集起很多人，而且还有不少人正在向这里会集。本来还很宽阔的大桥上，过往车辆此时也开始出现拥堵现象。

咦，这是怎么了，难道发生什么事了？坐在高高的海印桥上，姚远心里不由疑惑起来。可是他很快就发现，下边的人们一律都在向上观望着，目标似是在对准自己。看到这里，他心里突然明白过来，原来这些人发现情况后，正在忙碌着对自己实施紧急救援工作，可是他对这些已经丝毫不关心了。姚远在心里说，即使你们想办法把我救下来又有什么用？你们救得了我的生命，可是能救得了我背后的一大堆债务吗？所以你们不要再费心了，谢谢你们的好意！想到这里，他不由冲下边的施救人员抱了抱拳，心里默默地说，谢谢，谢谢，谢谢你们的好意，你们的好意我姚远心领了，今生不能相报，只有等到来世再报！可是下边忙碌的人们，并没有因为他的抱拳感谢而停止救援，而是仍然在那里紧张地忙碌着。看到这里，姚远突然感到一种莫名地镇静。他就那么镇定自若地坐在大桥的一根横梁上向下俯视着，看这群如蚂蚁一样的人们在那里忙碌。防护网打开了，海绵垫子也伸开了，就像在桥面上铺开一张巨大的保护屏障，一阵风过后，姚远的头发被风吹得乱了起来，他用手向一边拢了一下额前遮盖住眼睛的乱发，以便自己更清楚地看到脚下的一切。

上边的人请不要冲动，上边的人请不要冲动，不论你是在感情上还是生活中遇到什么事情，都不要感情用事，一切都会有解决的办法……这时姚远看到有几个消防官兵举起话筒，冲着上边的自己喊起了话，可是那声音随着话筒传出来，很快就被风给吹得七零八落的。

别了姐姐，别了瑶瑶，别了余静，别了吴倩，别了赵爱军……当下边的人们试图再次向他喊话时，姚远在心里念叨了一番，接着四肢一展，身子向前飘去，于是整个人很快就像一只大鸟似的飞在了半空。此时，他看到身下如练的南江，在阳光的照耀下显得那么美丽，波光粼粼的水面上，铺开了一江碎金，在南都巨大背景的衬托下，就像母亲宽广的胸脯一样，向自己张开了温暖的怀抱……

就在姚远的身子即将落入南江的一瞬，他仿佛看见一列火车从内地出发，穿过中原大地，轰轰隆隆地奔驰在开往南下南都的铁路上。透过列车的窗口，他看见余静那张美丽的脸，正在焦急中变得越来越模糊起来……

图书在版编目（CIP）数据

向南方 / 张中民著. -- 北京 : 中国文史出版社,
2020.9
（实力榜·中国当代作家长篇小说文库）
ISBN 978-7-5205-2226-7

Ⅰ. ①向… Ⅱ. ①张… Ⅲ. ①长篇小说－中国－当代
Ⅳ. ①I247.5

中国版本图书馆 CIP 数据核字(2020)第 164944 号

责任编辑：全秋生

出版发行：中国文史出版社
地　　址：北京市海淀区西八里庄路 69 号　邮编：100142
电　　话：010－81136602　81136603　81136606（发行部）
传　　真：010－81136655
印　　装：北京温林源印刷有限公司
经　　销：全国新华书店
开　　本：787×1092　1/16
印　　张：15.5　字数：240 千字
版　　次：2021 年 1 月北京第 1 版
印　　次：2021 年 1 月第 1 次印刷
定　　价：49.80 元